살라미나의 병사들

살라미나의 병사들
Soldados de Salamina

하비에르 세르카스 장편소설   김창민 옮김

SOLDADOS DE SALAMINA
by JAVIER CERCAS

Copyright (C) Javier Cercas, 2001
First published in Spanish language by Tusquets Editores, Barcelona, 2001.
Korean Translation Copyright (C) The Open Books Co., 2010
All rights reserved.

The Korean language edition published by arrangement with Agencia Literaria
Carmen Balcells through MOMO Agency, Seoul.

이 책은 실로 꿰매어 제본하는 정통적인 사철 방식으로 만들어졌습니다.
사철 방식으로 제본된 책은 오랫동안 보관해도 손상되지 않습니다.

신들은 우리에게 인생의 본질을 감추려 한다.
― 헤시오도스, 「일과 나날」

작가 노트

 이 책은 방대한 독서와 오랜 대화의 결실이다. 내가 은혜를 입은 많은 사람들이 이 작품에 실명으로 등장한다. 신세를 많이 졌지만 이 책에 나타나지 않는 사람들도 있다. 주제프 클라라, 조르디 그라시아, 엘리안느와 장마리 라보, 호세 카를로스 마이네르, 주제프 마리아 나달, 카를로스 트리아스 등이 그런 사람들이다. 특히 모니카 카르바호사의 박사 학위 논문인 「27세대 산문: 라파엘 산체스 마사스」는 아주 큰 도움이 되었다. 그 모든 분들께 감사드린다.

제1부 숲 속의 친구들	11
제2부 살라미나의 병사들	95
제3부 스톡턴에서의 만남	183

역자 해설 역사상 수많았던 무명용사들을 위한 진혼곡   279
하비에르 세르카스 연보   293

제1부
숲 속의 친구들

1994년 여름이었다. 이미 6년도 더 지난 그때, 나는 처음으로 라파엘 산체스 마사스에 대한 총살 집행에 관한 이야기를 들었다. 당시는 내게 세 가지 일이 막 벌어진 뒤였다. 아버지께서 돌아가셨고, 아내가 날 버리고 떠났으며, 난 글 쓰는 직업을 그만두었다. 사실 난 거짓말을 하고 있다. 셋 중에서 앞의 두 가지는 틀리지 않는다. 확실한 사실이다. 하지만 세 번째 것은 그렇지 않다. 사실 나는 글 쓰는 일을 제대로 시작한 적도 없다. 따라서 그만두었다는 말은 맞지 않는다. 시작하는가 싶더니 그만두었다는 표현이 더 정확할 것이다. 1989년 나는 첫 소설을 출판했다. 그보다 2년 전 나온 단편집처럼, 그 첫 소설도 전혀 관심을 끌지 못했다. 하지만 나의 허영심과, 당시 알고 지내던 친구가 써준 찬사로 가득한 소개 글 탓에 나도 소설가가 될 수 있다는 생각을 하게 되었다. 그러려면 신문사 편집 일을 그만두고 온전히 글 쓰는 일에 전념하는 것이 최선이라고 여겼다. 이러한 삶의 변화가 초래한 결과는 5년간의 경제적·육체적·정신적 고통과, 세 권의 미완성 소설, 그리고 끔찍한 무력감이었다. 그 무력감으로 난 2개월 동안 안락의자에서 꼼짝 않고 텔레비전만 보았다. 아내는 아버지의 장례비 청구서를 비롯해 온갖 청구서에 지치고, 꺼진 텔레비전을 바라보면서 울고 있는 내 모습에 지친 나머지 집을 나가 버렸다. 내가 조금 나아지는가 싶을 때였다. 나는 모든 문학적 야망을 영원히 잊고 신문사에 복직을 요청하는 수 외엔 다른 도리가 없었다.

내 나이 막 마흔이 넘고 있었다. 그러나 다행히도 — 아니면 내가 훌륭한 작가는 아니지만 그렇다고 형편없는 기자는 아니었기에, 아니 그것보다는 아마도 그 신문사에서 내가 받던 그 쥐꼬리만 한 월급을 받으며 내가 하던 일을 하려는 사람이 없었기 때문에 — 날 받아 주었다. 나는 문화부에 배치되었다. 마땅히 어디에 배치시켜야 좋을지 모르는 직원을 보내는 부서였다. 공공연히 말은 안 했지만, 처음에는 나의 지조 없음을 징계하려는 목적으로 — 왜냐하면 어떤 언론인에게는 나같이 소설을 쓰려고 신문사를 그만두는 동료는 배신자에 지나지 않기 때문에 — 별의별 일을 다 시켰다. 부장님께 길모퉁이 커피숍에서 커피를 사다 드리는 것만 빼고는. 그리고 몇몇을 제외하고는 거의 모든 사람들이 나에게 비아냥거리고 뻐딱하게 굴었다. 시간이 흐르면서 나의 배신에 대한 사람들의 감정은 수그러들었다. 얼마 지나지 않아 나는 간단한 논평을 쓰기 시작했고, 사설을 쓰고, 인터뷰를 했다. 그렇게 난 1994년 6월 라파엘 산체스 페를로시오[1]를 인터뷰하게 되었던 것이다. 그때 그 사람은 대학에서 연속 강연회를 하고 있었다. 난 페를로시오가 언론인을 만나 얘기하는 것을 아주 기피한다는 사실을 알고 있었다. 그러나 한 친구 덕분에(정확히 말하자면, 그 친구의 여자 친구 덕분이었다. 그녀는 페를로시오가 그 도시에 체류하는 것을 주선한 사람이었다) 나는 페를로시오를 만나 잠시 대화할 수 있었다. 그 만남을 인터뷰라고 부른다면 그건 좀 과장된 것일 테지만, 만약 인터뷰라고 한다면 그것은 내 인생에서 가장 기이한 인터뷰였다고 할 수 있을 것이다. 그 만남을 위해 페를로시오는 구름처럼 몰려든 친구, 제자, 추종자, 아첨꾼에 둘러싸여 비스트로의 테라스에 나타났다. 그 장면은, 전혀 신경 쓰지 않은 듯한 그의 옷차림, 뭐라 설명하긴 힘들지만 귀족이란 것을 부끄러워하는 듯한 카스티야 귀족의 분위기와 동방의 옛 전사 같은 분위기가 섞여 있는 그의 풍채 — 강인해 보이는 두상, 헝클어진 희끗희끗한 머리카락, 접근하기 쉽지 않아 보이는 마르고 딱딱한 얼굴, 유대인 같은 코, 군데군데 수염이 난 볼 — 와 합쳐져 그를 전혀 모르는 사람이 본다면 신도들에게 둘러싸여 있는 종교 지도자라고 여기게 할 만했다. 더군다나 그는 내가 던진 여러 질문 중 단 하나에도 대답하지 않고 완곡하게 피했다. 자기 책을 통해서 할 수 있는 한 최선의 답을 이미 제시했다는 식이었다. 그렇다고 나와 말하

---

1 Rafael Sánchez Ferlosio(1927~). 스페인 전후(戰後) 문학을 대표하는 소설가. 프랑코 독재 체제 하에서 젊은이들의 유폐된 자아를 묘사한 『하라마 강 *El Jarama*』(1955)을 씀.

고 싶지 않다는 것은 아니었다. 그 반대였다. 사교적이지 못하다는 자기에 대한 평판을 부인이라도 하려는 듯(혹은 그런 평판 자체가 어쩌면 근거 없는 것이기에) 아주 정중한 태도를 보였다. 그렇게 말을 나누는 사이 오후가 다 지나가 버렸다. 문제는 내가 그와의 인터뷰 기사를 살리기 위해 (예를 들어) 개성을 지닌 등장인물과 숙명을 지닌 등장인물의 차이점에 대해 질문하면, 그는 말을 돌려 페르시아 전함들이 살라미나 전투[2]에서 패배한 원인에 대해 아주 논리적으로 분석하는 식이라는 데 있었다. 그리고 내가 (예를 들어) 아메리카 정복 5백 주년의 경사스러움에 대해 그의 의견을 이끌어 내려고 하면, 그 사람은 온갖 몸짓을 해가면서 (예를 들자면) 끝마무리용 대패의 올바른 사용법에 대해 아주 세세하게 대답하는 것이었다. 그렇게 밀고 당기느라 진이 다 빠졌다. 마침내 그날 오후의 마지막 맥주잔을 들이켜며 페를로시오는 자기 아버지에 대한 총살 집행 사건에 대해 말했다. 그리고 지난 2년간 나는 그 사건에서 헤어나지 못했다. 누가 어떻게 라파엘 산체스 마스라는 이름을 꺼냈는지 기억이 나지 않는다(페를로시오의 친구 중 한 명이거나, 아니면 페를로시오 자신이었는지도 모른다). 내 기억에 페를로시오는 이렇게 말했다.

「여기서 아주 가까운 쿨옐의 수도원에서 아버님을 처형했습니다.」 그는 나를 바라보았다. 「거기 가본 적 있으세요?

[2] 기원전 5세기경 지중해의 패권을 놓고 페르시아와 그리스 사이에 벌어졌던 해전.

나도 가보지 못했습니다. 하지만 바놀레스와 붙어 있다는 것은 알지요. 그러니까 전쟁이 끝날 무렵이었어요. 내전이 시작된 1936년 7월 18일, 아버님은 마드리드에 있었는데, 무척 놀라 칠레 대사관으로 피신해야 했습니다. 거기서 1년 이상을 보냈지요. 1937년 말경 대사관에서 빠져나와 변장을 한 채 트럭을 타고 마드리드를 벗어났습니다. 아마 프랑스까지 가려는 생각이었겠지요. 하지만 바르셀로나에서 잡히고 말았어요. 그리고 프랑코 군대가 그 도시에 입성하기 직전에 쿨엘로 이송되었습니다. 국경 아주 가까이로 말입니다. 거기서 아버님에게 총살을 집행했던 것입니다. 집단 총살 집행이었습니다. 짐작건대 아수라장이었겠지요. 전쟁은 거의 패배한 상황이었고, 공화파들은 피레네 산맥을 넘어 뿔뿔이 도망치는 중이었으니까요. 그런 와중이라 팔랑헤당[3] 창당 주역들 중 한 사람이자, 더 확실하게 말한다면 팔랑헤당의 1인자 호세 안토니오 프리모 데 리베라의 개인적인 친구를 처형하고 있다는 사실을 몰랐던 것 같습니다. 아버님께서는 총살 집행을 당했을 당시 입고 있던 점퍼와 바지를 집에 보관하고 계셨어요. 제게 여러 차례 보여 주셨지요. 아마 지금도 어딘가에 있을 겁니다. 바지에는 구멍이 나 있더군요. 왜냐하면 총알들이 바지를 스쳤거든요. 그리고 아버님께서는 그 혼란스러운 순간을 틈타 숲 속으로 도망치셨지요. 작은 구덩이에 몸을 숨긴 채 개 짖는 소리, 총소리, 군인

---

3 1933년 창설된 스페인의 파시스트 정치 단체.

들 말소리를 듣고 계셨다더군요. 군인들은 아버님을 수색하는 데 너무 많은 시간을 지체할 수 없다는 것을 알고 있었지요. 프랑코 군대가 바싹 뒤를 쫓고 있었으니까요. 어느 순간 아버님은 등 뒤에서 나뭇가지가 움직이는 소리를 들었습니다. 돌아보니 한 군인이 당신을 바라보고 있는 게 아니겠습니까. 그 순간 고함 소리가 들렸지요. 〈거기 있어?〉 아버님 말씀으로는, 그 군인은 몇 초 동안 물끄러미 쳐다보더니, 아버님에게서 눈을 떼지 않은 채 〈여긴 아무도 없어!〉 하고 소리쳤다더군요. 그러고는 돌아서서 가버렸다는 겁니다.」

페를로시오는 잠시 말을 멈추었다. 그의 눈은 마치 웃음을 억지로 참는 아이의 눈처럼 작아지더니, 아주 영리하면서도 음흉한 빛을 띠었다.

「숲 속에 피신한 채 며칠을 보내셨지요. 닥치는 대로, 혹은 주변 농장에서 구할 수 있는 것으로 연명을 했답니다. 전혀 모르는 지역이었어요. 게다가 안경도 깨졌기 때문에 주변을 거의 분간조차 할 수 없었지요. 항상 말씀하시곤 했어요. 만약 근처 마을의 청년들을 만나지 못했더라면 살아남지 못했을 거라고요. 지금은 그 마을 이름이 어떻게 바뀌었는지 모르지만 그때는 코르넬랴데테리라는 마을이었는데, 몇몇 청년들이 프랑코 군이 도착할 때까지 아버지를 보호하면서 먹을 것도 갖다 주었지요. 서로 아주 가까워졌고, 모든 상황이 종료되었을 때 그 청년들 집에 며칠을 머무르셨답니다. 제가 보기에 그 후 다시 만나 보신 것 같지는 않지만, 그 청년들에 대해서 제게 여러 차례 말씀하셨습니다. 그들이 스스로 명명한 〈숲 속의 친구들〉이라는 이름으로 항상 그 청년들을 부르셨던 것이 기억납니다.」

내가 그 사건에 대하여 들은 것은 처음이었고, 내용은 바로 그러했다. 페를로시오와의 인터뷰에 관해 말하자면, 결국 나는 그 인터뷰 기사를 살려 냈다. 어쩌면 그건 내가 내용을 조작했기 때문일 것이다. 내가 기억하기로 그 인터뷰 기사에서는 단 한 번도 살라미나 전투에 관해 언급되지 않았고(개성을 지닌 등장인물과 숙명을 지닌 등장인물의 차이점에 대한 언급은 있었지만), 끝마무리용 대패의 올바른 사용법에 대해서도 언급되지 않았다(물론 아메리카 발견 5백 주년의 경사스러움에 대해서는 언급이 있었지만). 그리고 인터뷰 기사에는 쿨엘에서의 총살 집행과 산체스 마사스에 관한 언급도 없었다. 쿨엘에서의 총살 집행에 관해 나는 페를로시오에게 들은 정도만 알고 있었고, 산체스 마사스에 관해서도 더 아는 바가 거의 없었다. 당시 산체스 마사스에 관해서는 한 줄도 읽은 게 없는 데다, 그 이름조차 팔랑헤 정치인이자 작가인 여러 사람들 중 하나로 어렴풋이 기억할 뿐이었다. 그들은 스페인 역사에서 근래 몇 해 동안 급속하게 잊힌, 마치 누군가 그들이 완전히 죽지 않을까 봐 두려운 나머지 서둘러 묻어 버린 자들이었다.

사실 그들은 죽지 않았다. 아니, 적어도 완전히 죽은 것은 아니었다. 쿨엘에서 일어난 산체스 마사스에 대한 총살 집행과 그를 둘러싼 상황이 너무나 인상적이어서 페를로시오와의 인터뷰 이후 나는 산체스 마사스에 관해 궁금증을 갖기 시작했다. 내전에 관해서도 마찬가지였다. 그때까지 내가 내전에 관해 알고 있는 지식은 살라미나 전투나 끝마무리용 대패의 사용법에 대한 것보다 더 나을 게 없었다. 그리고 내전이 불러온 끔찍한 사건들에 관해서도 궁금증이 더했다. 그때까지만 해도 나에게 내전이란 노인들에겐 향수에 젖어 들 구실이었고 상상력이 없는 작가들에겐 상상력의 기화기처럼 보였다. 우연하게도(어쩌면 그렇게 우연한 것은 아니고) 그 당시 팔랑헤 작가들을 복권시키는 것이 스페인 작가들 사이에 유행이었다. 사실 이런 현상은 그 전부터 있어 왔다. 1980년대 중반, 몇몇 수준 높으면서도 영향력 있는 출판사에서 그간 잊혔던 어느 수준 높은 팔랑헤 작가의 책을 출간하면서 시작되었던 것이다. 하지만 내가 산체스 마사스에 관해 관심을 가졌을 무렵에는 이미 어떤 문학 집단에서는 좋은 팔랑헤 작가들뿐만 아니라 형편없는 작가들까지도 포함해서 대량으로 복권되고 있었다. 정통 좌파 수호자 같은 몇몇 순진한 사람들과 몇몇 멍청한 사람들은, 팔랑헤 작가를 복권시키는 것은 팔랑헤주의를 복권시키는 것이라고(혹은 복권시킬 여지를 마련하는 것이라고) 비난했다. 사실은 정반대였다. 팔랑헤 작가를 복권시키는 것은 단지 한 작가를 복권시키는 것일 뿐이었다. 혹은 더 정확히 말해서, 훌륭한 작가를 한 사람 복권시키면서 작가들 스스로를 작가로서 복권시키는 일이었다. 가장 긍정적인 경우들만 본다면(좋지 않은 경우들은 언급할 가치도 없는 것이고), 고유한 전통을 만들고자 하는 당연한 필요성을 모든 작가들이 느끼고 있었고, 일종의 도발에 대한 열망이 있었고, 문학과 삶은 별개이며, 따라서 아주 형편없는 인간이라 할지라도(혹은 아주 몹쓸 대의를 지지하고 조장하는 사람이라 해도) 좋은 작가일 수는 있다는 그 논란의 여지가 많은 믿음이 있었고, 그리고 어떤 팔랑헤 작가들에게는 문학적 평가가 정당하지 못했다는 확신이 있었기에 그런 복권의 움직임이 유행처럼 등장한 게 아닌가 싶다. 안드레스 트라피에요의 말투를 빌리자면, 그 팔랑헤 작가들은 전쟁에선 이겼으나 문학사에서는 패배했던 것이다. 어쨌든 간에 산체스 마사스는 이 집단적 발굴 작업에 포함되어 있었다. 1986년, 처음으로 그의 시 전집이 출간되었다. 1995년에는 그의 소설 『페드리토 데안디아의 새로운 인생』이 아주 대중적인 총서에 포함되어 재출간되었다. 1996년에는 그의 또 다른 소설인 『로사 크뤼거』 역시 재출간되었는데, 그 작품은 1984년까지 미발표 상태였다. 그 당시 나는 그 책들을 모두 읽었다. 호기심에 가득 차서. 물론 재미있기도 했지만, 그렇다고 푹 빠진 것은 아니었다. 그 작품들을 반복적으로 읽지는 않았어도, 산체스 마사스가 좋은 작가이긴 하지만 위대한 작가는 아니라는 결론에 도달할 수 있었다. 비록 위대한 작가와 좋은 작가의 차이가 무엇인지 명확하게 설명하지는 못했을 거라고 생각하지만 말이다. 그 후 몇 달 몇 년 동안 나는 우연히 읽게 되는 산체스 마사스에 관한 산발적인 기사나 쿨엘 사건에 관한 정확성이 없는 아주 개략적인 언급들을 계속 모아 두었다.

  세월이 흘러갔다. 나는 그 사건을 잊기 시작했다. 내전 종료 60주년이 되던 1999년 2월 초의 어느 날, 신문사의 누군가가 시인 안토니오 마차도[4]의 비극적 최후를 회상하는 기사를 쓰면 어떻겠느냐고 제안했다. 그 시인은 1939년 1월, 진격해 오는 프랑코 군대에 밀려 어머니와 동생인 호세, 그리고 공포에 질린 수십만 명의 스페인 사람들과 함께 바르셀로나에서 국경을 넘어 프랑스의 콜리우르까지 도망갔고, 거기서 얼마 후 죽었다. 그 사건은 너무나 잘 알려진 이야기였고, 나는 그맘때면 카탈루냐 지방에서 (혹은 카탈루냐가 아니라도) 그 시인을 회고하지 않을 신문은 없을 거라고 당연히 생각했다. 그래서 나 역시 그 상투적인 뻔한 기사를 막 쓰려고 하다가 산체스 마사스를 떠올렸다. 그를 총살하려다 실패한 사건이 안토니오 마차도의 죽음과 거의 같은 시기에 단지 스페인 쪽 국경 근처에서 일어났다는 사실도 떠올렸다. 나는 그 기막힌, 어쩌면 우연이 아닌 두 사건의 대칭적이고 또한 대조적인 면 — 역사의 대칭적 반복이라고 할 수도 있는 — 을 상상해 보았다. 그리고 만약 두 사건을 한 기사 안에 온전히 쓸 수 있다면, 그 기이한 대칭성은 전례 없는 의미를 그 사건들에 부여할 수 있을 거라고 생각했다. 이런 믿음은 내가 자료를 모으기 시작할 무렵 확고해졌다. 안토니오가 죽은 지 얼마 안 돼 그의 형인 마누엘 마차도[5]가 쓴 콜리우르까지의 여행 기록을 접했을 때였다. 그래서 나

---

4 Antonio Machado(1875~1939). 20세기 초 스페인의 우국적 문학 운동이었던 〈98세대〉를 대표하는 시인. 스페인 내전에서 공화국의 열렬한 지지자였다.

는 쓰기 시작했다. 〈핵심 비밀〉이라는 제목으로 기사가 나왔다. 나름대로 이 이야기에 핵심적인 것이기에 그대로 옮겨 본다.

내전 끝 무렵 안토니오 마차도가 죽은 지도 벌써 60년이 되었다. 그 역사가 낳은 모든 사건들 중에서 마차도의 사건은, 의심의 여지 없이 가장 슬픈 사건에 속한다. 왜냐하면 끝이 좋지 않으니까. 그 이야기는 수없이 반복되었다. 발렌시아에서 출발한 마차도는 1938년 4월, 바르셀로나에 도착했다. 어머니와 동생 호세와 함께였다. 그는 우선 마제스틱 호텔에 여장을 풀었고, 나중에 토레 데카스타녜르에 묵었다. 생제르바지 대로에 위치한 낡은 저택이었다. 거기서 그는 전쟁 초기부터 해오던 일을 계속했다. 자신의 글을 통해 합법적인 공화 정권을 옹호하는 일이었다. 그는 늙고, 지치고, 병들어 있었다. 그리고 이미 프랑코의 패배를 믿지는 않았다. 그는 이렇게 썼다. 〈이것이 마지막이다. 바르셀로나는 언젠가 함락되리라. 전술가나 정치가, 역사가에겐 모든 것이 명확하다. 우리가 전쟁에서 졌다는 것이다. 하지만 인간적으로 말하자면, 난 아주 확신하진 않는다. …… 어쩌면 우리가 이겼는지도 모른다.〉 이 마지막 말이 옳았는지 누가 알겠는가? 하지만 첫

---

5 Manuel Machado(1874~1947). 역시 〈98세대〉의 일원으로 여겨지기도 하는 스페인의 시인. 스페인 내전에서 반란파를 지지했고 프랑코 정권에 충성했다.

번째 말은 확실히 맞는 말이다. 1939년 1월 22일 밤, 프랑코 군대가 바르셀로나를 점령하기 나흘 전, 마차도와 그의 가족은 호송 행렬 속에 끼어 프랑스 국경을 향해 출발했다. 눈을 의심케 하는 이 탈출 행렬에는 다른 작가들도 함께 있었다. 코르푸스 바르가와 카를레스 리바 같은 작가들이다. 세르비아데테르나 피게레스 근처에 있는 페샤트 농장 같은 곳에서 멈추기도 했다. 마침내 27일 밤, 마지막 6백 미터를 빗속에서 걸은 후에야 국경을 넘을 수 있었다. 자신들의 짐을 버릴 수밖에 없는 상황이었다. 마차도 일행은 돈도 없었다. 코르푸스 바르가의 도움으로 콜리우르에 도착해서 부뇰 퀸타나 호텔에 자리를 잡을 수 있었다. 한 달도 안 돼 안토니오는 죽었다. 그의 어머니도 사흘 뒤에 운명했다. 그의 형제 호세는 안토니오의 외투 주머니에서 메모 몇 개를 발견했다. 한 개는 운문이었는데, 아마도 그의 마지막 시 첫 구절로 보인다. 〈이 푸른 나날들과 어린 시절 보았던 이 태양.〉

그 이야기는 여기서 끝나지 않는다. 안토니오가 죽고 얼마 안 돼 부르고스에 살고 있던 그의 형인 시인 마누엘 마차도는 그 사실을 외국 언론을 통해 알게 되었다. 마누엘과 안토니오는 단순한 형제 이상으로 아주 절친한 사이였다. 마누엘이 프랑코의 7월 18일 반란 소식을 듣고 놀란 곳은 부르고스였다. 반란에 동조한 지역이었다. 안토니오는 공화 세력이 장악하고 있는 마드리드에서 반란을 접했다. 만약 마누엘이 마드리드에 있었더라면 그도 공화파를 지지했을 거라고 추측하는 것은 일리가 있다. 만약 안토니오가 부르고스에 있었더라면 어떤 일이 일어났을까 하고 자문하는 것은 아마도 쓸데없는 짓이리라. 자기 형제가 죽었다는 소식을 접하자마자 마누엘은 통행 허가증을 발급받아 잿더미가 된 스페인을 며칠간이나 여행한 끝에 콜리우르에 도착했다. 그 호텔에서 자기 어머니도 돌아가셨다는 사실을 알게 되었다. 묘지로 갔다. 어머니와 동생의 무덤 앞에서 또 다른 동생 호세를 만났다. 이야기를 나누었다. 이틀 뒤 마누엘은 부르고스로 돌아왔다.

하지만 이야기는 — 적어도 오늘 내가 하려는 이야기는 — 여기서 끝나지 않는다. 안토니오 마차도가 죽은 무렵, 거의 같은 시기에 쿨엘의 수도원 옆에서는 라파엘 산체스 마사스를 총살하려 하고 있었다. 산체스 마사스는 괜찮은 작가였다. 팔랑헤 우두머리 호세 안토니오의 친구였고, 팔랑헤당을 세우면서 당 이념을 제공한 이들 중 한 사람이었다. 그가 전쟁 동안 겪은 기구한 경험은 신비에 싸여 있다. 몇 년 전 그 아들인 라파엘 산체스 페를로시오가 자신의 해석을 내게 들려주었다. 사실에 부합하는지 나는 알 수 없다. 그가 내게 말한 대로 전하려 한다. 산체스 마사스가 공화파들이 장악하고 있던 마드리드에 있을 때 군사 반란이 일어났고, 그는 칠레 대사관으로 피신했다. 거기서 전쟁 기간의 많은 부분을 보냈다. 전쟁 막바지에 변장을 한 채 트럭을 타고 도피를 시도하다가 바르셀로나에서 붙잡혔다. 그리고 프랑코 군대가 그 도시에 당도할 무렵 국경 쪽으로 끌려갔다. 국경이 멀지 않은 곳에서 그를 총살하려고 했다. 하지만 총알들은 스쳐 지나갔고, 그는 혼란한 틈을 타서 숲 속으로 숨었다. 거기서 그를 수색하는 군인들의 목소리를 들었다. 마침내 군인 중 하나가 그를 발견했다. 그의 눈을 응시했다. 그리고 자기 동료들에게 〈여긴 아무도 없어!〉 하고 소리치고는 돌아서 가버렸다.

하이메 힐[6]은 이렇게 말했다. 〈인류의 모든 역사들 가운데 스페인의 역사가 가장 비극이라는 점에는 의심의 여지가 없다. 왜냐하면 끝이 잘못되었으니까.〉 끝이 잘못되었다고? 우린 결코 알 수 없을 것이다. 산체스 마사스의 목숨을 구해 준 군인이 누구였는지, 마사스의 눈을 응시했을 때 그 군인의 머릿속에 무슨 생각이 들었는지도 우린 결코 알 수 없을 것이다. 호세와 마누엘 마차도 형제가 자기 형제 안토니오와 어머니의 무덤 앞에서 무슨 이야기를 나누었는지도 우린 결코 알 수 없을 것이다. 왜 그런지는 모르겠지만, 나는 가끔 스스로에게 말한다. 만약 우리가 이 대칭적인 두 비밀 중 하나를 밝혀낸다면, 아마도 훨씬 더 본질적인 어떤 비밀에 닿을 수 있을 거라고.

나는 그 기사에 아주 만족했다. 1999년 2월 22일, 마차도가 콜리우르에서 죽은 지 정확하게 60년이 되던 날, 그리고

6 Jaime Gil de Biedma(1929~1990). 스페인 현대사의 비애를 표현한 시를 쓴 시인.

쿨엘에서 산체스 마사스의 총살 집행이 있었던 날로부터 정확히 60년하고도 22일이 되던 날(사실 총살을 집행한 정확한 날짜는 더 나중에야 알았다), 그 기사는 세상에 알려졌고, 편집부에서는 나를 축하해 주었다. 그 후 며칠간 나는 세 통의 편지를 받았다. 놀랍게도 — 난 논쟁적인 기사를 쓰는 사람은 아니었다. 사람들이 편집장에게 투서해서 독자란에 자주 이름이 거론되는 그런 사람 말이다. 그리고 60년 전에 일어난 일이 누군가에게 대단하게 영향을 미치리라고 생각할 하등의 이유도 없었다 — 세 통의 편지가 모두 그 기사를 언급하고 있었다. 첫 번째 편지는 대학에서 인문학을 공부하는 학생이 쓴 것으로 추측되는데, 내가 그 기사에서 만약 안토니오 마차도가 1936년 7월, 반란이 일어난 부르고스에 있었다면 프랑코 측에 섰을 거라고 암시했다면서(내가 그랬다고는 생각하지 않았다. 아니 확실하게 암시했다고는) 나를 비난했다. 두 번째 편지는 더 강경했다. 충분히 전쟁을 겪었을 만큼 나이가 든 남자가 쓴 것이었다. 틀림없는 막말을 써가며 나를 수정주의자[7]라고 비난했다. 왜냐하면 하이메 힐의 인용문을 옮기면서 마지막 단락의 문장을 의문문으로 둠으로써(끝이 잘못되었다고?) 거의 드러내 놓고 스페인의 역사는 끝이 잘되었다고 주장한 셈인데, 자신이 보기에 틀린 얘기라는 것이다. 그는 〈전쟁에서 이긴 사람들에겐 끝이 잘된 것이다〉라고 말했다. 〈하지만 전쟁에서 진 우리들에겐 끝

---

[7] 프랑코의 독재 시대가 끝나고 스페인이 민주화된 후에도 프랑코의 반란과 독재를 정당화하려는 시각을 가진 사람들을 말한다.

이 잘못된 것이다. 아무도 우리가 자유를 위해서 투쟁한 것에 대해 감사하는 시늉조차 하지 않았다. 모든 마을마다 전쟁에서 죽은 사람들을 추모하는 기념물들이 있다. 그런데 당신은 그중에서 양측의 전몰자 이름이 다 새겨진 기념물들을 몇 개나 보았는가?〉 그 편지는 이렇게 끝나고 있었다. 〈염병할 놈의 이행기![8] 마테우 레카센스.〉

세 번째 편지는 가장 흥미로운 것이었다. 미겔 아기레라는 사람이었다. 역사가인데, 내전 중 바뇰레스 지역에서 일어난 일들을 수년째 연구하는 중이라고 했다. 여러 내용들 중에, 그 당시 나에겐 놀라운 사실이 하나 있었다. 산체스 마사스가 쿨엘의 총살 현장에서 살아남은 유일한 생존자는 아니라는 것이다. 헤수스 파스쿠알 아길라르 역시 살아 도망쳤다는 이야기였다. 게다가 파스쿠알이 아마도 그 사건을 『나는 빨갱이들에게 살해당했다』라는 제목의 책에서 말했다는 것이다. 아기레 씨는 〈그 책 구하기는 정말 어려울 텐데요. 하지만 관심 있으시다면 제가 한 권 드릴 수 있지요〉라고 마치면서, 역력히 박식한 사람 티를 냈다. 편지 마지막에 아기

---

8 1975년 프랑코의 사망으로 1인 독재 체제가 끝나고 1982년 사회당 정권이 들어설 때까지의 기간을 스페인 역사에서 〈(민주화) 이행기Transición〉라고 한다. 이 시기에 좌·우파 정치 지도자들은 내전과 독재 기간 중에 자행된 모든 폭력 행위에 대해 책임을 거론하지 말자는 이른바 〈망각 협정〉에 합의함으로써 스페인은 커다란 사회적 동요 없이 평화적으로 민주화를 달성한 바 있다. 그러나 〈망각 협정〉은 프랑코의 불법적인 군사 반란으로 초래된 내전에서 공화국을 위해 싸우다 희생되었거나 이후에 들어선 독재 정권에 의해 갖은 고초를 당한 공화국 지지자들의 시각에서 보자면 용납할 수 없는 조치였다. 두 번째 편지는 바로 이런 시각을 반영하는 것이다.

레 씨는 자기 주소와 전화번호 하나를 적어 놓았다.

나는 즉시 아기레 씨에게 전화를 걸었다. 전화를 받는 쪽에서 쉽게 내 의도를 이해하지 못해 한참 설명한 후에야 아기레 씨와 통화할 수 있었다. 설명하는 과정에서 나는 그가 회사나 공공 기관에 근무한다는 추정을 하게 되었다. 쿨옐에서의 총살 사건과 관련된 정보를 가지고 있느냐고 물었더니, 그렇다고 대답했다. 파스쿠알 씨의 책을 내게 빌려 줄 용의가 여전히 있는지 물었더니, 그렇다고 대답했다. 함께 식사를 한번 하면 어떻겠느냐고 물었더니, 자신은 바뇰레스에 살고 있지만 매주 목요일 라디오 프로그램을 녹음하러 헤로나로 온다고 했다.

「목요일에는 가능하겠습니다.」

그날은 금요일이었다. 조바심하며 일주일을 기다리기 싫어서 나는 바로 그날 오후에 바뇰레스에서 보면 어떻겠냐고 제안할 뻔했다.

하지만 나는 대답했다. 「좋습니다.」 그리고 그 순간 나는 비스트로의 테라스에서 종교 지도자 같은 순진한 표정을 지으며 지독히도 즐거워하는 시선으로 자기 아버지에 대해 말하던 페를로시오를 떠올렸다. 나는 물었다. 「비스트로에서 볼까요?」

비스트로는 구시가지에 있는 바인데 외양은 대충 모던하고, 식탁은 대리석과 쇠로 만들어졌고, 십자형 날개의 선풍기와 커다란 거울들이 있고, 꽃이 가득한 발코니는 산트도메네크 광장으로 올라가는 계단으로 연결되어 있었다. 목요일,

아기레 씨와의 약속 시간 훨씬 전에 이미 나는 비스트로의 둥근 테이블에 앉아 맥주잔을 들고 있었다. 주위에는 문과 대학 교수들의 대화가 한창이었다. 그들은 그곳에서 곧잘 식사를 하곤 했다. 나는 잡지를 뒤적이다가 아기레 씨도 나도 만날 약속을 하면서 서로 초면인 두 사람이 어떻게 상대를 알아볼지에 대해 말하지 못했다는 사실을 떠올렸다. 그러면서 나는 아기레 씨가 어떻게 생겼을까 상상해 보려고 애쓰기 시작했다. 단서라고는 일주일 전에 전화를 통해 들은 그의 목소리뿐이었다. 그때 내 식탁 앞에 어떤 사람이 멈춰 섰다. 키가 작고, 가무잡잡한 네모난 얼굴에 안경을 쓰고, 팔에는 붉은색 서류철을 들고 있었다. 사흘은 깎지 않은 듯한 턱수염과 사악해 보이는 카이저수염이 얼굴을 다 덮고 있는 듯했다. 무슨 이유에선지 모르지만 나는 아기레 씨가 평온한 얼굴에 교수 같은 노인일 거라고 기대했다. 그때 내 앞에 서 있는, 그렇게 젊고 입에서 술 냄새를 풍기는 사람일 거라고는 생각하지 않았었다. 그 사람이 아무 말도 하지 않기에 내가 아기레 씨냐고 물었다. 그렇다고 대답했다. 그리고 내게 물었다. 내가 그 사람이 맞냐고. 그래서 나도 그렇다고 대답했다. 우린 함께 웃었다. 종업원이 오자 아기레 씨는 솥에 한 밥과 로크포르 치즈 소스를 곁들인 안심 요리를 주문했다. 나는 샐러드와 토끼 요리를 주문했다. 음식을 기다리는 동안 아기레 씨는 일전에 읽은 내 책 표지의 사진을 통해서 이미 내 얼굴을 알고 있었다고 말했다. 초면에 자극당한 허영심을 가라앉히고, 나도 앙심을 품은 듯 한마디 던졌다.

「아, 그 선생님이시군요?」

「무슨 말씀인지……」

난 할 수 없이 해명해야 했다. 「농담이었어요.」

바로 본론으로 들어가고 싶은 마음이 간절했지만, 교양 없어 보이거나 지나치게 그 사건에 관심이 많아 보일까 봐 라디오 프로그램에 대해 질문했다. 아기레 씨는 어색한 너털웃음을 터뜨렸다. 고르지 못한 하얀 치아가 드러났다.

「유머 프로그램이라고 하는데, 사실은 정말 한심한 프로지요. 저는 〈안토니오 가르가요〉라고 하는 파시스트 경찰 역을 맡고 있어요. 그 인물은 인터뷰한 사람들에 대한 보고서를 쓰지요. 솔직히 저는 그 인물에 반한 것 같아요. 당연히 시청 직원들은 이 일에 관해서는 전혀 모르고 있습니다.」

「바뇰레스 시청에 근무하시나요?」

아기레 씨는 그렇다고 하면서, 창피하기도 하고 곤혹스럽기도 한 듯 애매한 표정을 지었다.

「시장 비서로 일합니다. 이 또한 정말 한심한 일이지요. 시장이 제 막역한 친구거든요. 제게 비서직 좀 맡아 달라고 요청하는데 거절할 수가 있어야지요. 하지만 임기만 끝나면 저는 떠날 겁니다.」

불과 얼마 전부터 바뇰레스 시청은 아주 젊은 사람들이 장악하고 있었다. 급진 민족주의[9] 정당인 카탈루냐 좌파 공

---

9 여기서의 민족주의는 스페인 중앙 정부로부터 자치 또는 독립을 원하는 지역 분리주의를 의미한다. 스페인 내전은 좌파들에 의해 추진된 분리주의에 대해 중앙 보수주의자들의 불만이 표출된 것이기도 했다.

화당 소속이었다. 아기레 씨는 말했다.

「선생님께서는 어떻게 생각하실지 모르지만, 제가 보기에 문명국이란 사람들이 정치에 시간을 허비할 필요가 없는 나라인 것 같습니다.」

나는 〈선생님〉이라는 말이 거슬렸지만 그런 기색을 내보이지 않고, 그가 내게 던진 대화의 기회를 즉각 낚아챘다.

「정확히 말해, 1936년에 일어났던 것과는 정반대인 거죠.」

「바로 그겁니다.」

샐러드와 밥이 나왔다. 아기레 씨는 붉은색 서류철을 가리켰다.

「파스쿠알이 쓴 책을 복사해 왔습니다.」

「선생님께서는 쿨엘에서 일어난 사건에 대해서 잘 알고 계시나요?」

「잘 알지는 못합니다.」 그는 말했다. 「애매모호한 사건이었지요.」

입안 가득 밥을 넣고 그걸 포도주로 꿀꺽 삼키듯이 게걸스럽게 먹으면서, 마치 그 이전에 일어난 일들에 대해 내가 먼저 알아야만 한다는 듯, 바뇰레스 지역에서 내전 발발 후 처음 며칠간 일어났던 일에 대해 말을 꺼냈다. 쿠데타가 실패할 거라는 예상, 이어진 혁명,[10] 통제가 불가능했던 위원회들의 야만적인 행위, 교회들에 대한 집단 방화, 종교인 학살에 대해서 이야기했다.

10 무정부주의자 등 급진적인 좌파들은 프랑코의 쿠데타로 야기된 스페인 내전을 자신들의 이상을 실현할 수 있는 혁명의 장으로 활용하고자 했다.

「비록 유행은 지났지만, 전 여전히 성직자들을 싫어합니다. 하지만 그때 상황은 집단 광기였지요.」 그렇게 해석을 붙였다. 「그 광기를 설명할 수 있는 원인들을 찾는 것은 쉽습니다. 하지만 나치즘을 설명할 원인들을 찾는 것도 쉬운 일이지요. ······어떤 카탈루냐 민족주의 역사가들은 당시 교회에 불을 지르고 성직자들을 살해하던 사람들은 외부 사람들, 이주해 온 사람들이라고 넌지시 내비치기도 합니다. 거짓말입니다. 여기 사람들이었어요. 3년 뒤 만세를 부르며 프랑코 군대를 환영한 사람들도 한둘이 아니었지요. 물론 선생님께서 물으신다면 교회들에 불을 지를 때 거기 있었다고 대답할 사람은 아무도 없을 겁니다. 하지만 그건 다른 문제입니다. 내가 정말 참을 수 없는 것은 그런 민족주의자들이 아직도 헛소리를 하고 다닌다는 겁니다. 카스티야 사람들과 카탈루냐 사람들 사이의 전쟁이었다고 말이에요. 선량한 사람들과 악당들이 싸우는 영화 같은 이야기죠.」

「카탈루냐 민족주의자이신 줄 알았습니다.」

아기레 씨는 식사를 멈추었다.

「전 민족주의자가 아닙니다.」 그는 말했다. 「전 독립주의자입니다.」

「그 둘 사이에는 무슨 차이가 있나요?」

「민족주의는 하나의 이데올로기입니다.」 설명을 하면서 목소리가 약간 강해졌다. 마치 뻔한 것을 설명하려니 짜증이 난다는 투였다. 「제겐 구역질 나는 것이죠. 독립주의는 하나의 가능성입니다. 이데올로기는 마치 하나의 신앙 같은 것이고, 신앙에 대해선 따지지 않습니다. 그러니 민족주의에 대해서는 따질 수 없는 겁니다. 독립주의는 따질 수 있지요. 선생님께는 합리적으로 보일 수도 있고 아닐 수도 있겠지요. 제게는 합리적으로 보입니다.」

난 더 이상 참을 수가 없었다.

「더 이상 선생님이라 부르지 말고 우리 편하게 얘기합시다.」

「불편하시다면 그러죠.」 그는 미소를 짓고는 식사를 계속했다. 「저보다 나이 많은 사람들한테는 선생님이라고 부르는 게 습관이 돼서요.」

아기레 씨는 계속 전쟁 얘기를 이어 갔다. 마지막 며칠간에 대해서는 상세하게 얘기를 했다. 이미 몇 개월 전부터 군청들과 도청은 기능을 상실하고 있었기에 그 지역은 총성이 난무하는 무질서 속에 있었다. 도로는 끝없이 이어지는 피난민들로 가득하고, 군복에 달린 계급장에 관계없이 모든 군인들은 들판을 헤매면서 절망 속에 약탈을 일삼고, 참호에는 엄청난 양의 무기와 군수품들이 버려져 있었다. 쿨엘은 전쟁 초기부터 감옥으로 변한 상태였는데, 그 당시 약 1천 명의 포로들이 수감되어 있었고, 전부 혹은 거의 대부분은 바르셀로나에서 왔다고 설명했다. 프랑코 반란군의 멈출 줄 모르는 진격에 쫓기면서도 가장 위험한 인물들, 혹은 프랑코주의에 가장 깊숙이 관련된 자들이기 때문에 거기까지 데려온 것이었다. 페를로시오의 설명과는 달리, 아기레 씨는 공화파들이 자신들이 총살하는 사람들이 누군지 알고 있었다고 말했다. 왜냐하면 선별한 50명은 전쟁 후에는 정치, 사회적으로 높은 자리를 차지할 아주 중요한 포로들이었다는 것이다. 팔랑헤당의 바르셀로나 지역 대표, 제5부대[11] 지도자, 금융인, 변호사, 신부 들인데, 그들 대부분은 이전에 바르셀로나의 비밀경찰 감옥에 수감되었다가 그 뒤 아르헨티나호나 우루과이호 같은 감옥용 배로 이감된 사람들이었다.

안심 요리와 토끼 요리가 나왔고 빈 접시가 치워졌다. (아기레 씨의 접시는 너무 깨끗해 빛이 날 지경이었다). 내가 물었다.

「누가 명령을 내렸습니까?」

「어떤 명령요?」 동시에 아기레 씨는 큼직한 안심 요리를 군침을 흘리듯 쳐다보면서 정육사처럼 칼을 쥐고 긴 창 잡듯 포크를 쥐고는 막 공격할 태세를 취했다.

「그들을 총살하라는 명령 말입니다.」

아기레 씨는 내가 자기 앞에 앉아 있다는 사실을 잠시 잊었던 듯이 나를 쳐다보았다. 두 어깨를 들썩하더니, 소리 내어 깊이 숨을 들이마셨다.

「전 모르지요.」 숨을 내쉬면서 고기를 한 조각 잘랐다. 「파스쿠알은 〈몬로이〉라는 사람이 그 명령을 내린 것처럼 암시하던데요. 젊고 단단하게 생긴 사람으로, 그 감옥 책임자였

---

11 *quintacolumnistas*. 스페인의 몰라 장군은 내전 발발 이후 수도를 목표로 프랑코의 반란군이 마드리드를 향해 북진하는 동안 이미 마드리드 내부에서 반란군의 승리를 위해 은밀하게 활동하던 사람들을 가리켜 제5열이라고 불렀다. 지금까지 대체로 내부의 불순 세력을 제5열이라고 번역해 왔지만, 사실은 제5부대라고 번역하는 것이 옳다. 네 개의 부대가 북진하는 가운데 이미 후방에서 교란 작전을 펴는 불순 세력을 제5부대라고 불렀던 것이다. columna는 종열(縱列)의 뜻도 있지만 부대라는 뜻도 있는 것이다.

던 것 같습니다. 그 이전에도 바르셀로나 비밀경찰 감옥이나 강제 노역장을 책임진 적이 있고, 그 시기에 관한 다른 증언 기록에도 언급되는 사람이지요. ……어쨌거나 몬로이였다면 자기가 결정했다기보다 SIM의 명령에 따랐을 가능성이 큽니다.」

「SIM이라고요?」

「군 정보국 말입니다.」 아기레 씨는 설명했다. 「그 당시 상황에서도 기능하고 있던 몇 안 되는 기관들 중 하나였습니다. 당연히 기능하고 있어야 했겠지만 말이에요.」 씹다가 잠시 멈추는 듯하더니 다시 먹으면서 말을 이었다. 「그럴듯한 가설이지요. 너무나 다급한 상황이었으니까요. 물론 SIM 요원들이 도망칠 궁리만 하고 있었던 것은 아니에요. 다른 가설들도 있습니다.」

「예를 들자면?」

「리스테르.[12] 그쪽에 있었거든요. 제 아버지께서 그 사람을 봤답니다.」

「쿨엘에서요?」

「산트미겔데캄마조에서요. 아주 가까운 마을이지요. 아버지는 당시 아이였는데, 그 마을 어느 농장에 피신해 계셨답니다. 저한테 여러 차례 말씀하시길, 어느 날 농장에 남자들 몇이 들이닥쳤는데, 그들 중에 리스테르가 있었다더군요. 그들은 먹을 것과 잠자리를 요구했고, 부엌에서 그날

---

12 Líster(1907~1995). 러시아 군사 학교를 졸업한 후 스페인 내전에서 공화파를 지휘한 공산주의 계열의 장군.

밤을 보냈대요. 오랫동안 저는 그 사건은 아버지께서 꾸며 낸 거라고 믿었지요. 더군다나 그 시절을 겪었던 노인들은 대부분 리스테르를 봤다고 말한다는 것을 알고 나서는요. 제5연대를 지휘하기 시작하고부터 리스테르는 거의 전설적인 인물이었지요. 하지만 해가 지나면서 저는 앞뒤를 맞추어 갔고, 어쩌면 사실일지도 모른다는 결론에 도달했습니다. 제 설명을 들어 보시죠.」 그는 내게 할 말을 정리하면서 빵 한 조각을 먹음직스럽게 안심이 헤엄치던 소스에 듬뿍 적셨다. 숙취에서 이미 회복된 듯 보였다. 그리고 전쟁에 대해 자기가 알고 있는 사실을 드러내는 일보다 음식을 더 즐기고 있는 것이 아닌가 하는 생각이 들었다. 「1939년 1월 말경 그가 막 대령으로 임명된 뒤였어요. 그 바로 전에는 에브로 부대 제5지구대 지휘관으로 있었지요. 엄밀하게 말하자면, 제5지구대 중에 남은 병력이었지요. 한 줌의 와해된 중대들에 불과한데, 전투는 거의 안 하고 프랑스 국경을 향해 퇴각하고 있었어요. 몇 주 동안 리스테르의 병사들은 그 지역에 있었습니다. 그들 중 일부가 쿨엘에 머물렀던 것이 틀림없습니다. 바로 그 일을 하려던 것이었죠. 리스테르의 회고록을 읽어 봤습니까?」

나는 아니라고 대답했다.

「그러니까, 정확히 말해 회고록은 아니에요.」 아기레 씨는 말을 이었다. 「『우리들의 전쟁』이라는 제목인데, 아주 괜찮은 글들이지요. 비록 거짓말투성이지만 말입니다. 모든 회고록들이 다 그렇듯이요. 리스테르의 얘기에 따르면, 1939년 2월

3일에서 4일 사이에(그러니까 쿨엘에서 총살 집행이 있은 지 사흘 뒤) 가까운 마을의 한 농가에서 공산당 정치국 회의가 열렸는데, 참석한 여러 지휘관과 대표자들 중에는 리스테르 자신과 토글리아티가 있었답니다. 토글리아티는 당시 국제 공산당 대표였어요. 제 기억이 맞다면, 그 회의에서는 카탈루냐에서 마지막으로 적에게 저항을 도모할 수 있는 가능성이 있는지 논의를 했지요. 그건 별로 중요한 게 아니고, 문제는 그 농가가 우리 아버지가 피신해 있던 바로 그 농가일 수 있다는 겁니다. 적어도 회의 주역들, 날짜, 장소가 일치합니다. 그래서…….」

눈치채지 못하는 사이 아기레 씨는 그때 어처구니없는 가족 이야기로 새면서 나를 끌어들였다. 나는 그 순간 아버지를 떠올렸던 걸로 기억한다. 그건 이상한 일이었다. 왜냐하면 난 오랫동안 아버지를 생각하지 않고 있었기 때문이다. 까닭 모르게 목구멍이 짓눌리는 것을 느꼈다. 마치 죄의 그림자처럼.

「그러니까 포로들을 총살하라는 명령을 내린 것은 리스테르군요?」 나는 그에게 제동을 걸었다.

「그럴 수 있다는 겁니다.」 놓쳤던 실마리를 어렵지 않게 다시 찾으며 그는 말했다. 그러면서 자기 접시를 알뜰하게 비우고 있었다. 「하지만 그 사람이 아니었을 수도 있어요. 『우리들의 전쟁』에서 리스테르는 자기가 아니었다고 말해요. 자기도, 자기 부대원들도 아니라고요. 무슨 말을 할 수 있겠습니까. 하지만, 사실 저는 그 사람 말을 믿습니다. 그런

스타일이 아니었거든요. 이미 진 전쟁이나 다름없었지만 계속하려는 집착이 지나치게 강한 인물이었습니다. 게다가 리스테르 책임으로 돌리는 것들 중 반은 단순한 전설에 불과해요. 나머지 반은…… 음, 사실이라고 생각합니다. 결국 누구도 알 수 없지요. 제가 보기에 의심할 여지가 없는 것은, 그 명령을 내린 자가 누구든 간에 그는 누굴 총살하려는지 확실하게 알고 있었고, 따라서 산체스 마사스가 누군지도 알고 있었다는 겁니다. 음 ─ 」 그는 신음 같은 소리를 내면서 빵 부스러기로 로크포르 소스를 닦고 있었다. 「정말 배가 고팠어요. 포도주 조금 더 하시겠습니까?」

접시들이 치워졌다. (내 접시에는 아직 토끼 요리가 많이 남아 있었고, 아기레의 것은 너무 깨끗이 해치워 빛이 날 지경이었다.) 그 사람은 포도주 한 병과 초콜릿 케이크 한 조각, 커피를 주문했다. 나는 커피를 주문했다. 나는 아기레에게 산체스 마사스와 그의 쿠엘 체류에 관해서 어떤 것들을 알고 있느냐고 물었다.

「별로 아는 것이 없습니다. 그의 이름은 두어 번 〈카우사 헤네랄〉[13]에 나오는데, 마드리드에서 바르셀로나로 도망쳐 온 그 사람을 잡아 재판에 회부한 것과 관련되어서만 나옵니다. 파스쿠알도 몇 가지 얘기를 하지요. 제가 알기로, 좀 더 알 수 있는 사람은 아마도 트라피에요일 겁니다, 안드레스 트

---

13 Causa General. 프랑코 집권 후 1940년 발표된 법령에 따라 법무부 주관으로, 1931년 이후 좌파 정권하에서 벌어진 범죄 행위 전반에 대해 조사해 작성한 종합 기소장.

라피에요 말입니다. 작가지요. 산체스 마사스에 대한 책을 편집했습니다. 산체스 마사스에 대한 좋은 글도 썼고요. 게다가 그의 일기에는 늘 산체스 마사스의 가족 이야기가 나옵니다. 지금도 그 가족과 연락이 될 겁니다. 그리고 그 사람 책에서 총살 사건에 대해 읽은 것 같기도 하고요. ……전쟁 이후에 많이 돌아다녔던 이야기니까요. 그 무렵 산체스 마사스를 알았던 사람들이라면 그 이야기를 하지요. 그가 모든 이들에게 말하고 다녔기 때문인 것 같습니다. 많은 사람들이 거짓말이라고 여겼어요. 알고 있었습니까? 사실은 지금도 그렇게 생각하는 사람이 있습니다.」

「이상할 게 없지요.」

「왜요?」

「정말 소설 같은 사건이니까요.」

「모든 전쟁에는 소설 같은 얘기가 많지요.」

「그래요. 그러나 여전히 믿기 힘들지 않나요? 그 사람은 젊지도 않았어요. 당시 45세였으니까요. 게다가 눈이 근시였는데…….」

「물론 그렇지요. 게다가 몸 상태도 좋지 않았을 테고요.」

「바로 그겁니다. 그런 상태의 사람이 그 상황에서 도망칠 수 있었다는 것은 믿기 어려운 일 아닙니까?」

「왜 믿기 어려운가요?」 포도주와 초콜릿 케이크, 그리고 커피가 나왔지만 그는 자기 말을 중단하지 않았다. 「놀랍기는 하지만 믿기 어려운 것은 아니지요. 신문 기사에 그 상황을 정말 잘 전하시던데요, 뭐! 집단 총살이었다는 것을 생각해 보세요. 마사스를 찾았다고 소리쳤어야 하는데, 그러지 않은 병사를 생각해 보시고요. 게다가 사건이 일어난 장소가 쿨엘이라는 것도요. 거기 한번 가본 적 있나요?」

나는 가본 적 없다고 했다. 그러자 아기레 씨는 사방이 소나무로 빽빽이 우거진 숲들과 석회질 땅으로 둘러싸인 거대한 석조물을 떠올리게 했다. 험하고 아주 광대한 산악 지역, 드문드문 산재해 있는 외딴 농가들과 작은 마을들(또는 산트미겔데캄마조, 파레스, 산트페리올, 미에레스), 그곳에선 3년간의 전쟁 기간 동안 수많은 도피 조직들이 활동하고 있었는데, 돈을 받고(가끔은 우정이나 정치적 친연성을 이유로) 혁명 시기 탄압의 잠정적 희생자들이나 공화 정부에 의한 강제 징집을 피하고 싶은 입영할 나이의 젊은이들이 국경을 넘도록 도와주었다. 아기레 씨에 의하면 그 지역에는 잠복하고 지내는 사람들도 수두룩했는데, 그들은 도피 비용을 댈 수 없거나 도피 조직과 접선하지 못한 사람들이었다. 그들은 숲 속에서 몇 개월씩, 몇 년씩 숨어 지냈다.

「그러니까 숨기에는 이상적인 곳이었던 겁니다.」 그는 그렇게 단정했다. 「그 전쟁 통에 농부들은 도피자들과 거래하고 도와주고 하는 데 이골이 났지요. 페를로시오 씨가 당신한테 〈숲 속의 친구들〉에 대해서 얘기했나요?」

내 신문 기사는 그 군인이 산체스 마사스를 발견하고도 알리지 않는 순간에서 끝났다. 〈숲 속의 친구들〉에 대한 언급은 일체 없었다. 난 커피를 마시며 말을 쉬었다.

「그 이야기를 아세요?」

「그들 중 한 사람의 아들을 압니다.」

「놀리지 마시고요.」

「놀리는 게 아닙니다. 자우메 피게라스라고 하지요. 바로 근처에 삽니다. 코르넬랴데테리에요.」

「페를로시오 씨 말로는 산체스 마사스를 도왔던 청년들이 코르넬랴데테리에 살았다더군요.」

아기레는 양어깨를 들썩이면서 손가락으로 초콜릿 케이크의 마지막 부스러기들을 집고 있었다.

「저는 거기까진 모릅니다.」 그는 인정했다. 「피게라스 씨는 대강만 말해 주었거든요. 저도 그다지 흥미를 갖지 않았고요. 원하신다면 그분 전화번호를 드리지요. 그분께 그 얘기를 해달라고 하세요.」

아기레가 커피를 다 마셨고, 우린 돈을 지불했다. 우리는 람블라에 있는 레스페익세테리에스 베예스 다리 앞에서 헤어졌다. 그는 다음 날 내게 전화해서 피게라스의 전화번호를 알려 주겠다고 재차 말했다. 악수를 하면서 보니 초콜릿 자국이 그의 입가에 검게 나 있었다.

「그걸로 뭘 하시게요?」 그가 물었다.

입술을 닦으라고 막 말하려던 참이었다.

「그거라뇨?」

「산체스 마사스 사건요.」

나는 뭘 하겠다는 생각이 없었다(그저 그 사건이 궁금했던 것이다). 그래서 사실대로 말했다.

「아무 계획이 없다고요?」 아기레는 그 작은 눈으로 나를 바라보았다. 강하고 영리해 보이는 눈이었다. 「소설을 쓸 생각인 줄 알았는데요.」

「이제 소설은 쓰지 않습니다.」 내가 말했다. 「게다가 이건 소설이 아니라 실화입니다.」

「그 기사도 실화였지요.」 아기레가 말했다. 「정말 좋았다고 제가 말씀드렸나요? 압축된 이야기라서 맘에 들었지요. 오로지 실제 인물과 상황으로 된⋯⋯ 실제 이야기 같아서요.」

다음 날 아기레는 내게 전화를 해서 자우메 피게라스의 전화번호를 알려 줬다. 휴대 전화 번호였다. 피게라스 씨에게 전화를 했지만 받지 않았다. 대신 메모를 남겨 달라는 그 사람의 목소리가 들렸다. 나는 메모를 남겼다. 내 이름과 직업, 아기레 씨를 만났다는 것, 그의 아버지와 산체스 마사스, 그리고 〈숲 속의 친구들〉에 관해서 이야기하고 싶다고 전했다. 그리고 내 전화번호를 남기고 전화해 달라고 부탁했다.

그로부터 며칠 동안 나는 피게라스 씨 전화를 조바심하며 기다렸다. 하지만 헛일이었다. 나는 다시 전화를 했다. 또 메모를 남겼고, 다시 기다렸다. 그러면서 파스쿠알 아길라르의 『나는 빨갱이들에게 살해당했다』라는 책을 읽었다. 공화파의 점령지에서 겪은 공포에 대한 참혹한 기록이었다. 내전이 끝나고 스페인에서 나온 수많은 기록들 중 하나였다. 단지 이 책은 1981년 9월에 출판된 것이었다. 그 날짜는 우연한 것이 아니라는 의구심이 든다. 그해 2월 23일 촌극 같은 쿠데타[14]를 일으킨 자들을 정당화하는 이야기처럼 읽힐 수도 있기 때문이다. (파스쿠알은 수차례 그것을 드러내는 구절을 적어 놓았다. 호세 안토니오 프리모 데 리베라가 마치 자기 말인 것처럼 되뇌던 구절이다. 〈최후에 문명을 구한 것은 항상 소수의 병사들이었다.〉) 그리고 사회주의 정당의 집권과 과도 정권의 상징적 종말과 함께 임박한 대재앙에 대한 경고처럼 읽힐 수도 있기 때문이다. 그 책은 놀랍게도 상당히 괜찮았다. 세월의 흐름과 스페인에서 일어난 변화들조차도 파스쿠알이 팔랑헤 골수분자로서 지녔던 확신들을 하나도 부식시키지 못했다. 그는 자신의 전쟁 경험담을 거침없이 전했다. 예상치도 못한 군사 반란은 그가 테루엘이란 마을에서 휴가를 보내고 있을 때 일어났고 그 마을은 공화파 지역에 들어갔다는 것에서부터, 쿨엘에서 있었던 총살 집행 이후 며칠까지의 상황을 전하고 있다. — 총살에 대해서는 많은 페이지를 할애해 처참할 정도로 자세하게 기록했는데, 그 사건 전후의 며칠도 마찬가지였다 — 그는 프랑코 군에 의해서 구출되었다. 전쟁 동안 그는 핌피넬라 에스카를라타[15]와 엔리케 데라가르데레[16]의 행적을 섞어 놓은 듯한 삶을 살았다. 처음에는 열성적인 구성원으로, 그다음엔 바르셀로나 제5부대의 한 그룹 지도자로서 활동했고, 그 이후 한동안은 발마호르의 비밀경찰 감옥에서 옥고를 치렀다. 파스쿠알의 책은 작가 자신이 편집한 것이었다.

---

14 프랑코의 사망 후 빠르게 진행된 스페인의 탈군부화, 민주화에 불만을 품은 일부 군인들이 일으킨 쿠데타. 국민 대다수의 반대와 국왕의 완강한 거부에 막혀 하루도 못 가 실패하고 만다.
15 브라질 대중 소설에 등장하는 인물.
16 멕시코 대중 소설에 등장하는 인물.

그 책에는 여러 차례 산체스 마사스에 대한 언급이 있는데, 파스쿠알은 총살 사건 전 몇 시간을 그와 함께 보냈다. 아기레의 권고에 따라 나는 트라피에요의 책들도 읽었는데, 그중 한 권에서도 산체스 마사스의 총살 사건을 언급하고 있다는 것을 확인했다. 정확히 내가 페를로시오에게 들은 표현 그대로 전하고 있었다. 단지 내가 기사인지 실화인지 모를 글에서 그랬던 것처럼 그 사람도 〈숲 속의 친구들〉에 관해서는 역시 언급하지 않았다는 점만 달랐다. 트라피에요의 이야기와 내 이야기가 정확히 일치한다는 사실에 놀랐다. 트라피에요가 그 이야기를 페를로시오에게 (아니면 산체스 마사스의 다른 아들 중 누군가나, 혹은 그 부인에게) 들었을 거라고 생각했다. 산체스 마사스가 자기 집에서 그 사건에 대해 너무 많이 이야기한 나머지 그 사건이 가족들에겐 거의 공식 같은 성격을 갖게 되지 않았나 생각했다. 마치 한 단어라도 빠지면 재미가 없어지는 완벽한 농담처럼.

나는 트라피에요의 전화번호를 알아내서 마드리드로 전화를 했다. 전화한 동기를 말하자 아주 상냥하게 대해 주었다. 그 자신은 몇 년 전부터 산체스 마사스를 잊고 있었다고 말했지만, 그 사람에 대해서 누군가 관심을 가지는 것에 반가워하는 기색이었다. 짐작건대, 산체스 마사스를 좋은 작가가 아니라 위대한 작가로 여기고 있었던 것 같다. 우리는 한 시간 이상 대화를 했다. 쿨엘에서 일어난 일에 관해서는 자기 책에 언급한 것 이상은 정말 모른다고 했다. 그리고 전쟁 직후엔 그 사건을 수많은 사람들이 언급했다고 재차 말했다.

「프랑코파들에 의해 막 접수된 바르셀로나의 신문들뿐만 아니라 전 스페인 신문에 그 사건이 자주 등장했습니다. 카탈루냐 후방 지역에서 마지막에 난무한 폭력들 중 하나였기에 그것을 선전 목적으로 이용하려는 의도였지요.」트라피에요는 그렇게 설명했다. 「제 기억이 맞다면, 리드루에호[17] 씨는 자기 회고록에 그 일화를 언급하고 있습니다. 라인[18] 씨도 그랬지요. 그리고 제가 어딘가에 가지고 있는 몬테스 씨의 기사도 그 사건에 대해 언급하고요. ······짐작건대, 한동안 산체스 마사스 씨가 자기가 만나는 모든 사람들에게 그 이야기를 하지 않았나 싶어요. 정말 야만적인 사건이었음에 틀림없지만, 그래도, 어쨌거나······ 모르겠습니다. 너무 겁이 많은 탓에(그 사람이 정말 겁쟁이라는 것은 모두가 다 알고 있었지요) 그 끔찍한 일화가 어떤 방식으로든 겁쟁이라는 평판에서 벗어나게 해준다고 생각하지 않았나, 저는 추측합니다.」

〈숲 속의 친구들〉에 관해서 들은 적이 있느냐고 트라피에요에게 물었다. 그렇다고 했다. 책에서 말하는 내용을 누가 얘기해 주었냐고 물었다. 릴리아나 페를로시오라고 했다. 산체스 마사스의 부인인데, 그녀가 죽기 전에 꽤나 자주 들렀던 모양이다.

「정말 이상합니다.」 내가 말했다. 「한 가지 사소한 것만 빼

---

17 Dionisio Ridruejo(1912~1975). 반란파에 가담했던 시인이자 정치가.
18 Pedro Láin Entralgo(1908~2001). 팔랑헤 계열에 속했던 의사이자 인문학자.

고는, 그 사건 이야기가 페를로시오 씨가 제게 말한 이야기와 정확히 일치합니다. 마치 두 사람이 그 사건을 이야기했다기보다는 암송한 것처럼 말이지요.」

「그 한 가지 사소한 거라는 게 뭡니까?」

「별로 중요하지 않은 겁니다. 트라피에요 씨 이야기에서(그러니까 릴리아나 이야기에서) 그 병사는 산체스 마사스를 본 순간 어깨를 들썩하고는 가버렸다고 하셨지요. 반면에 제 이야기에서는(그러니까 페를로시오 이야기에서는) 그 병사가 그 자리를 떠나기 전에 몇 초 동안 산체스 마사스의 눈을 응시했습니다.」

침묵이 흘렀다. 난 전화가 끊어진 줄 알았다.

「여보세요?」

「흥미로운데요.」 트라피에요 씨가 생각에 잠겼다. 「지금 말씀하신 그게 사실입니다. 어깨를 들썩였다는 저의 표현이 어떻게 나왔는지 모르겠지만, 아마도 그게 더 극적으로 느껴졌거나, 아니면 더 피오 바로하[19]식 표현으로 보여서 그랬나 봅니다. 사실 릴리아나도 제게 그 병사가 그 자리를 뜨기 전에 마사스 씨의 눈을 쳐다보았다고 말했습니다. 그럼요. 게다가 제가 기억하기로, 릴리아나가 한번은 그러더군요. 전쟁으로 3년간 헤어져 있다가 다시 만났을 때 마사스 씨는 자신을 바라보던 그 두 눈에 대해서 자주 말했다고요. 그 병사의 두 눈 말입니다.」

---

19 Pío Baroja(1872~1956). 〈98세대〉의 대표적 소설가.

전화를 끊기 전에 우린 산체스 마사스에 대해서 잠시 더 이야기했다. 그의 시, 소설, 기사, 이해하기 힘든 성격, 친구와 가족에 대해서 이야기했다(곤살레스 루아노 씨 말에 따르면 〈그 집에서는 모두가 서로에 대해 나쁘게 말하고, 자기만 옳다〉는 식이라고 트라피에요 씨가 내게 말했다). 마치 내가 당연히 산체스 마사스에 대해서 뭔가 쓸 거라는 것을 알지만 쑥스러워 할까 봐 묻고 싶지는 않다는 듯, 그는 몇 사람의 이름과 참고 자료를 내게 알려 주면서 마드리드에 있는 자기 집으로 한번 오라고 했다. 산체스 마사스의 원고와 복사한 신문 기사, 그 밖의 다른 자료도 집에 가지고 있다고 했다.

몇 달이 지난 뒤에야 트라피에요 씨의 집을 방문했다. 하지만 통화 직후부터 나는 그가 준 정보를 추적하기 시작했다. 그래서 산체스 마사스가, 특히 전쟁이 막 끝난 직후, 상대가 원하기만 하면 누구에게나 자기에 대한 총살 집행 사건을 이야기했다는 사실을 알아냈다. 에우헤니오 몬테스는 더없이 막역한 친구들 중 한 사람인데, 마사스처럼 작가이자 팔랑헤주의자였다. 몬테스는 쿠엘의 일이 있은 지 정확히 2주일 뒤인 1939년 2월 14일, 3년간 공화파 지역에서 잠적과 감옥 생활을 한 끝에 〈목동들이 입는 털외투에 총알 구멍들이 난 바지를 입고〉, 〈저승으로부터 환생하여〉 돌아오는 마사스를 묘사했다. 산체스 마사스와 몬테스는 그 며칠 전 바르셀로나에서 환희의 재회를 했다. 당시 반란군의 전국 선전 책임자였던 시인 디오니시오 리드루에호의 사무실에서였다. 여러 해가 지난 뒤, 디오니시오는 회고록을 쓰면서 여전히 그 장면을 기억하고 있었다. 당시 또 한 명의 젊고 학식이 뛰어난 팔랑혜 간부였던 페드로 라인 엔트랄고 역시 그 후 자기 회고록에서 똑같이 회상하고 있었다. 두 회고록 집필자들의 산체스 마사스에 대한 묘사는 — 리드루에호는 산체스 마사스를 조금 알고 있었지만, 라인은 그전에는 그를 본 적도 없었다. 라인은 나중에 그를 죽도록 미워하게 된다 — 뚜렷하게 일치하는데, 마치 그 기억이 두 사람에게 너무나 인상적이어서 동일한 순간적 이미지로 냉동되어 버린 것 같았다(아니면, 라인이 리드루에호를 베꼈거나 혹은 그 두 사람이 동일한 출처에서 베낀 것 같았다). 두 사람이 보기에, 산체스 마사스는 부활한 듯한 분위기였다. 몸은 야위고, 불안하고 어리둥절해 보였고, 머리는 빡빡 민 데다, 허기진 얼굴에 보이는 것은 휘어진 코뿐이었다. 또 두 사람은 바로 그 사무실에서 산체스 마사스가 총살 집행 사건을 이야기했다고 기억하고 있다. 어쩌면 리드루에호 씨는 그 이야기에 별로 믿음이 가지 않았는지도 모른다(그래서인지 자신들을 위해 그 이야기에 〈약간 소설 같은 내용들〉을 가미했다는 말을 하고 있다). 그리고 산체스 마사스가 〈조악한 황갈색 가죽점퍼〉를 입고 있었다고 기억하는 사람은 단지 라인 씨뿐이다. 왜냐하면 내가 우연히 정보를 입수하여, 평소와는 달리 기민한 절차를 거친 뒤 카탈루냐 필름 보관소의 자료실 열람석에 앉아서 확인한 바에 따르면, 산체스 마사스는 바로 그 조악한 황갈색 가죽점퍼를 입고, 부활한 듯한 바로 그 분위기로 — 야윈 몸에 머리는 빡빡 밀고 — 어느 카메라 앞에서든 자기의 총살 사건을 이야기했다. 바르셀로나에 있는 리드루에호의 사무실에서 팔랑헤 동지들에게 그 이야기를 했던 바로 1939년 2월 그즈음이었다는 것은 의심의 여지가 없었다. 그 영상 기록은 — 산체스 마사스의 몇 안 되는 영상 자료들 중 하나인데 — 전쟁이 막 끝나고 방영된 최초의 뉴스 중 하나로 나온 것이었다. 그 뉴스에는 프랑코 총통이 타라고나의 해군 함대를 시찰하는 늠름한 모습과 부인 카르멘시타 프랑코가 부르고스에 있는 자기 집 정원에서 사회 구호 단체가 선물한 새끼 사자와 놀고 있는 목가적 장면도 있었다. 얘기하는 동안 산체스 마사스는 내내 서 있었고, 안경은 쓰지 않은 채, 약간 멍한 시선을 하고 있었다. 그럼에도 불구하고 대중 앞에서 이야기하는 데 익숙한 사람처럼 침착하게, 자신이 말하는 것을 들으면서 즐기는 사람처럼 여유롭게 말했다. 처음에는 — 총살 사건을 언급할 때 — 이상하게도 아이러니한 어조로, 마무리할 때는 — 장기간의 기구한 경험의 끝을 언급할 때는 — 예상대로 격앙된 어조로 말했다. 계속 약간 큰 소리로 말했지만, 그의 말들은 너무나 적확하고, 말 중간 중간의 휴지는 너무나 계산된 듯하여 마치 그 사건을 이야기하기보다는 암송하는 것 같은 인상을 순간순간 주었다. 마치 무대에서 자신의 역할을 연기하는 배우 같았다. 게다가 산체스 마사스의 이야기는 핵심적인 것에 있어서 그의 아들이 내게 말해 준 내용과 다르지 않았다. 그래서 필름 보관소의 열람실에서 비디오 플레이어를 마주하고 의자에 앉아 그가 이야기하는 것을 들으며 나는 뭐라 말하기 힘든 전율을 느꼈다. 왜냐하면 거의 60년 뒤 페를로시오가 내게 이야기하게 될 사건에 대한, 아직 거칠고 다듬어지지 않은 초기 판본들 중 하나를 내가 듣고 있다는 것을 알았기 때문이다. 또한 나는 굳은 확신이 들었다. 산체스 마사스가 자기 아들에게 말한 내용(그 아들이 내게 전한 내용)은 일어난 일을 기억한 게 아니라는 것이다. 그 이전에 여러 차례 말한 내용을 기억한 것이었다. 덧붙이자면, 몬테스나 리드루에호, 라인(그들이 그 병사의 존재를 알았다고 가정할 때), 그리고 물론 산체스 마사스 본인조차도 막 전쟁이 끝나 안도하고 있는 수많은 익명의 시청자들에게 내보내는 그 뉴스에서 산체스 마사스를 죽이라는 명령을 받고도 죽이지 않은 그 이름도 모르는 병사의 행동을 언급하지 않은 사실이 전혀 놀랍지 않았다. 이 사실은 누구의 망각이나 배은망덕에 그 탓을 돌리지 않고도 설명된다. 당시 프랑코의 스페인 내전에 관련된 주장을 떠올리기만 하면 된다. 모든 전쟁에서 모든 주장들이 다 그렇듯이, 어떤 적군도 한 생명을 구해 준 예가 없다고 일러 준다. 생명을 죽이는 데 급급했으니까. 그리고 〈숲 속의 친구들〉에 관해서는……

그러고도 몇 달이 더 지나서야 자우메 피게라스 씨와 통화가 되었다. 휴대 전화에 여러 차례 음성 메시지를 녹음했는데도 한 번도 대답이 없기에 그 사람이 내게 연락할 가능성이 없다고 거의 포기한 뒤였다. 가끔은 피게라스는 단지 아기레의 왕성한 상상력이 만든 인물일 뿐이라고 추정하고 있었다. 아니면 알지는 못하지만 상상하기란 그리 어렵지 않은 이유로, 피게라스가 누구 앞에서도 자기 아버지의 기구한 전쟁 경험을 회고하길 꺼리는 것이 아닌가 하고 추측했다. 기이한 일이다(적어도 지금 내가 보기에는 기이하다). 페를로시오의 이야기가 나의 궁금증을 불러일으킨 이래 그 사건의 주인공들 중 누군가 살아 있을 수도 있다는 생각이 한 번도 떠오르질 않았다는 것이. 마치 그 사건이 겨우 60년 전이 아니라 살라미나의 전투만큼이나 오래전에 일어난 것처럼 말이다.

어느 날 우연히 아기레 씨와 마주쳤다. 어느 구역질 나는 마드리드 출신 소설가를 인터뷰하러 간 멕시코 식당에서였다. 그 소설가는 마드리드에서 자신의 최근 배설물을 홍보하고 있었는데, 멕시코를 배경으로 하는 줄거리였다. 아기레 씨는 여러 사람들과 함께 있었다. 뭔가 축하하는 자리였던 것 같다. 지금도 그 사람의 흥에 겨운 너털웃음과 데킬라 냄새 나는 그의 입김이 내 볼에 와 닿은 기억이 나기 때문이다. 내게 다가와서는 악당이 기르는 카이저수염을 계속 만지작거리면서 느닷없이 글을 쓰고 있느냐고 물었다(그 말은 책을 쓰고 있느냐는 뜻이었다. 거의 대부분의 사람들이 그렇듯, 아기레의 생각에도 신문에 쓰는 것은 쓰는 것이 아니었다). 난 약간 언짢았다. 글을 쓰고 있지 않은 작가에게 지금 어떤 글을 쓰고 있느냐고 묻는 것보다 더 거슬리는 것은 없으니까. 나는 아니라고 대답했다. 산체스 마사스나 내가 쓰려는 실화와 관련해서 뭔가 진전이 있느냐고 그는 물었다. 나는 더욱 언짢은 기분으로 아무것도 진전된 게 없다고 했다. 그러자 피게라스와 얘기해 봤느냐고 물어 왔다. 나 또한 약간 취해 있었거나, 아니면 그 구역질 나는 마드리드 출신 소설가가 이미 나를 더 이상 참지 못하게 해서 그랬는지 모르겠지만, 나는 아니라고 말하고는 화를 벌컥 내면서 쏘아붙였다.

「실존하기나 하나요?」

「실존하다니, 누구 말입니까?」

「누구겠어요? 피게라스지.」

그 말에 아기레의 입가에서 웃음이 사라졌다. 수염도 만지지 않았다.

「무슨 말을 그렇게 합니까?」 그는 놀란 눈으로 나를 똑바로 바라보면서 말했다. 나는 그에게 따귀를 한 대 후려갈기고 싶은 충동이 간절했다. 아니, 진정으로 한 대 올려붙이고 싶은 작자는 그 마드리드 출신 소설가였다. 「확실히 존재하고말고요.」

나는 감정을 자제했다.

「그렇다면 나하고 말하기 싫은가 보군요.」

거의 비통한 표정으로 변명하듯 말하길, 피게라스는 건설업인가 건설 청부업인가(혹은 이와 비슷한 것)를 하는 사람이고, 코르넬랴데테리의 도시 계획 위원(아니면 이와 비슷한 것)이기도 한데, 어쨌든 아주 바쁜 사람이라서 나의 음성 메모에 답하지 않은 것이 확실하다고 설명했다. 그러고서는 자기가 그 사람하고 통화해 보겠다고 약속했다. 내 자리로 돌아왔을 때 내 기분은 정말 최악이었다. 그 마드리드 출신 소설가는 정말 짜증스러웠다. 그는 계속 헛소리를 늘어놓았다.

사흘 후 피게라스 씨가 전화를 걸어 왔다. 전화가 늦어서 미안하다고 했다. (그의 목소리는 느렸고, 전화기 멀리서 들려왔다. 마치 그 목소리의 주인이 나이가 아주 많고 아픈 것처럼.) 그는 아기레에 대해서 말했고, 여전히 자기와 대화를 원하느냐고 물었다. 그렇다고 했다. 하지만 약속 잡기가 쉽지 않았다. 결국 그 주간의 모든 날짜를 하루하루 짚고 나서 그다음 주에 만나기로 약속했다. 시내의 모든 바를 다 거론한 끝에(비스트로를 시작으로. 하지만 그곳은 피게라스 씨가 모르는 곳이었다) 누리아에서 만나기로 했다. 정거장에서 아주 가까운 포에타 마르키나 광장에 있는 바였다.

일주일 뒤 나는 그곳에 갔다. 약속한 시간보다 15분 정도나 일찍 도착했다. 나는 그날을 아주 정확히 기억하고 있다. 왜냐하면 그 이튿날 얼마 전부터 사귀고 있던 애인과 칸쿤으로 바캉스를 떠나기로 되어 있었기 때문이다(이혼 후 세 번째 애인이었다. 첫 번째 여자는 신문사 동료였고, 두 번째는 팬스 앤드 컴퍼니라는 샌드위치 체인점에서 일했다). 그녀의 이름은 콘치인데, 내가 알기로 그녀의 유일한 직업은 지역 텔레비전 방송국의 점쟁이였다. 예명은 재스민이었다. 난 그녀에게 약간 주눅이 들어 있었는데, 항상 난 약간 주눅 들게 하는 여자들을 좋아했던 것이 아닌가 싶다. 그리고 당연히 그녀와 함께 있을 때 아는 사람과 맞닥뜨리지 않으려고 노력했다. 얼굴이 알려진 점쟁이와 사귀는 것을 남들이 보면 창피해서라기보다는 꽤나 튀는 그녀의 외모 때문이었다(탈색된 머리, 가죽 미니스커트, 타이트한 상의, 뾰족한 구두).

게다가 — 숨겨서 뭣하겠는가 — 콘치는 약간 특별했다. 그녀를 내가 사는 집으로 처음 데려갔던 날이 생각난다. 내가 출입문 자물쇠와 씨름하고 있을 때 그녀가 말했다.

「이런 한심한 놈의 도시를 봤나.」

왜 그러냐고 물었다.

「이봐요.」 그러고는 정말 매스껍다는 표정으로 거리 이름이 적힌 표지판을 가리켰다. 〈예비 역사가 유이스 페리콧 대로(大路).〉 「아니, 적어도 과정을 마쳐 예비 딱지는 뗀 사람의 이름을 거리 이름으로 붙여야 되는 거 아니에요?」

콘치는 신문 기자(그녀의 말대로라면, 지성인)와 사귄다는 점을 아주 좋아했다. 내 기사 중 끝까지 읽은 것은 하나도 없을 거라(어쩌면 아주 짧은 것 하나 정도) 난 확신하지만 항상 내 기사를 읽는 듯한 태도를 취했다. 그리고 자기 집에 신성한 것을 모셔 두는 곳에는, 받침대에 올려 둔 〈과달루페의 성모〉 액자 양옆으로 내가 쓴 모든 책을 한 권씩 표시 안 나게 투명한 비닐로 싸서 진열해 두고 있었다. 〈이 사람이 내 애인이야〉라고 말하는 그녀의 모습을 그 당시 나는 상상해 보곤 했다. 거의 문맹에 가까운 자기 친구들이 집에 발을 들여놓을 때마다 그들보다 훨씬 우월함을 느끼면서 말이다. 내가 콘치를 알게 된 때는, 그녀가 이대이(2대 2) 곤살레스라고 하는 에쿠아도르 남자하고 막 헤어진 뒤였다. 그 남자의 이름인 이대이는, 추측건대 그 사람 아버지가 평생 응원하던 축구팀이 처음이자 마지막으로 그 나라 리그 우승을 확정했던 경기를 기념하기 위해서 붙였을 것이다. 콘치는 이대이를 잊기 위해 — 어느 체육관에서 문화 강좌를 듣다가 그 남자를 만났다. 사이가 좋을 때는 아주 애교스럽게 〈무승부〉라고 불렀고, 사이가 안 좋을 때는 꼴통, 꼴통 곤살레스라고 불렀다. 그 남자가 그리 총명하지 못하다고 여겼기 때문이다 — 근교 마을인 쿠아르트로 이사를 갔던 것이다. 허술하지만 큰 집을 아주 적은 돈으로 얻었다. 그 집은 거의 숲 속에 있었다. 나는 아주 은근하게, 그렇지만 지속적으로, 다시 도시로 나와 살라고 말했다. 내가 그렇게 끈질겼던 것은 두 가지 이유 때문이다. 하나는 겉으로 드러난 이유고, 다른 하나는 숨은 이유였다. 하나는 공개적인 것이고, 하나는 비밀스러운 것이었다. 공개적인 이유는 그 집이 외져서 그녀에게 위험하다는 것이었다. 하지만, 어느 날 두 남자가 그 집을 털려고 들어왔고 마침 그녀는 불행히도 집 안에 있었는데, 결국은 그녀가 돌을 던지면서 그 작자들을 숲 속으로 추격하는 것으로 끝이 났다. 그래서 나는 그 집이 그녀에게 강도짓을 하려는 놈들에게 위험하다는 것을 인정해야 했다. 숨겨진 이유는, 내가 운전면허가 없기 때문에 우리 집에서 콘치 집으로 혹은 콘치 집에서 우리 집으로 갈 때마다 콘치의 폭스바겐을 이용해야 한다는 데 있었다. 그 똥차는 너무 오래된 것이라 그 예비 역사가인 페리콧의 관심을 끌기에도 부족함이 없었을 것이다. 콘치는 마치 그 순간 자기 집에 강도가 들어가는 것을 막으려는 듯, 또 우리 주위에 달리는 모든 차에 온통 범죄자들이 타고 있는 듯 차를 몰았다. 그렇기 때문에 내 여자 친구 차를 타고 이동하는 것은 항상 위험을 내포하고 있었고, 게다가 그녀는 운전하는 것을 무척 좋아했다. 난 그런 위험은 아주 특별한 상황이 아니면 감수하고 싶지 않았다. 적어도 처음에는. 그런 아주 특별한 상황이 자주 일어날 수밖에 없었다. 왜냐하면 그 당시 나는 그 폭스바겐을 타고 그녀 집에서 우리 집으로, 혹은 우리 집에서 그녀 집으로 오가면서 수없이 목숨을 걸었기 때문이다. 게다가, 당시에는 인정하고 싶지 않았지만, 나는 콘치를 정말 좋아했던 것 같다(아무튼 같은 신문사에 다니던 여자보다 더 좋아했고, 팬스 앤드 컴퍼니에 다니는 여자보다 좋아했다. 어쩌면 전 마누라보다는 덜 좋아했을지 모르지만). 아무튼 그렇게 좋아했기 때문에 우리가 사귄 지 9개월이나 된 것을 축하하기 위해 칸쿤에 가서 2주 동안 함께 보내자는 제안을 받아들였다. 나는 칸쿤이 정말 내키지 않았지만 함께 지내는 즐거움이 있고, 그녀가 좋아 어쩔 줄 몰라 할 테니 견딜 만한 곳이 되리라 기대했다. 그래서 이미 여행 가방을 다 싸 놓은 뒤였고, 이따금(오로지 이따금씩만) 걱정스럽기는 해도 여행을 떠난다는 생각에 설레던 어느 오후, 마침내 피게라스 씨와 약속이 잡혔다.

누리아의 한 탁자에 앉아 진 토닉을 한 잔 시키고 기다렸다. 아직 8시가 되지 않았다. 정면에 있는 크리스털 벽 건너편의 테라스에는 사람들이 가득했다. 그리고 저 멀리 관광객들을 태운 궤도차가 고가 선로를 따라 가끔씩 지나가고 있었다. 왼편 공원에는 기울어 가는 플라타너스 그늘 아래서 엄마들이 아이들에게 그네를 태워 주고 있었다. 난 콘치를 생각했던 것으로 기억한다. 콘치는 그 바로 전에, 아이를 하나 낳기 전에는 죽을 생각이 없다고 말해 나를 놀라게 했다. 그러고 나서 난 예전의 아내를 생각했다. 그녀는 아주 여러 해 전에 아이를 하나 갖자는 나의 제안을 여러 이유를 들며 거절했다. 만약 콘치의 선언 역시 하나의 암시라면(그때 난 그렇다고 이해했다) 칸쿤으로의 여행은 이중의 실수였다. 왜냐하면 나는 이미 아이를 가질 생각이 전혀 없었고, 게다가 콘치와의 사이에 낳는다는 것은 잘못된 일이라고 여겨졌다. 어떤 이유에서였는지 나는 다시 아버지를 생각했고, 다시 죄책감을 느꼈다. 〈머지않아 내가 그분을 기억조차 하지 않을 때 그분은 완전히 돌아가시게 될 거야.〉 이런 생각을 하며 나 스스로에게 놀랐다. 그 순간 대충 60세쯤 되어 보이는 남자가 바로 들어오는 것을 보면서 피게라스 씨일지도 모르겠다고 생각했다. 동시에 불과 몇 달 사이에 두 번씩이나 모르는 사람과 약속을 하면서 서로 알아볼 방법을 미리 얘기해 두지 않은 것에 대해 스스로 한심하게 생각했다. 난 일어나서 자우메 피게라스 씨냐고 물었다. 그 사람은 아니라고 했다. 난 자리로 돌아왔다. 거의 8시 반이 되었다. 바에 혼자 앉은 남자가 있는지 둘러보았다. 그러고는 테라스로 나갔다. 역시 그런 사람은 없었다. 혹시 피게라스 씨가 그 바에서 내 가까이에 앉아 계속 날 기다리다 지쳐 가버린 것은 아닐까 하고 자문해 보았다. 그럴 순 없다고 생각했다. 그 사람의 휴대 전화 번호도 가지고 있지 않았고, 어떤 이유로 늦어질 뿐 곧 도착하리라 여기고 기다리기로 했다. 진 토닉을 한 잔 더

시키고 테라스로 가 앉았다. 초조하게 이쪽저쪽을 살폈다. 그러는 사이 젊은 두 집시가 나타났다. 한 명은 남자, 한 명은 여자였다. 전자 오르간과 마이크, 그리고 스피커를 가지고 손님들 앞에서 연주하기 시작했다. 남자는 반주를 하고 여자는 노래를 불렀다. 파소 도블레[20]를 연주했다. 지금도 나는 그 곡을 생생히 기억한다. 왜냐하면 콘치가 파소 도블레를 너무나 좋아한 나머지, 나를 그 춤 강좌에 등록시키려 한 적이 있기 때문이다. 비록 성공하지는 못했지만. 게다가 무엇보다도, 난생처음 〈스페인을 향한 탄식〉의 가사를 들었기 때문이다. 파소 도블레로 그토록 유명한 곡에 가사가 있는 줄은 몰랐었다.

> 신께서는 당신의 권능으로
> 태양 광선 네 가닥을 녹여
> 한 여자를 만들려 하셨네.
> 그 뜻이 이루어지는 순간,
> 난 스페인 어느 정원에서 태어났다네.
> 마치 장미 정원의 꽃처럼.
> 내가 사랑하는 영광스러운 땅이여,
> 향기와 열정의 축복받은 땅이여,
> 스페인이여, 그대 발아래 꽃들은 만발한데
> 어느 여린 가슴이 한숨짓고 있다네.

---

20 Pasodoble. 빠른 8분의 6박자로 이루어진 스페인의 전통 춤곡.

아, 견디기 힘든 이 고통이여,
나 떠나야 하기에, 스페인이여, 그대로부터,
날 없애려 하기에, 나의 장미 정원으로부터.

집시들의 연주와 노래를 들으면서 세상에서 가장 슬픈 노래라는 생각이 들었다. 또한 마음속으로 언젠가 그 곡에 맞춰 춤추는 것도 나쁘진 않겠다고 생각했다. 연주가 끝났을 때 여자 집시의 모자에 1백 페세타를 넣어 주었다. 사람들은 바를 떠나고 있었고, 나도 진 토닉을 다 비우고 나왔다.

집에 도착해 보니 자동 응답기에 피게라스 씨의 메시지가 녹음되어 있었다. 죄송하다고 하면서, 마지막 순간에 뜻하지 않은 일이 생겨 약속 장소에 나갈 수 없었다고 했다. 자기한테 전화해 달라고 했다. 난 전화를 걸었다. 그는 재차 죄송하다고 하면서 다시 약속을 제안했다.

「드릴 게 있습니다.」 그는 말을 덧붙였다.

「뭔데요?」

「만나서 드리겠습니다.」

난 이튿날 여행을 떠나서(칸쿤으로 간다고 말하기는 부끄러웠다) 2주일 뒤에나 돌아온다고 했다. 우리는 2주 뒤에 누리아에서 보기로 약속을 정했다. 그리고 어색하지만 상대를 위해 서로 간단하게 자기 외모를 소개한 뒤 전화를 끊었다.

칸쿤에서의 일은 거론하기조차 싫을 지경이다. 그 여행을 준비한 것은 콘치였는데, 자세한 내용은 내게 숨겼다. 하루 유카탄 반도를 구경하고, 오후에 시내에서 수차례 쇼핑하는 것을 빼고는 2주 내내 한 호텔에 갇혀 지냈다. 일행은 카탈루냐, 안달루시아, 미국에서 온 사람들이었는데, 여행사 가이드 한 명과 두 명의 보조원들이 불어 대는 호루라기 소리에 따라 움직여야 했다. 이들은 휴식의 개념도 없었고, 게다가 스페인어는 한마디도 안 했다. 하지만 그토록 행복하게 지낸 것도 참 여러 해 만이라는 것을 인정하지 않는다면 그건 거짓말이 될 것이다. 이상하게 보일지도 모르겠지만, 그때 칸쿤에(혹은 칸쿤의 한 호텔에) 있지 않았더라면 결코 산체스 마사스에 대한 책을 쓰겠다는 결심을 하지 못했을 것이다. 그 며칠 동안 산체스 마사스에 대한 나의 생각들을 정리할 시간을 가질 수 있었고, 그 인물과 그 사건은 시간이 지나면서 글 쓰는 데 꼭 필요한 연료가 되는 강박 관념의 일종으로 변했다는 것을 깨달을 수 있었다. 호텔 발코니에 앉아 손에 모히토[21]를 한 잔 들고 콘치와 함께 카탈루냐, 안달루시아, 미국에서 온 그 무리가 스포츠에 미친 보조원들에 의해 사정없이 호텔의 이곳저곳으로 내몰리는 것을 바라보면서 (자, 다음은 수영장으로!) 계속 산체스 마사스를 생각했다. 나는 곧 하나의 결론에 도달했다. 더 많은 것을 알면 알수록 그 사람을 더 이해할 수 없고, 더 이해할 수 없을수록 더 빠져들었고, 더 빠져들수록 그 사람에 대해 더 많은 것이 알고 싶어진다는 것이다. 그는 교양 있고, 세련되고, 우수에 차 있고, 보수주의자인 데다, 외모로 봐서는 전혀 화낼 줄 모르며,

---

21 쿠바산 럼주를 베이스로 만든 칵테일.

폭력에 알레르기 반응을 일으킬 사람이었다. 의심의 여지가 없는 것이, 스스로 폭력을 행사할 능력이 없다는 것을 알고 있었으니까. 그런 사람이 1920~1930년대에 자신의 나라가 야만적인 피의 광란에 빠지도록 누구보다 더 애썼다는 것을 나는 이미 알고 있었다. 누가 말했던가, 〈전쟁에서 어느 쪽이 이기든 간에, 시인은 항상 패배자이게 마련〉이라고. 칸쿤으로 바캉스를 떠나기 전에 읽었던 글이 떠오른다. 그러니까 1933년 10월 29일, 스페인 팔랑헤당의 첫 번째 공개 행사가 마드리드 연극 극장에서 열렸는데, 항상 시인들에 둘러싸여 다니던 호세 안토니오 프리모 데 리베라가 이런 말을 했다는 것이다. 〈지금까지 시인만큼 민중을 감동시킨 사람은 없습니다.〉 〈시인은 항상 패배자〉라는 것은 말도 안 되는 소리다. 하지만 호세 안토니오의 단언은 말이 된다. 사실 전쟁은 돈을 위해, 그러니까 권력을 위해 한다. 하지만 젊은이들은 말 때문에 전선으로 가서 서로를 죽인다. 말은 곧 시이다. 그런 이유로 항상 전쟁에서 이기는 자는 시인인 것이다. 그렇기에 산체스 마사스는 항상 호세 안토니오 옆에 붙어 앉아 그 특권적인 자리에서 희생이니, 멍에니, 화살이니, 불굴의 함성이니 따위를 언급하며 폭력적인 애국시를 지을 수 있었고, 그것은 수십만 젊은이들의 상상력에 불을 붙여 결국 그들을 도살장으로 보냈다. 그는 프랑코 군대를 승리로 이끄는 데 프란시스코 프랑코라고 하는 그 19세기식 장군의 어리석은 군사 작전보다 더 공헌한 바가 크다. 내가 예전에 알고 있던 바로는 — 하지만 이해가 안 돼서 늘 궁금했다 — 전쟁이 끝나자 프랑코는 그 전쟁을 촉발시키는 데 누구보다도 기여를 많이 했던 산체스 마사스를 승전 후 초대 행정부의 장관으로 임명했지만, 얼마 지나지 않아 그를 해임했다고 한다. 사람들 얘기에 따르면 그가 각료 회의에조차 나가지 않았다는 것이다. 또 그때부터 거의 전적으로 정치 활동에서 손을 떼었다고 한다. 그리고 마치 자신이 애써서 스페인에 수립한 그 억압 체제에 만족한 듯, 자기 일은 끝났다는 듯, 자기 삶에서의 마지막 20년간을 글쓰기와 가산을 탕진하는 일, 그리고 기나긴 무료함을 약간 괴팍한 취미 생활로 달래는 데 바쳤다. 그 사람이 물러나 무관심하게 보낸 그 마지막 시기가 늘 궁금했다. 하지만 무엇보다도 3년의 전쟁 동안 그가 겪은 풀리지 않는 희한한 사건이, 끔찍한 총살 집행과 그를 살려 준 구원자, 그리고 숲 속의 친구들이 늘 더 궁금했다. 칸쿤에 있던 어느 오후(혹은 칸쿤의 호텔에 있던 어느 오후), 저녁 식사 시간을 기다리며 바에서 시간을 죽이고 있던 때였다. 지난 10년 동안 책 한 권 쓰지 않았지만, 이제 다시 시도할 순간이 왔다고 나는 결론을 내렸다. 그리고 이제 쓸 책은 소설이 아니라 실화라는 것, 현실로 요리한 이야기, 사실과 실제 인물로 반죽을 한 이야기라는 것, 산체스 마사스의 총살 집행 사건과 그 전후 상황에 초점을 맞춘 이야기가 될 것이라고 다짐했다.

칸쿤에서 돌아와 피게라스 씨와 약속을 한 그 오후에 누리아로 갔다. 평소처럼 약속 시간 전에 도착했지만 내가 늘 마시던 진 토닉을 시키기도 전에 한 남자가 내게 다가왔다.

50대로 보였고, 단단한 체구에 어깨가 딱 벌어지고, 곱슬머리에다. 깊고 푸른 눈에, 촌사람같이 수수한 미소를 띠고 있었다. 당연히 그 사람보다 훨씬 나이가 많은 사람을 예상했던 터라(아기레를 만났을 때도 그랬듯이) 나는 이렇게 생각했다. 〈전화 목소리가 더 나이가 많게 느껴지는구나.〉 그는 커피를, 나는 진 토닉을 한 잔 주문했다. 지난번 약속에 나타나지 않아 미안하고, 이번 약속에도 충분한 시간을 할애할 수 없어 죄송하다고 했다. 매년 그 시기에는 일거리가 쌓이고, 게다가 코르넬랴데테리에 있는 부모님의 집인 칸 피젬을 팔려고 내놓았기 때문에 10년 전에 돌아가신 아버지의 서류들을 정리하느라 무척 바쁘다고 했다. 그 순간 피게라스 씨의 목소리가 갈라졌다. 순간적으로 그의 눈이 물기로 인해 빛나는가 싶더니, 침을 삼키고는 다시 사과하듯 미소를 지었다. 종업원이 커피와 진 토닉을 가져와 그 침묵으로 인한 어색함이 덜어졌다. 피게라스 씨는 커피를 한 모금 마셨다.

「정말 저의 아버지와 산체스 마사스에 대해서 글을 쓰시려는 겁니까?」 그는 나를 추궁했다.

「누가 그러던가요?」

「미겔 아기레 씨가요.」

〈실화〉, 속으로 생각했지만 말하진 않았다. 내가 쓰려는 것은 실화이다. 만약 누군가 자기 아버지에 대해서 글을 쓴다면 자기 아버지는 완전히 죽은 것이 아니라고 피게라스 씨는 생각하고 있을 거란 생각도 했다. 피게라스 씨는 재차 물었다.

「그럴 수도 있지요.」 난 거짓말을 했다. 「아직 모르겠습니다. 부친께서 산체스 마사스와 만난 이야기를 자주 하셨나요?」

피게라스 씨는 그렇다고 대답했다. 하지만 그때 일어난 일들에 대해서 아주 희미하게 알고 있을 뿐이라는 것을 인정했다.

「이해해 주세요.」 그는 다시 사과를 했다. 「제겐 단지 너무나 익숙한 이야기에 불과했으니까요. 수도 없이 아버지께서 그걸 말씀하시는 것을 들었지요. 집에서나, 바에서나, 우리끼리만 있을 때나 아니면 마을 사람들과 함께 있을 때나……. 우린 부모님 집인 칸 피젬에 몇 해 동안 바를 열고 있었거든요. 어쨌든 전 그 일에 크게 관심을 두지 않았습니다. 지금은 그게 후회가 되는군요.」

피게라스 씨가 아는 바에 의하면, 자기 아버지는 전쟁 내내 공화파를 위해 싸웠는데, 전쟁 끝 무렵 집으로 돌아와 아버지의 남동생 조아킴과 그의 친구인 다니엘 안젤라츠를 만났다. 그들도 공화파 군대에서 막 이탈했던 것이다. 셋 중 누구도 그 패배한 군대와 함께 망명길에 오르고 싶지 않았기에 가까운 숲에 숨어서 곧 도착할 프랑코 군대를 기다리기로 작정했다. 그리고 어느 날 거의 장님 같은 한 남자가 바위 사이의 거친 땅을 더듬으면서 다가오는 것을 발견했다. 그에게 권총을 들이대고 꼼짝 못하게 하고서 신분을 밝히라고 했더니, 그 남자는 자신은 라파엘 산체스 마사스라는 사람인데, 스페인에서 가장 오래된 팔랑헤 당원이라고 했다는 것이다.

「아버지께서는 즉시 누군지 알아보셨지요.」 자우메 피게라스 씨가 말했다. 「아버지는 박식한 분이었는데, 산체스 마사스의 사진을 신문에서 보신 적이 있었고, 그 사람의 글까지 읽으셨으니까요. 적어도, 늘 그렇게 말씀하셨습니다. 진실인지는 저도 모르겠지만요.」

「진실일 수도 있지요.」 나는 인정했다. 「그다음엔 어떻게 되었나요?」

「며칠간 숲 속에 피신해 있었답니다.」 피게라스 씨는 남은 커피를 한 모금 마신 뒤 말을 이었다. 「그 네 명이 말입니다. 프랑코 군이 올 때까지요.」

「아버지께서 숲 속에서 보낸 며칠 동안 산체스 마사스와 무슨 얘기를 했는지는 말씀하지 않으셨나요?」

「아마 말씀하셨을 겁니다. 그렇지만 기억에 남아 있지 않아요. 아까 말씀드렸다시피, 전 그런 일에 별 관심이 없었거든요. 유일하게 기억하는 것은 산체스 마사스가 쿨엘에서 있었던 총살 집행 사건에 관해서 얘기했다는 겁니다. 그 사건을 아시죠, 그렇죠?」

난 그렇다고 했다.

「물론 다른 얘기도 많이 하셨습니다. 확실해요.」 피게라스 씨는 계속 말을 이어 갔다. 「제 아버님은 항상 그러셨죠. 그 며칠 동안 산체스 마사스와 아주 친한 친구가 되었다고요.」

피게라스 씨가 아는 바에 따르면, 전쟁이 끝나자 자기 아버지는 수감되었다. 가족들은 산체스 마사스 씨에게 손 좀 써달라는 편지를 쓰라고 아버지에게 애원했지만 소용이 없었다. 당시 그 사람은 장관이었다. 또 피게라스 씨에 따르면,

일단 자기 아버지가 감옥에서 나온 뒤에 들은 말인데, 같은 마을 사람인지 이웃 마을 사람인지는 모르지만, 누군가 그들 사이의 우정에 대해 아는 사람이 산체스 마사스에게 편지를 썼다는 것이다. 자신을 그 숲 속의 친구들 중 하나라고 속이면서 전쟁 때 그들에게 진 빚을 갚는 의미로 금전적인 호의를 베풀어 주십사 요청하는 내용이었다고 한다. 그래서 자기 아버지가 산체스 마사스에게 그 사칭을 폭로하는 편지를 썼다는 얘기였다.

「산체스 마사스 씨가 답장을 했나요?」

「그런 것 같은데요. 하지만 장담은 못하겠습니다. 현재까진 아버님의 서류 중에서 산체스 마사스의 편지는 하나도 없었습니다. 그 사람의 편지들을 아무 데나 버렸을 것 같지는 않아요. 아주 꼼꼼한 분이셨거든요. 뭐든 다 보관하셨으니까요. 어쩌면 서류들 사이에 끼어 있을지도 모르고, 어느 날 나타날 수도 있겠죠.」 피게라스 씨는 셔츠 주머니에 천천히 손을 집어넣었다. 「이런 걸 발견했습니다만.」

그는 아주 낡고 작은 수첩을 내밀었다. 고무로 된 표지는 검게 찌들어 있었다. 전에는 녹색이었을 것이다. 대충 넘겨 보았다. 대부분 빈 종이였고, 처음과 끝의 몇 장에 연필로 휘갈긴 낙서가 되어 있었는데, 종이의 기름때와 정방형 눈금줄 위로 잘 보이지는 않았지만 완전히 해독이 불가능한 것은 아니었다. 또 얼른 보기에도 그 수첩의 여러 페이지가 이미 뜯겨 나갔다는 것을 알 수 있었다.

「이게 뭡니까?」 내가 물었다.

「산체스 마사스 씨가 숲 속에서 피해 다닐 때 지니고 있었던 일기입니다.」 피게라스 씨가 대답했다. 「아니, 그렇게 보인다는 거죠. 가지고 계세요. 그렇다고 잃어버리지는 마시고요. 우리 집안의 유품과 같은 거죠. 아버님께서는 그걸 애지중지하셨답니다.」 그는 손목시계를 들여다보더니 쯧쯧 혀를 찼다. 「이제 가봐야겠습니다. 다음에 또 연락 한번 주세요.」

그는 굵고 굳은살이 박인 손가락으로 탁자를 집고 일어서면서 덧붙였다.

「원하시면, 그분들이 숨어 지내던 그 숲에 있는 카사노바 농장에 모시고 갈 수 있습니다. 지금은 거의 반쯤 폐허가 된 농가일 뿐이지만, 만약 그 역사적 사건을 전하려 한다면, 분명 그 농가를 방문하길 잘했다는 생각이 들 겁니다. 물론 그 사건을 전할 생각이 없다면……」

「아직 어떻게 하겠다는 생각은 없습니다.」 나는 다시 거짓말을 했다. 나는 그 수첩의 고무 표지를 어루만지고 있었고, 그것은 마치 보물인 양 손 안에서 날 흥분시켰다. 피게라스 씨의 기억을 자극하기 위해서 진지하게 덧붙였다. 「사실은 저에게 좀 더 여러 가지를 말씀해 주실 줄 알았습니다.」

「제가 아는 건 다 말씀드렸습니다.」 그는 여러 차례 미안하다고 했다. 하지만 이번엔 그 호수 같은 푸른 눈 표면에 일종의 교활함이나 의구심의 낌새가 비쳤다. 「어쨌든 정말 제 아버지와 산체스 마사스에 대해서 쓰시려 한다면, 제 삼촌과 얘기해 보세요. 그분은 확실히 자세한 내용을 알고 계십니다.」

「삼촌이라뇨?」

「제 삼촌 조아킴 말입니다.」 그는 설명했다. 「제 아버지의 형제지요. 숲 속의 친구들 중 한 명이기도 하고요.」

믿을 수가 없었다. 마치 살라미나의 병사들 중 하나가 부활했다는 소식을 방금 들은 것처럼. 내가 물었다.

「살아 계시나요?」

「그럴걸요!」 피게라스 씨는 억지웃음을 지었다. 그의 부자연스러운 손놀림을 보아하니, 내가 놀라는 모습을 보고 자기도 놀라는 척하는 것 같아 보였다. 「전에 말씀드리지 않았나요? 메디냐에 사시지만, 몬트고 해변에서 많은 시간을 보내시고, 오슬로에서도 오래 계시죠. 거기서 아들이 WHO에서 근무하니까요. 아마 지금은 만나기 힘들 겁니다. 하지만 9월에 만나서 얘기하시면 분명히 좋아하실 겁니다. 내가 한 번 제안을 해볼까요?」

그 정보에 약간 멍해진 채로 당연히 좋다고 했다.

「하는 김에 안젤라츠 씨는 요즘 어디에 계신지도 알아봐 드리지요.」 피게라스 씨는 만족스러운 표정을 감추지 않았다. 「전에는 바뇰레스에서 살았는데, 아마 살아 계실 겁니다. 확실히 살아 계신 분은 마리아 퍼레입니다.」

「마리아 퍼레가 누굽니까?」

피게라스 씨는 간단히 설명을 하고픈 충동을 참는 표정이 역력했다.

「그건 다음에 말씀드리지요.」 다시 시계를 들여다보더니 그렇게 말했다. 그러고는 내게 악수를 청했다. 「지금 가야 돼서요. 제 삼촌과 약속을 잡는 대로 바로 연락드리지요. 삼촌께서 털끝만큼도 빠뜨리지 않고 말씀드릴 겁니다. 아시게 될 거예요. 얼마나 기억력이 좋으신지. 그동안 제가 드린 수첩이나 한번 살펴보시죠. 아마 흥미로울 겁니다.」

그 사람은 돈을 내고 누리아를 나섰다. 바 입구 앞에 제대로 주차되지 않은 채, 온 세상 먼지를 다 뒤집어쓰고 있는 자기 차를 타고 떠나는 것이 보였다. 나는 그 수첩을 어루만졌지만 열지는 않았다. 진 토닉을 다 마신 다음 나가려고 일어서는 순간, 사람들로 가득한 테라스 너머 고가 철로로 고속 열차가 지나가는 것이 보였다. 그리고 2주일 전 오늘처럼 오후의 지친 햇빛 아래서 파소 도블레를 연주하던 집시들을 떠올렸다. 집에 도착해서 피게라스 씨가 내게 맡긴 그 수첩을 조용히 들여다보기 시작할 때까지도 그 슬프기 짝이 없는 〈스페인을 향한 탄식〉의 멜로디가 머릿속을 떠나지 않았다.

그 수첩을 보고 또 보면서 그날 밤을 보냈다. 수첩의 앞부분에서 찢겨 나간 몇 페이지 다음에 연필로 쓰인 간단한 일기가 있었다. 어렵사리 글자를 해독해 가면서 읽었다.

숲 집 자리를 잡고-음식-헛간 잠자기-군인들 지나감

3-숲 집-대화 늙은이-나를 자기 집에 들여놓기 거북해함-숲-은신처 만들기

4-헤로나 함락-탈영병들과 난롯가에서 대화-노인이 안주인보다 나를 더 잘 대해 줌

5-온종일 기다림-계속된 도피 생활-대포 소리들

6-숲에서 세 명의 청년들을 만남-밤-보초 서기 (읽을 수 없는 글씨) 은신처로-교량들이 날아감-빨갱이들이 떠난다.

7-아침에 세 명의 청년들과 만남-그 친구들 집 부엌에서 대충 점심을 먹음

일기는 거기서 멈춘다. 또 몇 장의 종이가 찢겨 나간 다음, 수첩의 마지막에 다른 글씨로 ― 물론 연필로 썼지만 ― 그 세 명의 청년, 숲 속의 친구들 이름이 나타난다.

페드로 피게라스 바이
조아킴 피게라스 바이
다니엘 안젤라츠 딜메

그리고 더 아래쪽에

농가 피젬 데코르넬랴
(정거장 맞은편)

더 아래에는 잉크로 쓴 서명이 있는데 ― 그 수첩의 나머지는 다 연필로 쓰여 있다 ― 피게라스 두 형제의 서명이다. 그리고 다음 페이지에는 이렇게 적혀 있다.

Instalado casa bosque
Comida - Dormir pagado
por soldados -

3- Día bosque - Conversación
viejo - no se atreve a tener-
me en casa - Bosque -
Fabricación del refugio

4- Caída de Joanna - Con-
versación junto al fuego
con los fugitivos - el
viejo me trata mejor -
por señora

5- Día de espera - term[i]-
no refugio - Cañoneos

6- Encuentro en el
bosque con los tres
cañoneo
expedicio[narios?] de la noche
velada con del pintado[?]
los voy[?] se van

팔롤데레바르디트
보레이 농가
퍼레 가족

다른 페이지에는 역시 연필로, 그리고 일기와 같은 글씨지만 훨씬 더 또렷하게, 그 수첩에서 가장 긴 내용이 적혀 있다. 다음과 같다.

아래 서명자 라파엘 산체스 마사스는 스페인 팔랑헤 창설자이자 자문 위원, 정치 위원회 전 의장, 스페인의 가장 오랜 팔랑헤 당원이며, 적색 지역 내의 최고위급 팔랑헤 당원으로서 다음과 같이 밝힌다.

1. 1939년 1월 30일, 나는 쿨옐에 있는 감옥에서 다른 48명의 불행한 포로들과 함께 총살이 집행되었지만, 처음 두 번의 사격 직후 기적적으로 도망쳐 숲 속으로 들어갔다.

2. 밤에는 걷고, 낮에는 농가에서 동냥을 하며 숲 속에서 사흘을 헤맨 끝에 팔롤데레바르디트 인근에 도착했다. 거기서 도랑으로 빠지면서 안경을 잃어 반쯤은 장님 신세가 되었다.

이 지점에서 한 장이 찢겨 나갔다. 하지만 내용은 다음과 같이 계속된다.

전장이 가까운 그곳에서 그들은 나를 자기 집에 숨겨 주었고, 마침내 프랑코 군대가 도착하였다.

4. 보레이 농장의 사람들은 그럴 필요 없다고 반대하지만, 나는 이 문서를 통해 그들에게 거액의 금전으로 보상할 것과, 만약 군사령부가 허락한다면 집주인(여기에 여백이 있다)에게 훈장을 추서할 것을 확인하고, 그래 봤자 나에게 해준 것에 비하면 아무것도 아니지만, 그와 그 가족들에게 평생 이 큰 은혜를 잊지 않을 것이란 증거를 남기고 싶다.

코르넬랴데테리 근처에 있는 카사노바 농장에서 이 서류에 서명하며 1에…….

수첩의 내용은 여기까지다. 난 그것을 여러 차례 반복해 읽으며 분산된 기록들 사이에서 의미의 연관성을 찾아보려 했고, 그것들과 내가 알고 있는 사실들을 조합해 보려고 시도했다. 우선 그것을 읽는 동안 지속적으로 엄습해 오는 의혹을 떨쳐 버렸다. 그 수첩이 사기이거나, 나나 누군가를 속이기 위해서 피게라스 가족에 의해 조작된 가짜일 수 있다는 의혹이었다. 그 순간 평범한 시골 가족이 그렇게 교묘한 사기극을 꾸민다고 상상하는 것은 상식에 벗어난다는 생각이 들었다. 너무나 교묘했고, 무엇보다도 너무나 어처구니없는 짓이었다. 왜냐하면 산체스 마사스가 살아 있어서 승자들의 보복으로부터 약자들을 막아 주는 방패 역할을 할 수 있을 때는 쉽사리 그 서류의 진위를 파악할 수 있었을 테고, 죽은 뒤에는 그 서류가 의미가 없었을 것이기 때문이다. 그럼에도 불구하고 나는 그 수첩의 글씨와 (혹은 그 수첩에 있는 여러 글씨체들 중 하나가) 산체스 마사스의 글씨가 일치하는지를 확인하는 것이 좋겠다고 생각했다. 만약 그렇다면(그렇지 않을 거라고 가정할 근거는 전혀 없었지만) 의심의 여지 없이 그 짧은 일기를 쓴 사람은 산체스 마사스일 것이다. 숲 속을 헤매면서, 혹은 고작해야 바로 그 직후에 썼을 것이다. 수첩의 마지막 내용으로 판단해 볼 때, 산체스 마사스는 그 총살 집행 날짜가 1939년 1월 30일이었다는 것을 알고 있었다. 한편, 각 일기의 첫머리에 있는 숫자는 같은 해 2월의 날짜에 해당되었다(프랑코 군이 헤로나에 실질적으로 들어온 것은 2월 4일이었다). 일기 내용으로 내가 추론한 것은, 피게라스 형제와 그들 동료의 보호에 의지하기 전에 산체스 마사스는 그 지역에 있는 어느 집에서 어느 정도 안전한 은신처를 발견했다는 것, 그곳은 바로 보레이에 있는 어느 집이나 농장일 수밖에 없다는 것, 그리고 그곳에 사는 사람들에게 감사를 표하고, 〈거액의 금전으로 보상할 것〉과 〈훈장을 추서할 것〉을 마지막 장황한 진술을 통해 약속했다는 것이다. 또한 그 집이나 농가는 행정 구역상 팔롤데레바르디트 — 코르넬랴데테리 읍과 맞닿아 있는 읍 — 에 있다는 것, 그곳에 사는 사람들은 퍼레 집안사람들일 수밖에 없다는 것, 게다가 마리아 퍼레도 확실히 그 집안사람이라는 것이다. 자우메 피게라스가 누리아에서 인터뷰를 서둘러 끝내면서 내게 언급한 바에 따르면 마리아는 아직 생존해 있었다. 지금까지 추측한 모든 것은 명백해 보였다. 마치 퍼즐이 다 맞춰지고 나면 퍼즐 조각들이 제대로 놓였는지가 명백히 드러나는 것과 같은 식이다. 마지막 진술은 카사노바 농장에서 쓰였는데, 그 네 명의 도망자들이 숨어 있던 곳이었다. 물론 그들은 이미 목숨은 안전하다는 것을 알고 있었다. 그 마지막 진술로 말하자면, 산체스 마사스가 자기의 목숨을 구해 준 사람들에게 진 부채에 대한 공식적 기록이었던 것이 확실하다. 동시에 안전 보증서이기도 했는데, 전쟁 직후의 혼란기에 피게라스 형제나 안젤라츠처럼 공화파 군대에 입대했던 대부분의 사람들에게 닥칠 수 있는 온갖 종류의 인권 유린을 당하지 않도록 하기 위함이었다. 그럼에도 불구하고 내가 이상하게 여긴 것은 그 수첩에서 찢겨 나간 페이지들 중 하나는 모든 정황으로 보아, 바로 산체스 마사스가 피게라스 형제와 안젤라츠에게 감사를 표하는 부분일 것이란 점이다. 나는 누가, 왜 그 페이지를 찢었을까 궁금했다. 누가, 뭣하러 그 일기의 처음 몇 페이지를 찢었는지도 궁금했다. 하나의 질문이 또 다른 질문을 낳듯이, 나는 또한 — 사실 이 질문은 오래전부터 해오고 있었다 — 산체스 마사스가 그 낯선 곳에서 정처 없이 헤매던 그날들 동안 무슨 일이 일어났을까 궁금했다. 무슨 생각을 하고, 무엇을 느꼈으며, 페레 집안사람들이나 피게라스 형제, 그리고 안젤라츠에게 무슨 얘기를 했을까? 그리고 그들은 산체스 마사스가 해준 얘기 중에 무엇을 기억하고 있을까? 그들은 무엇을 생각하고 느꼈을까? 만약 살아 있다면, 자우메 피게라스의 삼촌과 마리아 페레 그리고 안젤라츠 씨와 이야기를 나누고 싶은 욕망이 타올랐다. 나는 사실 자우메 피게라스 씨의 이야기는 신뢰할 만하지 못하다고 생각했다(페를로시오의 이야기만큼은 믿을 만하지 못했다). 왜냐하면 그 이야기의 진위는 어느 기억(피게라스 자신의 기억)에 달려 있는 것이 아니라, 기억(자기 아버지의 기억)에 대한 기억에 달려 있으니까. 반면 그 피게라스의 삼촌, 마리아 퍼레, 그리고 안젤라츠(만약 살아 있다면)가 하는 얘기는 당사자들인 만큼 적어도 원칙적으로는, 피게라스의 이야기보다 훨씬 더 신뢰할 만하다고 생각했다. 그들의 이야기들이 실제 일어난 사실들에 들어맞을지, 아니면 불가피하게 반쯤은 진실이, 반쯤은 허풍이 섞인 고색창연함으로 채색되어 있을지 나는 궁금했다. 그런 식의 채색은 항상 오래된 일화를, 그 주인공들에게는 어쩌면 전설 같은 일화를 더 멋지게 만들기 때문이다. 그래서 그들이 겪었다고 내게 들려줄 내용은 실제로 일어난 것이 아닐 수 있고, 일어난 일에 대한 자신의 기억조차도 아닐 수 있다. 단지 지난날 여러 차례 남들에게 이야기한 내용에 대한 기억에 불과할 수도 있다.

난 온갖 의문에 휩싸여 있었고, 피게라스의 삼촌과 대화를 나누려면 운이 좋아도 한 달은 기다려야 된다고 확신했기 때문에 — 마치 모래 언덕을 걸을 때면 단단한 땅을 밟는 것이 필요하듯 — 나는 미겔 아기레에게 전화를 했다. 월요일에다 아주 늦은 시간이었는데도 그 사람은 아직 잠들지 않았다. 나는 자우메 피게라스와 그의 삼촌, 그리고 산체스 마사스가 쓴 수첩에 관해 이야기한 뒤, 자우메의 부친인 페레(혹은 페드로) 피게라스 씨가 실제로 전쟁이 끝날 무렵 감옥에 있었는지 문서상으로 확인할 수 있느냐고 물었다.

「있고말고요.」 그의 대답이었다. 「사료 보관소에는 전쟁 이전부터 그 도시의 감옥에 수감된 죄수들의 이름이 기록된 명부가 있습니다. 만약 페레 피게라스 씨를 투옥시켰다면 그 이름이 거기 나타나겠지요. 틀림없습니다.」

「다른 감옥으로 보냈을 수는 없나요?」

「불가능합니다. 바뇰레스 지역의 죄수들은 반드시 헤로나 감옥으로 가게 되어 있었습니다.」

다음 날, 신문사로 일하러 가기 전에 사료 보관소에 들렀다. 구시가 지역에 위치한 복원된 옛 수도원에 있었다. 팻말들을 따라서 돌계단을 올라갔고, 도서실로 들어섰다. 널찍하고 햇빛이 잘 드는 방인데, 창문들은 컸고, 윤이 나는 나무 책상들마다 스탠드가 놓여 있었다. 직원은 컴퓨터에 가려 잘 보이지 않았고 자판을 두드리는 소리만이 그 방의 정적을 깨뜨리고 있었다. 그 직원에게 — 머리가 헝클어지고, 잿빛 콧수염을 한 사내였는데 — 내가 찾는 것을 말했다. 그는 일어서서 어느 선반으로 가더니 둥근 고리로 철한 서류철을 빼들었다.

「이걸 보세요.」 내게 그것을 건네면서 말했다. 「각 이름 옆에 해당 서류 번호가 있습니다. 보고 싶은 서류가 있으면 말씀하세요.」

나는 한 책상에 앉아서 목록을 훑어보았다. 그 목록은 1924년부터 1949년까지 해당되었는데, 거기에 혹시 피게라스 성을 가진 사람이 1939년이나 1940년에 수감되었는지 찾아보았다. 그 지역에서 상당히 흔한 성이었기에 여러 사람이 있었지만, 내가 찾고 있는 페레(혹은 페드로) 피게라스라는 사람은 없었다. 자우메 피게라스의 이야기에 따르면 자기 아버지가 수감되어 있었다는 1939년이나 1940년, 심지어 1941년이나 1942년에도 헤로나 감옥 수감자 중 그런 이름은 없었다. 나는 서류철에서 시선을 들었다. 직원은 계속 컴퓨터의 자판을 두드리고 있었고, 도서실은 텅 비어 있었다. 햇살 넘치는 창 너머로 쇠락한 집들이 흐릿하게 보였다. 60년 하고도 몇 개월 전, 전쟁이 끝날 무렵 그곳에서 몇 킬로미터 떨어진 곳에서 청년 세 명과 저명한 40대 남자 한 명이 숨어 악몽이 끝나길 기다리던 그때와 크게 다른 모습은 아닐 거라는 생각이 들었다. 마치 깨달음을 얻은 듯 〈모든 것이 거짓말이야〉라는 생각이 엄습했다. 난 곰곰이 따져 보았다. 내가 직접 현실과 대조해 보려고 했던 첫 번째 사실 — 페레 피게라스의 수감 생활 — 이 거짓으로 판명 났다고 해서 그 이야기의 나머지도 역시 거짓이라고 가정할 근거는 아무것도 없었다. 세 명의 청년이 총살 집행 사건 이후 산체스 마사스가 숲속에서 생존할 수 있도록 도와준 것은 분명한데 — 여러 정황으로 봐서, 그중에서도 산체스 마사스의 수첩에 있는 기록과 그 사람이 자기 아들에게 한 이야기가 일치한 것으로 봐서 분명한데 — 몇몇 상황 증거들은 그 청년들이 피게라스 형제와 안젤라츠는 아니라는 생각이 들게 한다고 난 속으로 중얼거렸다. 우선 산체스 마사스의 수첩의 다른 내용이 연필로 쓰인 것과는 달리 피게라스 형제와 안젤라츠의 이름은 잉크로 쓰여 있었고, 글씨체도 달랐다. 의심의 여지 없이 산체스 마사스의 손이 아닌 다른 손에 의해서 그 이름들이 덧붙여진 것이다. 게다가 찢겨 나간 마지막 진술 부분은, 내가 그 수첩을 검토하면서 추정한 바에 의하면, 피게라스 형제와 안젤라츠의 이름이 거론되어야 할 부분인데 — 왜냐하면 그들의 도움에 대해서 감사를 표할 대목이었으니까 — 바로 거기에 거론된 것이 그들의 이름이 아니기 때문에 절묘하게 찢겨 나간 것이 틀림없었다. 말하자면, 사람들이 나처럼 그러한 추론에 이르게 하기 위해서 말이다. 페레 피게라스의 수감 기간에 관한 거짓은 의심의 여지 없이 페레 자신이나 그의 아들, 아니면 누군가의 조작극이었다. 어떤 경우든 간에, 페레가 산체스 마사스 같은 프랑코 정권의 고관에게 도움을 호소하여 수감 생활에서 벗어나는 방법을 당당하게 거절한 것과, 자기를 사칭해서 산체스 마사스에게 돈을 뜯으려고 한 비양심적인 사람을 폭로하는 편지를 썼다는 것으로 인해, 그 이야기는 영웅적인 아버지에 대한 안개 자욱한 전설을 쌓아 올릴 수 있는 이상적인 토대를 구성하고 있었다. 자기 집안을 신비화하는 경향이 있는 집안에서 그 아버지가 돌아가시고 나면 더더욱 발전해 가는 그런 전설들 말이다. 나는 헷갈렸다기보다는 실망한 나머지, 그렇다면 누가 진정한 숲 속의 친구들인지, 그리고 누가 무엇을 위해 그런 사기극을 꾸몄을까 자문해 보았다. 또한 실망해서라기보다는 헷갈린 나머지, 아마도 몇몇 사람들이 처음부터 의심했던 것처럼 산체스 마사스는 결코 쿨옐에 있지도 않았고, 어쩌면 총살과 그것을 둘러싼 상황에 관련된 모든 이야기는 단지 산체스 마사스의 상상력에 의해서 치밀하게 짜인 엄청난 사기에 불과하다고 내 자신에게 말했다. 자발적이든 자발적이지 않든 친척과 친구와 지인들과 모르는 사람들의 협력 아래 겁쟁이라는 자신에 대한 평판을 없애고, 전쟁 동안 의심적은 자신의 행적과 관련된 명예롭지 못한 모종의 일화를 감추기 위해, 무엇보다 쉽게 믿고 소설 같은 얘기를 갈구하는 어느 연구자로 하여금 60년 뒤 그 이야기를 재구성해서 역사 앞에 영원히 그의 명예를 회복시키도록 하기 위해 꾸며 낸 것이라고 내 자신에게 말했다. 서류철을 선반 위 본래 있던 자리에 가져다 놓았다. 그리고 도서관을 막 나서려던 참이었다. 수치심과 속았다는 느낌으로 맥이 풀려 있었다. 컴퓨터 앞을 지나는 순간 그 직원은 내가 찾고자 하던 것을 찾았느냐고 물었다. 나는 사실대로 말했다.

「저런, 그렇게 빨리 포기하지 마세요.」 그는 일어섰고, 내가 설명할 틈도 주지 않고 선반으로 가더니 그 서류철을 다시 꺼내 왔다. 「찾는 사람 이름이 뭐라고요?」

「페레 혹은 페드로 피게라스 바이라고 합니다. 하지만 수고하실 필요 없는데요. 어떤 감옥에도 투옥된 적이 없을 가능성이 제일 큽니다.」

「그렇다면 여기 없겠지요.」 그러면서 다시 물었다. 「언제쯤 투옥되었을 가능성이 있는 건가요?」

「1939년요.」 나는 물러섰다. 「늦어도 1940년이나 1941년이지요.」

그 직원은 금방 그 페이지를 찾았다.

「그런 이름은 없는데요.」 그는 확인해 주었다. 「하지만 교도소 직원이 실수로 잘못 기재할 수도 있지요.」 콧수염을 매만지면서 그는 중얼거렸다. 「어디 봅시다……」

그는 서류를 앞으로 뒤로 수차례 넘기면서 한 손가락으로 짚어 가며 명단의 이름들을 훑었다. 마침내 그 손가락이 멎었다.

「피케라스 바이, 페드로.」 그는 소리 내어 읽었다. 「그 사람이 확실합니다. 잠시만 기다려 주세요.」

그러고는 옆문으로 사라졌고, 얼마 지나지 않아 다시 돌아왔다. 미소를 머금은 채 표지가 낡은 서류철을 하나 가져왔다.

「여기 선생이 찾는 사람이 있습니다.」

그 서류철에는 바로 페레 피게라스의 서류가 들어 있었다. 나는 극도로 흥분한 데다 갑자기 자존심도 회복한 채, 페레 피게라스의 수감 생활이 조작이 아니라면 그 이야기의 나머지 부분도 조작일 수 없다고 속으로 말하면서 서류를 살펴보았다. 그 서류에 의하면, 피게라스는 산트안드레우델테리 태생인데, 그 읍은 그 후 코르넬랴데테리로 흡수되었다. 농사를 지었고, 독신이었다. 나이는 25세. 전력에 대해서는 적혀 있지 않았다. 어떤 혐의도 없이 1939년 4월 27일 군사 정부에 의해서 수감되었다가 2개월 뒤인 6월 19일 출옥하였다. 군법 회의 심문 사령관에 의해 석방되었는데, 비센테 빌라 루비롤라라고 하는 자의 서류에 포함된 명령에 따른 것이었다고 적혀 있었다. 나는 루비롤라를 색인에서 찾았다. 그 이름을 발견하고는 그 사람의 서류를 부탁했고, 직원은 내게 가져다주었다. 카탈루냐 좌파 공화당 행동 대원이었던 루비롤라는 1934년 10월 혁명과 관련되어 수감된 적이 있었고, 전쟁이 끝나자 다시 수감되었다. 페레 피게라스와 다른 여덟 명의 코르넬랴데테리의 이웃들이 수감되었던 바로 그날이었다. 그들 모두는 6월 19일 석방되었다. 피게라스가 군법회의 심문 사령관의 명령에 의거해 석방된 바로 그날이었다. 그 명령서 내용에는 그 결정을 내리게 된 동기에 대해서는 구체적인 언급이 없었다. 하지만 빌라 루비롤라는 같은 해 7월에 다시 수감되었다. 그리고 재판을 받고 형이 확정된 뒤, 20년이 지날 때까지 결코 출감할 수 없었다.

난 사료 보관소의 직원에게 감사를 표했다. 신문사에 도착해서는 바로 아기레 씨에게 전화할 틈이 없었다. 페레 피게라스와 함께 수감되었던 사람들의 이름은 아기레 씨에겐 아주 귀에 익은 이름들이었다 — 그들 대부분은 좌파 정당들의 유명한 행동 대원들이었다. 빌라 루비롤라는 더욱 익숙한 이름이었는데, 그는 전쟁이 일어나고 며칠 안 되어 코르넬랴데테리 읍사무소의 비서관을 바르셀로나에서 암살하는 데 개입한 것으로 추정되었다. 아기레 씨에 의하면 페레 피게라스와 여덟 명의 동료들이 특별한 설명 없이 수감된 것은 그 당시로선 일반적인 일에 속했다고 한다. 당시에는 공화파와 어떤 형태로든 정치적, 군사적 연관을 맺고 있던 모든 사람들의 과거 행적에 대해, 비록 임의적이기는 했지만 엄격하게 조사를 했는데, 그 조사 기간 동안 수감되어 있었던 것이다. 또한 페레 피게라스가 얼마 지나지 않아 석방된 일도 아기레 씨는 이상하게 여기기 않았다. 왜냐하면 새 정권의 사법부에서 정권에 위협이 되지 않는다고 판단했던 사람들에게 흔히 일어났던 일이기 때문이다.

「내가 보기에 정말 이상한 것은 빌라 루비롤라처럼 잘 알려진 사람이 피게라스와 같이 들어갔던 일행들과 마찬가지로 피게라스와 함께 나왔다는 사실입니다.」 아기레 씨는 그렇게 평가했다. 「정말 이해할 수 없는 것은 모두가 같은 날 출감했다는 거예요. 어떤 설명도 없이 말입니다. 그리고 결국 빌라 루비롤라는 — 또 다른 사람도 그랬을 수 있다고 여겨지는데요 — 곧바로 다시 수감되었다는 것이지요. 정말 이해할 수 없습니다. 만약······.」 아기레 씨는 말을 중단했다.

「만약이라니요?」

「만약 누군가 개입하지 않았다면 말입니다.」 아기레 씨는 그렇게 말을 맺었다. 우리 두 사람이 머릿속에 담고 있던 이름을 거론하지 않으면서. 「누군가 정말 실권을 가진 사람, 고위층 인물 말입니다.」

같은 날 밤, 콘치와 그리스 식당에서 저녁을 먹으면서 엄숙하게 선언했다. 왜냐하면 책 한 권 안 내고 10년을 보냈는데, 이제 다시 책을 써야 할 순간이 왔다고 엄숙하게 선언할 필요가 있었으니까.

「정말 멋지다!」 콘치는 크게 소리를 질렀다. 그녀는 자기 거실에서 〈과달루페의 성모〉를 호위하고 있는 내 책들에 한 권을 더 추가하고 싶어 했었다. 딱딱한 빵 조각에 차치키를 발라 입으로 가져가면서 덧붙였다. 「소설이 아니었으면 좋겠어.」

「소설이 아냐. 실화야.」 난 아주 단호하게 말했다.

「그게 뭔데?」

난 설명해 주었고, 그녀는 이해한 것 같았다.

「소설 비슷한 건데, 단지 거짓말이 아니라 모두 사실이라는 거야.」 이렇게 정리했다.

「소설이 아니라니 더 좋은걸.」

「왜?」

「그냥. 단지 결론적으로, 자기야, 내가 보기에 상상력은 당신 강점이 아닌 것 같아.」 그녀는 대답했다.

「콘치, 넌 정말 사랑스러워.」

「내 말을 그렇게 비웃지 마, 이 양반아. 내가 말하려는 것은……」 자기가 하고 싶은 말을 표현할 수 없어지자, 다시 피타 빵 조각을 하나 집더니 말을 이었다. 「그러니까 그 책 내용이 뭐냐는 거지.」

「살라미나의 전투에 관한 거야.」

「뭐에 관한 거라고?」 큰소리로 물었다.

여러 사람들이 시선을 돌려 우리를 쳐다보았다. 두 번째였다. 내 책의 줄거리가 콘치 마음에 들지 않을 것을 난 알고 있었지만, 실랑이를 벌이면서 사람들의 주의를 끌고 싶지 않았기 때문에 간단히 내용을 설명해 주었다.

「웃기는 얘기네.」우거지상을 지으며 콘치가 말했다.「아니, 파시스트에 관해서 책을 쓰겠다는 거야? 훌륭한 빨갱이 작가들이 수두룩한데! 예를 들어, 가르시아 로르카[22]도 있잖아. 빨갱이였지? 아냐? 아이이……」그녀는 내 대답도 듣지 않고 손을 탁자 아래로 가져갔다. 나는 깜짝 놀라 식탁보를 들고 쳐다보았다.「자기야, 아래가 가려워 미치겠어.」

「콘치!」목소리를 낮추어 그녀를 책망하면서 곧바로 몸을 일으켜 세웠다. 그리고 곁눈질로 주위에 있는 식탁들을 살폈다.「적어도 나랑 데이트할 때는 속옷 좀 입어 주면 고맙겠어.」

「심장이 콩알만 해졌겠네!」애정 넘치는 미소로 말하면서도, 콘치는 아래로 내려간 손을 위로 올려놓지 않았다. 그 순간 나는 그녀의 발가락이 내 장딴지를 타고 올라오는 것을 느꼈다.「이렇게 하면 더 섹시해 보이지 않아? 좋아, 우리 언제 시작할까?」

「공중 화장실에서는 하기 싫다고 수도 없이 얘기했잖아.」

「그거 말하는 게 아냐, 자기야. 그 책을 언제 시작할 거냐고?」

「아, 그거 —」그렇게 얘기하는 동안 하나의 불길은 다리를 타고 올라왔고, 다른 하나는 얼굴을 타고 내려가고 있었다.「빨리 할 거야.」나는 말을 더듬거렸다.「아주 빨리 시작할 거야. 자료를 모으는 대로 바로.」

---

22 Federico García Lorca(1898~1936). 내전 이전에 인기를 누렸던 스페인의 시인이자 극작가. 내전이 발발한 직후 고향 그라나다에서 보수파들에 의해 살해되었다.

그런데 이야기를 원하는 대로 재구성하고 숨겨진 것들을 알아보는 데, 모두는 아니라고 해도 적어도 필수적이라고 판단되는 것들을 알아보는 데 시간이 상당히 걸렸다. 실제로 여러 달 동안 신문사에서 시간이 날 때마다 산체스 마사스의 삶과 작품을 연구하는 데 시간을 투자했다. 그 책들을 다시 읽었고, 언론에 발표한 많은 글들을 읽었다. 그 친구, 적, 그리고 동시대 사람들의 책과 기사도 읽었고, 팔랑헤, 파시즘, 내전, 애매모호하고 변화무쌍한 프랑코 체제의 성격에 관한 것도 손에 잡히는 대로 읽었다. 도서관, 신문 잡지 보관소, 고문서 보관소를 누볐다. 여러 차례 마드리드를 다녀왔고, 바르셀로나도 지속적으로 다녔다. 학자, 교수, 산체스 마사스의 친구들이나 지인들(혹은 친구의 친구, 지인들의 지인들)과 대화하기 위해서였다. 어느 날은 오전 내내 쿨옐의 수도원에서 보내기도 했다. 그 수도원은 모센 후안 프라츠가 내게 한 말에 의하면 — 번쩍이는 대머리에 경건해 보이는 미소를 지닌 그 신부는 삼나무와 야자나무가 있는 정원과 텅 비어 있는 거대한 방들과 긴 복도, 목제 손잡이가 있는 돌계단, 썰렁한 강의실들을 보여 주었다. 산체스 마사스와 동료 포로들이 불길한 예감에 싸인 그림자처럼 돌아다니던 곳이었다 — 전쟁이 끝나자 어린이 보호 시설로 제공되었고, 내가 방문하기 1년 반 전부터 구호 단체들의 모임 장소나 여행객들의 임시 숙소로 쓰이는 현재의 초라한 위상으로 축소되었다. 모센 프라츠 신부는 쿨옐 사건이 일어났을 때는 막 태어난 지 얼마 되지 않았는데도 그 사건들을 알고 있었다. 그리고 그 믿거나 말거나 할 이야기를 내게 해준 사람도 그 신부였다. 프랑코파의 성직자들이 그 성당을 접수한 다음 간수들을 한 명도 살려 두지 않았다는 것이다. 총살 사건이 있었던 그곳으로 가는 길을 내게 정확히 가르쳐 준 것도 그였다. 가르쳐 준 대로 수도원을 나와 도로를 따라 그 학살을 추도하는 돌로 된 십자가까지 도착한 다음 왼쪽으로 돌아 소나무들 사이로 꼬불꼬불 난 작은 오솔길을 따라 탁 트인 곳까지 이르렀다. 거기에서 잠시 머물러 있었다. 차가운 태양과 티없이 맑고 바람이 많은 10월의 하늘 아래서, 나는 아무것도 하지 않고 단지 숲에 빼곡히 들어찬 침묵에 귀 기울이며, 덜 투명했던 그 다른 아침, 떠올리기조차 힘든 1월의 그 아침 햇살을 상상하려 부질없이 애를 썼다. 60년 전 그날, 바로 같은 장소에서 50명의 사람들은 갑자기 죽음을 보았고, 그들 중 두 명은 그 메두사의 시선을 피할 수 있었다. 어떤 계시가 스며들기를 기다리듯 나는 거기 잠시 머물렀다. 아무것도 느끼지 못했다. 그리고 나는 코르넬랴데테리로 떠났다. 바로 그날 자우메 피게라스와 점심 약속이 있었기 때문이다. 그는 오후에 퍼레 집안의 옛집이었던 칸 보레이와 피게라스 형제의 옛집이었던 칸 피젬을 내게 보여 주었다. 그리고 산체스 마사스와 피게라스 형제, 그리고 안젤라츠가 임시로 몸을 숨겼던 카사노바 농장도 보여 주었다. 칸 보레이는 팔롤데레바르디트 읍의 경계 지역에 위치한 농가였다. 칸 피젬은 코르넬랴데테리에 있었다. 카사노바 농장은 두 읍 사이, 숲 한가운데 있었다. 칸 보레이에는 사람이 살고 있지 않았지만, 폐허는 아니었다. 칸 피젬도 마찬가지였다. 그런데 카사노바 농장은 사람이 살지 않는 폐허가 되어 있었다. 60년 전에는 세 집들이 서로 달랐을 것이다. 그러나 세월이 집들을 똑같이 만들었다. 방치된 집의 앙상한 석재 골격, 그 골격의 늑골들 사이로 가을 오후의 바람이 흐느끼는 그런 공통적인 분위기에서는 누군가 어느 때인가 그 집에서 살았다는 낌새를 전혀 느낄 수 없었다.

역시 자우메 피게라스 씨 덕분에, 그 사람이 마침내 자기 약속을 지켜 부지런히 중재자로 나선 덕분에, 그의 삼촌인 조아킴과 마리아 퍼레와 다니엘 안젤라츠와 면담할 수 있었다. 세 사람은 여든이 넘은 나이였다. 마리아 퍼레는 88세, 피게라스와 안젤라츠는 82세였다. 세 사람 모두 기억력이 좋았다. 아니면 적어도 산체스 마사스와의 만남과 그것을 둘러싼 상황에 대해서는 잘 기억하고 있었다. 마치 그 만남이 자신들의 인생에서 결정적인 사건이었고, 그것을 자주 회상했던 것처럼. 세 사람의 이야기는 서로 차이가 나기는 했지만 상반되는 것은 아니었다. 서로 보완되는 점도 여럿 있었다. 그래서 그들의 증언에서 출발해 논리와 약간의 상상을 바탕으로 빈 곳을 채우면서 산체스 마사스의 진귀한 사건에 관한 퍼즐을 재구성하는 것은 어렵지 않았다. 어느 누구도 시간을 내어 나이 든 사람들의 이야기, 더구나 그분들의 젊은 시절 일화를 들어 주지 않았기 때문에 그랬는지, 그 세 노인들은 얘기를 하고 싶어 안달이 나 있었다. 그래서 나는 그분들에게 터져 나오는 회상의 물줄기를 몇 번이나 통제해야 했다. 그분들이 부차적인 상황이나 사소한 곁가지를 미화했을 수는 있다고 생각한다. 그러나 거짓말을 했다고는 믿지 않는다. 여러 이유가 있겠지만, 정말 거짓말을 했다면 그 거짓말은 퍼즐에 맞아 들어가지 않았을 터이고, 거짓말을 했다는 것이 분명 드러났을 것이기 때문이다. 게다가 그 세 사람은 너무나 달라서 내가 보기에 그들을 묶어 주는 유일한 공통점은 생존자라는 조건뿐이다. 그 조건은 사람들이 속기 쉬운 권위의 보조물인데, 흔히 현재의 주인공들이 부여하는 것이다. 과거의 주인공들에게 현재란 항상 상투적인 것이고, 무의미하고, 불명예스러운 반면, 과거는 우리가 오로지 기억이란 여과지를 통해서 알고 있기 때문에 항상 이례적이고 혼돈스럽고 영웅적이다. 피게라스 씨는 키가 크고 건장한 체구에 거의 젊은이 같은 분위기 — 체크무늬 셔츠에 선원 모자, 낡은 청바지 — 였다. 세상을 많이 돌아다닌 사람으로 생기가 가득했고, 대화할 때는 제스처와 감탄사와 너털웃음이 넘쳐 났다. 나중에 자우메 피게라스 씨가 내게 해준 말에 따르면, 마리아 퍼레는 코르넬랴데테리의 자기 집에서 — 그 집은 한때 그 마을의 바이기도 했다가 수입 식품점이기도 했던지라, 여전히 입구에 대리석 진열대와 막대저울 하나가 마치 유물처럼 보존되어 있었다 — 나를 맞이하기 전에 미장원에 다녀오는 애교를 부렸다고 한다. 아주 섬세하고 다정한 사람으로, 이야기가 옆으로 자주 벗어났다. 그녀의 두 눈은 영악스러워 보이기도 했다가 물기가 어리기도 했는데, 이야기를 하면서 옛날에 대한 향수가 쳐놓는 덫을 피할 능력이 없었기 때문이었다. 한여름 시냇물의 화려한 색과 흐름이 들어 있는 젊은 눈이었다. 안젤라츠로 말할 것 같으면, 그와의 대화는 나에겐 결정적이었다. 더 정확히 말해, 이 책을 위해선 결정적이었다.

아주 여러 해 전부터 안젤라츠 씨는 바뇰레스 시내에서 하숙집을 운영했는데, 낡았지만 아름다운 전원주택의 일부였다. 기둥들이 있는 커다란 뜰과 어두워 보이는 넓은 홀들이 있는 집이었다. 내가 만났을 때 그는 막 심장 마비 증세를 무사히 넘긴 때였는데, 움직임이 조심스러웠고, 몸은 쪼그라들어 보였다. 마치 수도사 같은 엄숙한 표정은, 많은 부분 어린아이같이 순진한 그의 생각과 카탈루냐 지방의 소규모 기업인으로서의 차분하면서도 소박한 그의 태도와 대조를 이루고 있었다. 내가 과장하고 있는지는 모르지만, 피게라스 씨와 마리아 퍼레 씨처럼 안젤라츠 씨도 내가 관심을 가지고 있다는 것을 기뻐하는 듯했다. 조아킴 피게라스 씨와 — 그는 수년 동안 가장 친한 친구였다. 하지만 오랫동안 보질 못하고 있었다 — 그들이 함께 겪은 전쟁 동안의 기구한 경험을 기억하면서 무척 즐거워한다는 것을 알았다. 안젤라츠 씨가 기구한 경험을 마치 별로 중요하지 않은 젊은 시절의 짓궂은 행동처럼 이야기하려고 애쓰는 것을 보면서, 사실 그에겐 이 세상에서 가장 중요한 일이라는 것을 난 직감했다. 추측건대, 자기 인생에서 유일하게 실제로 겪은 모험이었고, 적어도 실수할까 두려워하지 않고서 자랑할 수 있는 유일한 것이었기 때문이다. 그는 자신의 경험담을 길게 늘어놓았다.

그러고 나서 심장병과 사업, 부인과 자식들 그리고 하나뿐인 손녀에 대해 이야기했다. 진작 그런 이야기를 누군가와 했어야 했다고 나는 생각했다. 나 역시도 단지 그의 과거사를 말해 주는 대가로 들어 주고 있다는 것을 깨달았다. 부끄러워졌고, 그에 대해 연민의 정이 느껴졌다. 그리고 내가 진 빚을 다 갚았다고 생각했을 때 난 헤어지고 싶었다. 하지만 비가 오기 시작했기 때문에 안젤라츠 씨는 한사코 날 버스 정류장까지 배웅해 주겠다고 했다.

「이제야 기억이 나네요.」 우리가 우산을 쓰고 물이 고인 광장을 건너갈 때 그가 말했다. 그는 멈추었고, 나는 그 기억이란 나를 더 붙잡아 두기 위한 마지막 미끼일 뿐이라고 생각하지 않을 수 없었다. 「떠나기 전에 산체스 마사스는 그 모든 것에 관한 책을 쓸 거라고 말했어요. 그 책에 우리도 등장할 거라고 했지요. 〈살라미나의 병사들〉이라는 제목을 붙일 거라 했어요. 특이한 제목이지요, 안 그래요? 그리고 우리한테 그 책을 보내 주겠다고 했지요. 그런데 약속을 지키지 않았어요.」 그러고 나서 안젤라츠는 나를 바라보았다. 가로등 불빛이 그의 안경알에 오렌지 빛으로 비쳤다. 나는 그 사람의 움푹 팬 두 눈가와 툭 튀어나온 이마와 광대뼈, 그리고 양쪽으로 갈라진 턱에서 잠시 그의 해골을 보았다. 「혹시 그 사람이 그 책을 썼나요?」

한 줄기 한기가 등을 타고 내렸다. 나는 그렇다고 대답할 뻔했다. 순간적으로 생각했다. 〈그 사람이 썼다고 대답한다면 그 책을 읽고 싶어 할 테고, 거짓말이 탄로 나게 될 것이다.〉 어떤 식으로든 안젤라츠를 배신하고 있다는 점을 미안하게 생각하면서, 무뚝뚝하게 말했다.

「아니요.」

「쓰지 않았다는 말입니까, 아니면 썼는지 안 썼는지 당신이 모른다는 말입니까?」

「그걸 썼는지 안 썼는지 모르겠군요.」 나는 거짓말을 했다. 「알아보겠다고 약속드리겠습니다.」

「그렇게 해주세요.」 안젤라츠 씨는 다시 걸음을 옮겼다. 「만약 쓴 것으로 판명 나면 나한테 한 권 보내 줬으면 좋겠습니다. 분명히 우리 얘기가 나올 겁니다. 내가 말했지요? 그 양반은 항상 우리가 자기 목숨을 구해 줬다고 우리한테 말하곤 했거든요. 정말 그 책을 읽고 싶네요. 내 마음 이해하시죠?」

「그럼요.」 내가 정말 추잡스럽다는 생각을 떨치지 못한 채 덧붙였다. 「걱정 마세요. 구하는 대로 바로 보내 드리지요.」

다음 날 나는 신문사에 도착하자마자 부장 사무실로 가서 허락을 얻어 냈다.

「뭐라고? 또 소설을?」 부장은 빈정거리듯 물었다.

「아니요. 실화입니다.」 나는 우쭐해서 대답했다.

뭐를 실화라고 하는지 부장에게 설명했다. 나의 실화가 다룰 내용도 설명했다.

「재미있는데······. 그래, 이미 제목도 정했나?」

「그렇다고 봐야죠.」 나는 대답했다.

「〈살라미나의 병사들〉이라고 할 겁니다.」

제2부
살라미나의 병사들

1939년 4월 27일, 페레 피게라스와 여덟 명의 코르넬랴데 테리 동료들이 헤로나 감옥에 수감되던 바로 그날, 라파엘 산체스 마사스는 전통 스페인 팔랑헤와 국가 조합주의 실천 위원회JONS[23]의 중앙 위원이자 정치 위원회 부위원장으로 막 임명되었다. 공화파가 완전히 몰락한 지 한 달도 채 안 된 때였다. 그리고 산체스 마사스가 전쟁 후 초대 정부의 무임소 장관이 되기 4개월 전이었다. 평소에 깐깐하고, 도도하고, 독단적이기는 했지만 야비하거나 보복을 일삼는 사람은 아니었기에, 그 당시 그의 집무실에 딸린 접견실은 수감자의 가족들로 들끓었다. 전쟁이 끝난 후 패전으로 인해 감옥에 갇히게 된 옛 지인이나 친구들을 위해서 마사스가 개입해 주기를 간절히 바라는 사람들이었다. 마사스는 그들을 위해 최선을 다

---

23 Juntas de Ofensiva Nacional Sindicalista. 이탈리아 무솔리니의 예를 따라 노동자 조합을 없애려고 1931년 결성된 파시스트적 국가 조합. 1934년 팔랑헤와 합쳐진다.

한 것 같다. 그가 계속 요구한 덕분에 총통은 시인 미겔 에르난데스[24]에게 내려진 사형을 종신 족쇄형으로 감형해 주었다. 하지만 마사스는 자신이 아끼던 친구이자 네그린[25] 내각의 내무부 장관이었던 훌리안 데수가사고이티아의 총살형에 대해서는 손을 쓸 수 없었다. 그는 1940년 11월 어느 새벽, 총살대에서 처형되었다. 바로 그 어처구니없는 처형이 있기 몇 달 전, 팔랑헤 외교 대표단 자격으로 로마에 갔다가 돌아왔을 때 그의 비서인 언론인 출신의 카를로스 센티스는 현안들에 대한 상황을 보고했다. 그리고 그날 아침 접견이 허락된 사람들의 명단을 읽어 주었다. 갑자기 정신이 번쩍 드는 듯, 산체스 마사스는 이름 하나를 되뇌었다. 그러고는 일어나 성큼성큼 사무실을 가로질러 문을 열더니 접견실 가운데 멈추어 섰다. 그리고 접견실을 꽉 메운 놀란 얼굴들을 찬찬히 둘러보면서 물었다.

「어떤 분이 조아킴 피게라스 씨입니까?」

잔뜩 겁에 질린 채, 고아 같은 눈빛에 여행자 옷차림을 한 남자가 대답을 하려 했지만, 그의 알아듣기 힘든 중얼거림은 질문에 뒤이은 견고한 정적을 겨우 깨뜨릴 뿐이었다. 그는 동시에 갈퀴같이 거친 손을 황망히 점퍼 주머니 속으로 넣었다. 산체스 마사스는 그 사내 앞에 선 채로 그가 페레와 조아킴 형제의 친척인지 알아보려고 했다. 「제가 그 애들 아닙니

---

24 Miguel Hernández(1910~1942). 공화국 정부를 지키기 위해 투쟁했던 시인. 전쟁 후 감옥에서 사망.

25 Juan Negrín López(1887~1956). 제2공화국의 마지막 수상.

다.」 마침내 사내가 또박또박 말했다. 카탈루냐 지방 억양이 아주 강한 말투에다, 경련하듯 머리를 떨고 있었는데, 산체스 마사스가 반가움으로 와락 껴안았을 때도 그 떨림은 수그러들지 않았다. 감격스러운 순간이 지나고, 두 사람은 몇 분간 집무실에서 대화를 나누었다. 조아킴 피게라스는 자기 아들 페레가 증거도 없이 기소되어 헤로나의 감옥에 수감된 지 한 달 반이 되어 간다고 말했다. 그 마을의 다른 청년들도 마찬가지인데, 전쟁이 터지고 처음 며칠 사이에 코르넬랴데테리 교회의 방화에 가담했고, 읍사무소 서기 살해 사건에도 개입했다는 혐의로 기소되었다는 것이다. 산체스는 피게라스의 말이 끝나기도 전에 집무실 옆문으로 나가더니 곧 다시 돌아왔다.

「다 해결되었습니다.」 그는 큰 소리로 말했다. 「코르넬랴에 도착하시면 아드님이 벌써 집에 와 있을 겁니다.」

피게라스는 환희에 차 집무실을 나섰다. 관청 건물 계단을 내려갈 때 그는 손에 지독한 통증을 느꼈다. 그제야 아직도 점퍼 주머니에 손을 집어넣은 채 온 힘을 다해서 종이 한 장을 움켜쥐고 있다는 것을 알았다. 녹색 표지의 작은 수첩에서 뜯은 것으로 산체스 마사스가 자기 아들들에게 입은 은혜에 대해서 기록해 놓은 종이였다. 그리고 며칠 뒤 코르넬랴에 도착해 막 석방된 자기 아들을 눈물도 보이지 않은 채 껴안으면서, 막연한 기대만으로 자신이 본 적도 없는 사람을 만나기 위해 폐허가 된 나라를 여행했던 것이 실수가 아니었음을 깨달았다. 그리고 죽을 때까지도 산체스 마사스를 스페인에서 가장 권력이 막강한 사람 중 한 명으로 여겨졌다.

산체스 마사스도 부분적인 실수는 했다. 항상 정치는 신사들이 할 짓이 아니라고 여기면서도 그 당시 벌써 10년 이상을 정치에 몸담고 있었기 때문이다. 게다가 정치를 그만둔 것은 그 후 여러 해 뒤였다. 하지만 일생 동안 그 당시만큼 실권을 쥐는 시절은 오지 않았다.

그 일로부터 45년 전 2월 18일, 산체스 마사스는 마드리드에서 태어났다. 태어나서 몇 달 지나지 않아 아버지가 돌아가셨다. 그의 아버지는 코리아 출신 군의관이었고, 아버지의 삼촌은 국왕 알폰소 12세의 주치의였다. 어머니 마리아 로사리오 마사스 이 오르베고소는 곧바로 빌바오에 있는 친정집으로 들어갔다. 데우스토 다리 근처 에나오 거리에 있는 5층짜리 집에서 아직 자식이 없던 수많은 삼촌들의 귀여움을 받으면서 어린 시절과 청년기를 보냈다. 마사스 집안은 자유주의적 성향에 문학적 취향을 가진 기품 있는 집안으로 미겔 데우나무노[26]와 친척이었고, 빌바오 상류 사회에 깊이 뿌리내리고 있었다. 산체스 마사스의 소설 속 인물들 중 몇몇은 그 집안사람들 중에서 영감을 받았을 테고, 억제할 수 없었던 그의 귀족적 여유와 확고한 문학적 성향도 외가로부터 물려받은 것이었다. 문학적 성향은 동시에 어머니와도 관련된 것인데, 학식 있고 영리했던 어머니는 일찍 과부가 되

---

26 Miguel de Unamuno(1863~1936). 스페인 98세대를 대표하는 문인이자 지성. 내전 발발 당시에는 반란파에 동조하는 입장이었으나 이내 환멸을 느끼고 공화국을 지지한다.

자 자신은 할 수 없었거나 원하지 않았던 작가의 길을 아들이 갈 수 있도록 모든 에너지를 쏟아부었다.

산체스 마사스는 어머니를 실망시키지 않았다. 그가 평범한 학생이었다는 것은 사실이다. 그는 종교 단체가 운영하는 이름 있는 기숙 학교를 전전하면서 자랑스러워했다기보다는 고통스러워했다. 마침내 마드리드 중부 대학교를 졸업한 후 엘에스코리알에 있는 왕립 고등 교육원인 마리아 크리스티나에 들어갔다. 그곳은 아우구스티누스파에서 운영하였는데, 그 학교에서 1916년 법학사 학위를 받았다. 하지만 아주 일찍이 뚜렷한 문학적 재능을 보이기 시작했다는 것 또한 사실이다. 열세 살이 되었을 때 소리야[27]와 마르키나[28] 스타일로 시를 썼고, 스물두 살에는 이미 성숙한 시인이었다. 스물여덟에 그의 핵심적인 작품이 완성되었다. 그는 독특한 귀족적 태도 때문에 시를 출판하는 데는 별 관심을 두지 않았는데, 우리가 그 작품 전체(혹은 거의 대부분)를 알게 된 것은 그의 어머니가 잠을 자지 않으면서 수고한 덕분이다. 그녀는 아들의 시를 검은색 유포(油布) 표지의 작은 공책 몇 권에 손수 옮겨 적으면서, 각각의 시 아래에 지은 날짜와 장소를 적어 놓았던 것이다. 게다가 산체스 마사스는 괜찮은 시인, 대가는 아니지만 괜찮은 시인이다. 모든 괜찮은 시인들이 갈망하는 그런 시인이라는 뜻이다. 그의 시들은 한 가

---

27 José Zorrilla(1817~1893). 스페인 낭만주의 계열의 시인이자 극작가.
28 Eduardo Marquina(1879~1946). 스페인 모더니즘 계열의 시인이자 극작가.

지 색조를 띠고 있는데, 소박하고, 아주 예스럽고, 단조롭고, 조금 감상적이다. 하지만 산체스 마사스는 그 한 가지 색조를 놀라운 솜씨로 다루면서 그로부터 정갈하고 자연스럽고도 평범한 음악을 자아낸다. 그 음악은 달아나는 시간의 달콤하면서도 씁쓰레한 우수를 노래한다. 그 시간은 달아나면서 어느 폐기된 세계의 질서와 굳건했던 계급을 함께 끌고 간다. 그 세계는 바로 폐기된 세계이기에 꾸며 낸 것이고 불가능한 것이며, 그것은 거의 언제나 불가능하고 꾸며 낸 천국과 동일시되는 것이다.

비록 살아 있을 때 시집은 한 권만 출간했지만, 산체스 마사스는 자신이 시인이라고 느꼈을 것이다. 어쩌면 그는 본질적으로 시인이었다. 하지만 그의 동시대인들은 그를 기사나 사설을 쓴 사람으로, 소설가로 생각했고, 무엇보다 정치인으로 생각했다. 하지만 그는 결코 스스로를 정치인으로 여기지 않았고, 어쩌면 본질적으로 정치인이 아니었다. 1916년 6월, 그의 첫 소설 『타린의 작은 기억들』을 출판한 지는 1년이 지났고, 법학사 학위를 막 받은 직후였을 때 산체스 마사스는 빌바오로 돌아왔다. 당시 빌바오는 역동적이고 자족적인 도시로서, 운 좋은 부르주아 계급에 의해 지배되고 있었다. 그들은 스페인이 제1차 세계 대전에서 중립을 지킨 덕에 얻은 경제적인 영화의 시기를 누리고 있었다. 그 호시절의 문화가 표현된 잡지로 잘 알려진 것이 『헤르메스』이다. 그 잡지를 중심으로 몇몇의 가톨릭 신자이자 도르스 추종자들[29]이며, 스페인 국수주의자에 가까운 작가들이 모였다. 그들은 로마 문화와 서구 문명의 가치들을 숭배했는데, 라몬 데아스테라는 그들에게 〈피레네의 로마 학파〉라는 거창한 이름으로 세례를 주었다. 바스테라는 그 작가 그룹에서 가장 유명한 구성원이었고, 대부분의 구성원들은 해가 가면서 팔랑헤 대열에 가담했다. 산체스 마사스도 그중 하나였다. 그들은 로페스 데아로 대로변에 있는 카페 리옹 도르에서 모였는데, 거기서 산체스 마사스는 박식하고 신중하면서도 어느 정도 화려한 보수주의자로 빛을 발했다. 호세 마리아 데아레일사는 그 당시 어린 소년으로, 자기 아버지가 리옹 도르에 데려가 초콜릿을 사주곤 했는데, 산체스 마사스를 이렇게 기억했다. 〈키가 크고, 비쩍 마르고, 두꺼운 뿔테 안경을 끼고, 눈빛은 불타오르면서도 동시에 피곤해 보였고, 목소리는 가끔 토론의 요지를 강조할 때면 쩌렁쩌렁 울리곤 했다.〉 그 무렵 산체스 마사스는 일간지 「ABC」, 「태양」, 「바스크 민족」에 열심히 기고하고 있었다. 1921년 「바스크 민족」 편집장인 후안 데라크루스는 그를 모로코 전쟁[30]에 특파원으로 보냈다. 거기서 그는 인달레시오 프리에토라고 불리는 빌바오 출신의 다른 특파원과 밤마다 술을 마시고 긴 대화를 나누면서 변치 않을 우정을 쌓았다. 그 우정은 나중에 대립적인 양 진영에서 경험한 전쟁의 원한을 초월할 정도였다. 산체스 마사스의 모로코 체류는 채 1년이 넘지 못했다. 왜냐하면 1922년 후안

---

29 Eugenio d'Ors(1881~1954). 스페인의 문인이자 철학자.
30 1921년부터 1927년까지 벌어졌다. 스페인이 점령한 지역에서 발생한 모로코 반란파와 스페인군 간의 전쟁.

이그나시오 루카 데테나[31]가 그를 「ABC」 특파원으로 로마로 보냈기 때문이다. 그는 이탈리아에 반했다. 고전 문화와 르네상스, 그리고 로마 제국에 대한 그의 젊은 열정은 실제 로마와의 접촉을 통해서 영원토록 확고해졌다. 그는 로마에서 7년을 살았다. 거기서 릴리아나 페를로시오와 결혼했다. 사춘기를 막 벗어난 이탈리아 아가씨였는데, 채 가듯 그녀를 데려와 평생토록 파란만장한 관계를 유지했고, 그 사이에서 다섯 자녀를 두었다. 로마에서 그는 남자로서, 독자로서, 작가로서 성숙해졌다. 그곳에서 유명세에 걸맞은 언론인으로 자신을 단련했는데, 아주 문학적이고 세련된 구성과 흔들림 없는 필력으로 쓰인 몇몇 논설은 — 때로는 현학과 서정으로 가득 차고, 때로는 정치적 열정으로 들끓었다 — 어쩌면 그의 최고의 작품일 것이다. 또한 거기서 파시즘에 동화되었다. 사실 산체스 마사스가 스페인 최초의 파시스트라고 해도 과언은 아니다. 그리고 스페인 파시즘에서 가장 영향력 있는 이론가였다. 모라스[32]의 열렬한 독자였고 루이지 페데르초니의 친한 친구였다. 페데르초니는 — 이탈리아에서 일종의 지적이고 부르주아적인 파시즘을 체현했고, 시간이 감에 따라 무솔리니 정부에서 자랑스럽게 여러 장관직을 맡았다 — 타고난 기질이 군주주의자에다 보수주의자였는데, 산체스 마사스는 일종의 제국적 가톨릭주의에 대한 자신의 향수를

---

31 Juan Ignacio Luca de Tena(1897~1975). 루카 데테나 집안이 창간한 「ABC」 신문 발행인.

32 Charles Maurras(1868~1952). 프랑스의 보수주의 정치 사상가. 국가 가톨릭주의의 이론적 토대를 제공.

치유할 수 있는 적절한 도구를 파시즘에서 발견했다고 믿었다. 그리고 무엇보다도 힘을 통해서 과거 체제의 확고한 계급 제도를 재건할 수 있는 적절한 도구를, 낡은 민주적 평등주의와 새롭고 힘찬 볼셰비끼 평등주의가 스페인 전체에서 제거하고자 위협하는 과거의 계급 제도를 재건할 수 있는 적절한 도구를 파시즘에서 발견했다고 믿었다. 다른 식으로 말하자면, 어쩌면 산체스 마사스에게 파시즘은 자신의 시를 실현할 수 있는 정치적 시도였을 것이다. 자신이 시 속에서 우수적으로 불러일으키는 세상, 폐기된 세계이자 꾸며 낸 불가능한 낙원을 현실로 만들기 위해서 말이다. 어쨌든 간에 확실한 것은 〈이탈리아는 세련된 걸음으로〉라는 제목 아래 일련의 사설을 통해 무솔리니의 집권에 대해 열렬히 찬사를 보냈다. 그리고 그는 베니토 무솔리니에게서 르네상스 시대 용병 대장의 재림을 보았고, 그의 등극은 이탈리아에 영웅과 시의 시대가 되돌아왔음을 알리는 것이라고 보았다.

그리하여 1929년 마드리드로 돌아온 산체스 마사스는 그 시대가 스페인에도 도래하도록 하기 위해 자신을 온전히 희생할 결심을 하였다. 어떤 면에서는 목표를 달성했다. 왜냐하면 특히 전쟁은 영웅과 시인들의 시대이기 때문이다. 그리고 스페인에서 전쟁이 발발하도록 하는 데 산체스 마사스만큼 지혜와 노력과 재능을 기울인 사람은 1930년대에는 거의 없었기 때문이다. 고국으로 돌아가자마자 산체스 마사스는 자신의 목표를 달성하기 위해서는 자신이 이탈리아에서 승리하는 것을 목격한 그 모델 그대로 재단된 정당을 만드는 것이 긴요할 뿐만 아니라, 한 명의 르네상스 시대 용병 대장을 찾아내는 일이 필요하다는 것을 바로 깨달았다. 그 인물은 때가 왔을 때, 군주제의 해체와 그에 따른 공화주의의 필연적 승리로 인해 스페인 사회의 가장 전통적인 영역에서 야기된 공포에서 나오는 모든 에너지를 상징적으로 촉진시키는 인물이어야 했다. 첫 번째 기획은 결실을 맺는 데 어느 정도 시간이 걸렸다. 하지만 두 번째 기획은 그렇지 않았다. 호세 안토니오 프리모 데 리베라는 즉시 산체스 마사스가 찾던 신이 내린 우두머리의 모습을 체현하러 나타났다. 그 두 사람을 결합시킨 우정은 굳건하고 지속적인 것이었다(어느 정도였냐 하면, 호세 안토니오가 알리칸테 감옥에서 1936년 11월 20일 총살되기 며칠 전에 쓴 마지막 편지들 중 하나는 산체스 마사스에게 쓴 것이었다). 어쩌면 그것은 공정한 역할 분담에 기반하고 있었기 때문인지도 모른다. 호세 안토니오는 사실 산체스 마사스에게 결여된 모든 것, 젊음, 외모, 몸에 밴 열정, 돈, 그리고 좋은 가문을 가지고 있었다. 그 반대도 마찬가지로 사실이다. 이탈리아에서의 경험과 수많은 독서와 문학적 재능으로 무장되어 있었기에 산체스 마사스는 호세 안토니오가 가장 신뢰하는 조언자가 되었다. 일단 팔랑헤가 결성되자 호세 안토니오의 주된 이론가이자 선전가가 되었고, 그의 수사와 상징을 만드는 주요 인물 중 하나가 되었다. 산체스 마사스는 당의 심벌로 멍에와 화살을 제안했다. 그것들은 가톨릭 왕들의 상징이었다. 그리고 경례 구호로 〈스페인 만세〉를 만들었고, 그 유명한 「죽은 팔랑헤 당원들을 위한 기도」를 지었다. 1935년 12월에는 며칠 밤 동안 호세 안토니오와 자기 모임의 다른 작가들과 함께 마드리드의 미겔 모야 거리에 있는 바스크풍 바인 오르 콤폰의 1층에서 팔랑헤 당가(黨歌)인 「태양을 향해 얼굴을 들고」의 가사를 쓰는 데 참여했다.

하지만 산체스 마사스가, 라미로 레데스마 라모스가 지칭한 대로, 팔랑헤 수사학의 주요 제공자가 되기까지는 어느 정도 시간이 더 필요했다. 1929년 마드리드에 도착했을 때, 코스모폴리탄 작가라는 명성과 새로운 생각들로 월계관을 쓰고 온 듯했기에, 그가 파시스트 정당을 만들 거라고 진지하게 생각한 사람은 스페인에서 아무도 없었다. 레데스마조차도 생각하지 못했다. 레데스마는 2년 뒤 JONS라는 스페인 최초의 파시스트 패거리를 만들게 될 사람이었는데도 말이다. 정치적인 상황과 마찬가지로 문학적인 삶도 시시각각으로 과격해지고 있었다. 유럽을 뒤흔들고 있던 혼란과 스페인의 정치 지평에서 비치는 변화의 분위기가 반영되고 있었다. 1927년 젊은 작가인 세사르 아르코나다는 이미 그전에 오르테가[33]식 엘리트주의를 주창했고, 얼마 안 있어 공산주의 대열에 가담하게 될 작가였는데, 자기 세대의 많은 이들이 지닌 정서를 요약하면서 〈젊은이라면 공산주의자든, 파시스트든, 무엇이나 될 수 있다. 하지만 낡은 자유주의 사상

---

33 José Ortega y Gasset(1883~1956). 자유주의를 지향한 스페인의 대표적 철학자. 유럽에 출현한 대중의 파시즘화를 경계하여, 선별된 소수 엘리트의 사회적 역할을 강조하기도 했다.

을 가져선 안 된다〉라고 선언했다. 그 말은 몇 년 지나지 않아 스페인과 전 유럽의 수많은 작가들이 행복했던 1920년대에 누렸던 스포츠나 오락 같은 유미주의에서 벗어나 험악한 1930년대에는 순수하고 치열한 정치 투쟁에 나선 이유를 부분적으로 설명해 준다.

산체스 마사스도 결코 예외가 아니었다. 사실 전쟁 이전 시기 그의 모든 문학 행위는 수많은 전투적 사설 쓰기로 제한된다. 그 글들에서 팔랑헤식 미학과 도덕에 대한 정의는 — 의도적인 이데올로기적 혼선과, 폭력과 군사주의에 대한 신비스러운 찬양, 천박한 근본주의로 이루어졌는데, 조국과 가톨릭의 영원성을 주장하고 있었다 — 그의 핵심적인 의도를 동시에 품고 있었다. 그 의도는 안드레스 트라피에요가 단정하듯, 기본적으로 라틴 역사가와 독일 사상가, 프랑스 시인들을 인용하여 임박해 오는 무자비한 약탈 행위를 정당화하는 데 있었다. 한편, 그 무렵 산체스 마사스의 정치적인 행위는 광적이었다. 파시스트 정당을 창당하려는 여러 시도에 동참한 이후, 1933년 2월, 언론인인 마누엘 델가도 바레토를 비롯해서 호세 안토니오 프리모 데 리베라, 라미로 레데스마 라모스, 후안 아파리시오, 그리고 에르네스토 히메네스 카바예로 — 이 사람과는 스페인 파시즘의 사상적 지도자 자리를 놓고 여러 해 동안 음으로 양으로 투쟁을 지속했는데, 결국은 승리했다 — 와 함께 산체스 마사스는 주간지 『파쇼』를 창간했다. 그것은 국가 노동조합주의의 서로 다른 계파들이 최초로 만나는 자리였으며, 그것들은 결국 팔랑헤로 수렴되었다. 『파쇼』의 창간호이자 유일한 호는 한 달 뒤에 나왔는데, 당국에 의해서 바로 금지되었다. 하지만 같은 해 10월 29일 마드리드 연극 극장에서 스페인 팔랑헤의 창립 행사가 거행되었다. 그리고 산체스 마사스에게는 몇 달 후 당증 4번이 부여되었고(레데스마가 1번이었고, 호세 안토니오가 2번, 루이스 데 알다가 3번, 히메네스 카바예로가 5번이었다), 운영 위원으로 임명되었다. 그 순간부터 1936년 7월 18일까지 그의 당내 비중은 지대했다. 그 당은 전쟁 전까지는 전 스페인 영토에서 백여 명의 행동 요원을 모집하는 데 그쳤다. 그리고 참가한 모든 선거에서 수천 표 이상을 득표한 적은 한 번도 없었다. 그럼에도 다가올 국가의 역사에서 결정적인 역할을 하는 당이 되는 것이다. 그 낙인찍힌 세월 동안, 산체스 마사스는 강연도 하고, 모임에도 참석하고, 전략과 일정도 짜고, 발표문도 쓰고, 구호도 만들고, 우두머리에게 자문도 해주었다. 그리고 무엇보다도 팔랑헤의 공식 주간지인 「스페인 팔랑헤」를 통해서 — 그 잡지에는 〈삶의 방식에 관련된 구호와 규칙〉이라는 제목의 난이 있었다 — 익명으로나 자신의 이름 혹은 호세 안토니오의 이름으로 된 기고문을 이용하여 삶의 방식이나 사상들을 퍼뜨렸다. 그 사상들은 시간이 흐르면서 아무도 의심하지 못하는 사이에 — 산체스 마사스 자신은 누구보다도 더 의심하지 않았다 — 전쟁이 임박한 상황에서 혁명적인 대항 이데올로기로 변했다. 나중에는 그 사상들을 찬탈한 살지고, 유약하고, 무능하고, 교활하고, 보수적인 그 군바리에 의해서 이데올로기적인 장식 수준으로 격하되었고, 끝내는 점점 더 부패하고 의미 없는 상투적 구호가 되어 버렸다. 그 상투적 구호를 가지고 한 줌의 야비한 인간들이 40년 고통의 세월 동안 엿 같은 체제를 정당화하기 위해 안간힘을 썼던 것이다.

그럼에도 불구하고, 전쟁이 잉태되어 가던 시기에는 산체스 마사스가 전파하고 있던 구호들은 근대성에 관한 신선한 제안을 담고 있었다. 과격한 이상을 지닌 명문가 출신 애국 청년들이 그의 구호를 숭배하면서 그 제안에 더욱더 신뢰를 부여하고 있었다. 그 당시 호세 안토니오는 오스발트 슈펭글러[34]의 말을 인용하는 것을 무척 좋아했는데, 그에 따르면, 최후에 문명을 구해 낸 것은 항상 소수의 군인이었다는 것이다. 그 당시 팔랑헤 청년들은 자신들이 바로 그 소수의 군인이라고 생각했었다. 그들은 불경스러움과 야만스러운 평등주의의 파도가 대재앙의 끔찍한 굉음과 함께 갑자기 자신들을 잠에서 깨울 것이라는 사실도 모른 채 자신의 가족이 천진난만하게 부르주아의 행복한 잠을 자고 있다는 것을 알고 있었다(또는, 안다고 믿고 있었다). 그래서 팔랑헤 청년의 의무는 힘을 통해서 문명을 보존하고 대재앙을 막는 것이라고 믿었다. 자신들이 소수이기는 하나 단순히 수적인 상황으로 위축되지는 않는다고 알고 있었다(또는, 안다고 믿고 있었다). 그들은 스스로를 영웅이라고 느꼈다. 산체스 마사스는 비록 영웅이 되기에는 이미 젊지도 않고, 힘도 없

---

34 Oswald Spengler(1880~1936). 독일의 문명사가.

고, 몸에 밴 열정이나 구체적인 신념도 부족했지만 — 그 천진난만한 꿈을 지켜 내야 할 집안 출신이기는 하지만 — 스스로 영웅이라고 느꼈다. 그리하여 문학을 포기하고 수도승의 진지함으로 대의에 헌신하려 했던 것이다. 그것은 그가 호세 안토니오와 함께 수도에서 가장 고급스런 살롱에 자주 다니는 것을 방해하지도 않았고, 〈샤를마뉴 대제의 만찬〉 같은 행사에 그와 동행해 가끔씩 귀공자처럼 요란스레 놀아나는 것을 방해하지도 않았다. 그 만찬은 터무니없이 호사스러운 것으로 〈호텔 파리〉에서 한 달에 한 번씩 그 황제를 추모하기 위해 열렸는데, 무엇보다도 자신들의 엄격한 귀족적 우아함을 통해 호텔 벽 저편에서 호시탐탐 노리고 있는 민주주의와 공화주의의 천박함에 맞서 항의하기 위한 것이었다. 하지만 호세 안토니오와 그의 영원한 수행원인 미래의 시인 병사들이 가장 지속적인 모임을 가진 장소는 〈카페 리옹〉의 지하실이었다. 알칼라 거리에 있었는데, 〈즐거운 고래〉라고 알려진 곳이었다. 거기서 그들은 밤늦은 시간까지 정치와 문학에 대해서 열띤 토론을 했고, 믿기지 않을 정도로 정중한 분위기 속에서 젊은 좌파 작가들과 자리를 함께했다. 이들과는 열망과 맥주와 대화와 농담, 그리고 정중한 모욕까지도 함께 나누었다.

전쟁이 터지면서 그 애정 어리고 허황돼 보이던 적의는 현실적인 적의로 바뀌었다. 비록 1930년대 들어 정치 무대가 제어할 수 없이 쇠퇴하면서 이미 변화를 감지하고자 했던 사람에게는 변화가 임박했다는 것이 예고되었지만 말이다.

몇 달, 몇 주, 며칠 전만 해도 커피 한 잔을 앞에 두고 극장 출구나 혹은 서로 같이 아는 친구의 전시회 앞에서 대화를 나누던 사람들이 이제는 서로 반대편이 되어 길거리에서 싸우면서 총을 쏘거나 피를 흘리는 것도 아랑곳하지 않게 되었다. 폭력은 사실상 그 전부터 시작되었다. 비록 기질 때문이든, 교육 때문이든, 폭력에 완강히 반대하는 당의 몇몇 지도자들이 자신들이 피해자라는 식으로 항의했지만, 확실한 것은 팔랑헤당이 공화제 상태가 유지될 수 없도록 하기 위해서 폭력을 체계적으로 조장했고, 폭력의 사용이 바로 팔랑헤 이데올로기의 심장 안에 들어 있다는 사실이다. 그 이데올로기는 다른 모든 파시스트 운동처럼 레닌의 혁명적 방법을 채택했다. 레닌은 용맹스럽고 의지가 강한 소수의 사람만 — 슈펭글러의 소수의 군인들에 해당되는 — 있으면 충분히 무력으로 정권을 잡을 수 있다고 생각했다. 호세 안토니오처럼 산체스 마사스도, 가끔은 이론적으로 폭력의 사용을 반대한 팔랑헤 당원이었다(실제로는 폭력을 조장했다. 그는 조르주 소렐[35]의 독자였는데, 소렐은 폭력을 도덕적 의무의 일종이라고 했다. 그의 글들은 거의 언제나 폭력을 조장했다). 그래서 길거리에서 실랑이를 벌이다가 학생 마티아스 몬테로가 살해당하자 자기 당원들이 갖게 된 복수에 대한 충동을 제어하려는 호세 안토니오의 요청에 의해 1934년 2월에 쓴 「죽은 팔랑헤 당원들을 위한 기도」에서 이렇게 말했다. 〈우

---

35 Georges Eugène Sorel(1847~1922). 혁명적 노동주의를 주장한 프랑스의 철학자.

리는 깨끗하고, 신사적이고 관대한 승리가 아니라면 차라리 패배를 원한다. 왜냐하면 적이 끔찍하고 비겁한 폭력을 행사할 때마다 우리는 더 우수한 가치와 도덕을 보여 주는 행동을 해야 하기 때문이다.〉 세월이 지나면서 그런 아름다운 말들은 수사에 불과했다는 것이 드러났다. 1935년 6월 16일, 파라도르데그레도스에서 열린 회의에서 팔랑헤 지도부는 선거를 통해서는 절대 정권을 잡을 수 없다는 사실과 정당으로서의 존립이 위기에 처했다는 사실을 깨달았다. 당연하게도, 공화 정부가 자신들의 생존에 팔랑헤당이 지속적인 위협이 된다고 생각했기 때문이다. 그래서 무력 봉기를 통해 정권을 쟁취하겠다는 결정을 내렸다. 이 회의 이후 한 해 동안 팔랑헤의 음모성 공작은 — 끝없는 질투와 의혹, 변명과 의심으로 가득 배어 있었는데, 그것들은 성공에 대한 자신들의 믿음이 희박함을 드러냈을 뿐 아니라, 당 대표가 가지고 있던 두려움을 드러냈다. 그는 그 두려움을 처음엔 당연하다고 여겼지만, 나중에는 불길하게 느꼈다. 쿠데타를 지지할 사회의 가장 보수적인 집단들과 군부 사이에 예상되는 연합에 의해서 당과 혁명적인 프로그램이 통째로 삼켜질까 봐 두려웠던 것이다 — 잠시도 멈추지 않았다. 그해 2월 선거에서 전멸한 뒤, 마침내 1936년 3월 14일, 경찰이 니카시오가예고 거리에 있는 사무실을 폐쇄하고, 당 정치 위원 전체를 체포하고, 정당 활동을 무기한 금지했을 때 팔랑헤당은 지도부가 완전히 제거되었다.

이 순간부터 산체스 마사스의 행적이 묘연해진다. 전쟁 전 몇 개월과 3년간의 전쟁 기간 동안 겪은 파란만장한 경험은 부분적인 증언을 통해서 — 당시에 대한 회고록이나 문서에 나오는 어렴풋한 암시, 산체스 마사스의 기구한 경험들 중 일부분을 함께했던 사람들의 이야기, 산체스로부터의 그의 기억을 들었던 가족이나 친구들의 기억 —, 또한 오해와 모순과 애매함으로 점철된 베일에 가린 하나의 전설을 통해서 재구성을 시도해 볼 수 있을 뿐이다. 그 전설은 결정적으로 산체스 마사스가 자신의 인생 중 혼탁한 그 시기에 대해서 선택적으로 다변을 늘어놓음으로써 만들어졌다. 그러니까 지금부터 내가 적는 것은 실제로 일어났던 것이 아니라 일어났을 거라고 여겨지는 것이다. 난 입증된 사실을 제시하는 것이 아니라, 타당한 추측을 제시하는 것이다.

이런 내용이다.

1936년 3월, 산체스 마사스가 정치 위원회의 동지들과 함께 마드리드의 모델로 감옥에 갇혀 있을 때 그의 넷째 아들 막시모가 태어난다. 당시 교정 국장이었던 빅토리아 켄트는 산체스에게 법적인 부인을 사흘간 방문할 수 있도록 허가해 준다. 마드리드를 벗어나지 않고 약속된 시간이 지나면 감옥으로 다시 돌아올 것을 맹세한다는 조건이 붙는다. 산체스 마사스는 그 계약을 받아들이지만, 그의 다른 아들인 라파엘에 따르면, 그가 감옥에서 나오기 전에 간수장이 그를 사무실로 불러 자기가 보기에 사태가 몹시 불투명하다고 입속으로 중얼거리듯 말한다. 그리고 말을 흐리면서 〈차라리 돌아오지 않는 편이 낳을 듯하다〉고 권유한다. 그리고 〈나는 당신을 찾고 체포하는 일을 가장 중요한 과제로 삼지 않겠다〉고 말한다. 그런 식의 이야기는 산체스 마사스가 한 그 이후의 의심스러운 행동을 정당화하기 때문에 진실성을 의심해 볼 수 있다. 동시에 그 이야기가 거짓이 아니라고 생각할 수도 있다. 확실한 것은 산체스 마사스가 자신이 쓴 수많은 선동적인 글을 빛나게 했던 신사도와 영웅주의에 반하면서까지 자기가 한 약속을 깨고 포르투갈로 도망쳤다는 사실이다. 그러나 자기 심복의 말을 심각하게 받아들였던 호세 안토니오는 그의 명예뿐만 아니라 모든 팔랑헤의 명예가 시험받고 있다고 판단했기 때문에 산체스 마사스에게 마드리드로 돌아오라고 알리칸테 감옥에서 명령을 내린다. 그는 자신의 형제 미겔과 함께 6월 5일에서 6일로 넘어가는 밤에 그 감옥으로 이송되어 있었다. 산체스 마사스는 그 명령에 따르지만, 다시 모델로 감옥에 들어가기 전에 반란이 일어난다.

그 이후의 날들은 애매하다. 거의 3년 뒤, 에우헤니오 몬테스 — 산체스 마사스는 그를 〈인도주의적 글을 통해서 우리 팔랑헤에 기여하려는 열정에 있어 나보다 앞서고 더 뛰어난 동지〉라고 불렀다 — 는 6월 18일 바로 이후의 여정에서 자기 친구가 처한 긴박했던 상황을 〈빨갱이 보안대가 추적하는 가운데 잠행과 은신처로 점철된 모험〉이라고 부르고스에서 묘사한다. 그 구절은 소설 같기도 하고, 언급을 회피하는 것 같기도 하다. 하지만 현실을 완전히 호도하는 것 같지는 않다. 혁명은 마드리드에서 성공한다. 참호와 부대에서 사람들은 서로 죽고 죽인다. 법적인 정부는 상황 통제 능력을 상실했고 두려움과 환희가 뒤섞인, 죽음의 기운이 가득한 혼돈의 분위기였다. 집집마다 대대적인 수색이 벌어지고, 거리는 병사들에 의해 통제된다. 9월 초 어느 날 밤, 숨어 지내는 불안감과 언제나 도사리고 있는 위험을 더 이상 견딜 수 없어, 혹은 그와 같은 거물 도피자에게 은신처를 제공하는 위험을 너무 오랫동안 감수해 온 친구나 지인들의 권유 때문에, 산체스 마사스는 은신처로부터 나와서 마드리드를 벗어나 국민파[36] 점령 지역으로 도망가기로 결심한다.

예견되듯이, 그는 목표를 달성하지 못한다. 다음 날, 거리로 나서자마자 체포된다. 순찰대가 신분증을 요구한다. 공포와 자포자기가 뒤섞인 기묘한 느낌 속에서 산체스 마사스는 모든 것이 끝났다고 생각한다. 마치 조용히 현실과 작별하려는 듯, 영원처럼 느껴지는 1초 동안 망설임 속에서 주위를 둘러본다. 겨우 9시밖에 되지 않았지만 몬테라 거리의 상점들은 이미 열려 있고, 양쪽 인도는 부산하게 서두르는 서민들로 넘쳐 나고, 강렬한 태양은 끝날 줄 모르는 그 여름의 찌는 듯한 오전을 예고하고 있다. 그 순간 노동자 총연맹UGT[37]의 전사들을 가득 태운 트럭 한 대가 무장한 순찰 대원 세 명의 시선을 끈다. 모두 소총을 메고 전쟁 구호를 지르며, 구아다라마 전선으로 가고 있다. 차는 온통 구호와 이름으로 뒤덮

---

[36] 프랑코 장군이 주도하였으며, 교회와 왕당파, 지주 계급의 지지를 받은 반란파는 후에 자신들을 〈국민파Nacionales〉라고 명명하였다.

[37] Unión General de Trabajadores. 1888년 설립된 사회주의 계열의 노동조합 연합회.

여 있고, 그 이름들 가운데 인달레시오 프리에토라는 이름이 눈에 띈다. 그는 최근 화려하게 출발한 라르고 카바예로 내각의 해공군 사령관으로 막 임명된 사람이다. 그 순간 산체스 마사스는 막다른 계책을 생각해 내고서는 실행에 옮긴다. 순찰대에게 자신은 신분증이 없다고 말한다. 왜냐하면 임무를 수행하기 위해 마드리드에서 정체를 숨기고 있기 때문인데, 그 임무는 해공군 사령관으로부터 직접 부여받은 것이라고 한다. 그리고 자신을 그와 직접 연결해 달라고 요구한다. 황당하기도 하고 의심스럽기도 한 가운데 순찰 대원들은 그 믿기 어려운 변명이 사실인지 알아보기 위해 그를 치안 본부로 데려가기로 결정한다. 거기서 몇 가지 아슬아슬한 수속을 밟은 뒤 산체스 마사스는 전화로 프리에토와 통화하는 데 성공한다. 그는 산체스 마사스가 처한 상황에 관심을 보이면서 칠레 대사관으로 피신하라고 충고한다. 정성 어린 마음으로 행운을 빌어 준다. 그리고 아프리카에서 쌓은 옛 우정의 이름으로 산체스 마사스를 즉시 풀어 주라고 명령한다.

바로 그날 산체스 마사스는 칠레 대사관에 들어가는 데 성공한다. 거기서 거의 1년 반을 보내게 될 것이다. 그곳에 갇혀 있을 때의 사진이 한 장 남아 있다. 산체스 마사스는 둥그렇게 둘러선 도피자들 한가운데 있다. 그중에는 팔랑헤주의 작가인 사무엘 로스도 보인다. 여덟 명인데, 모두 약간 남루한 차림에 수염도 제대로 깎지 않고, 뭔가를 간절히 바라는 표정들이다. 흰색으로 보이는 와이셔츠 차림에다, 셈족의 얼굴 생김새에 근시 안경을 끼고, 이마가 넓은 모습의 산체스 마사스는 우아한 자세로 탁자에 팔꿈치를 괴고 있다. 탁자에는 빈 컵 하나와 빵 한 조각, 그리고 서류나 책으로 보이는 묶음 한 개와 텅 빈 냄비 하나가 있을 뿐이다. 산체스 마사스는 읽고 다른 사람들은 듣는다. 읽고 있는 것은 『로사 크뤼거』라는 소설의 한 구절이다. 그 소설은 유폐 생활을 달래고 동지들을 심심하지 않게 해주려고 썼던 것이거나 그 무렵 쓰기 시작한 것이다. 그 작품은 50년 뒤, 그가 죽고 나서 오랜 시간이 흐른 뒤에야 미완성인 상태에서 출간될 것이다. 의심할 여지 없이 작가의 가장 훌륭한 소설이고, 잘된 소설이고, 게다가 좀 특이하고 시대에 어울리지 않는 소설이다. 라파엘로 이전 화풍 같은 취향과 감각에다 유럽 패권주의적 소명 의식, 애국적이고 보수적인 바탕을 지닌 것처럼 보이는 등장인물로 인해 비잔틴 스타일의 소설[38]로 보인다. 그리고 그 소설은 절묘한 환상과 이국적인 모험, 우수가 드리운 관능성으로 가득 차 있으며, 정확하고 투명한 문체를 통해 주인공의 내면에서 벌어지는 두 개의 본질적 요소, 작가에 따르면 우주를 지배하는 두 요소인 악마성과 천사성이 벌이는 전투와 후자의 승리가 서술된다. 천사성은 로사 크뤼거라고 불리는 천사표 여성에 의해 체현된다. 산체스 마사스가 자신의 책을 쓰기 위해 그 대사관 안에서 말도 많았고 부득이하기도 했던 성적 문란함으로부터 거리를 두었다는 것은 놀랍다. 하지만 그 거리 두기의 결실인 소설이 치밀하게도 그 작

---

[38] 중세 유럽에서 유행했던 소설 양식으로 주인공이 여러 곳으로 떠돌아다니며 갖은 모험을 겪는 것이 특징이다.

품의 탄생을 둘러싼 극적인 상황을 회피했다는 것은 놀라울 게 없다. 왜냐하면 전쟁의 비극에다 전쟁의 비극을 다루는 이야기를 덧붙인다는 것은 너무 과도했을 것이기 때문이다. 게다가 그의 몇몇 독자들이 걱정했던 표면적인 모순, 산체스 마사스의 호전적인 팔랑헤 사상과 그의 탈정치적이고 심미적인 문학 행위 사이의 모순은, 양자가 동일한 향수에 대한 대립적이지만 일치되는 표현이라는 사실을 우리가 인정한다면 해결된다. 그 향수란 폐기되고, 불가능하고, 그래서 지어낸 천국의 세계에 대한 향수, 저항할 수 없는 역사의 강풍이 영원히 휩쓸어 가고 있는 옛 체제의 확고한 계급 제도에 대한 향수인 것이다.

시간이 흐르고 전쟁의 피비린내와 절망감이 더해 감에 따라 공화 정부 통제하의 마드리드로부터 도피한 사람들을 보호해 주는 대사관들의 사정은 점점 더 열악해진다. 정부군의 대사관 진입에 대한 공포는 커져 간다. 그래서 냉정하게 판단하건대 도피의 가능성이 있다고 생각한 사람들은 갇힌 채 고통과 불안 속에서 기다리기만 하느니 차라리 안전한 도피처를 찾아 나서는 위험을 감수하고자 한다. 사무엘 로스는 그렇게 해서 1937년 중반 칠레에 도착했고, 스페인이 프랑코 지배 하에 들어간 다음 해에야 돌아온다. 로스의 성공에 고무되어 1937년 가을 어느 날, 산체스 마사스는 도피를 시도한다. 어느 창녀와 팔랑헤에 호감을 가진 청년의 도움을 받는다. 산체스 마사스는 그 청년의 가족을 알고 있었는데, 운수 업체를 가지고 있거나 예전에 가지고 있었던 집안이다.

그의 계획은 일단 바르셀로나에 도착한 다음, 거기서 제5부대에 도움을 청하여 프랑스 쪽 국경을 은밀하게 넘어가게 해주는 조직과 접선하는 것이다. 그는 그 계획을 실행에 옮긴다. 여러 날 동안 산체스 마사스는 썩은 채소 속에 숨은 채 그 창녀와 팔랑헤 청년과 함께 6백 킬로미터 떨어진 바르셀로나까지 국도와 지방도를 달려간다. 기적적으로 모든 검문소를 통과하여 목적지에 무사히 도착한다. 단지 바퀴가 펑크 나서 조금 지연된 것과 아주 후각이 뛰어난 수색견 때문에 놀라 죽을 뻔한 것 빼고는 별 사고가 없었다. 바르셀로나에서 세 사람은 헤어진다. 예정되었던 대로 JMB 소속 어느 변호사가 산체스 마사스를 맞는다. JMB는 제5부대가 그 도시에 여기저기 흩어 두고 있는, 서로 연결되지 않은 여러 팔랑헤 패거리 모임 중 하나다. JMB의 소속원들은 그를 며칠간 쉬도록 한 뒤, 팔랑헤당 서열 4위의 자격으로 지휘권을 장악하고, 모든 팔랑헤 비밀 단체를 모아서 그들의 행동을 조율하라고 그를 재촉한다. 어쩌면 그 순간까지 그의 유일한 관심은 좌파가 지배하는 지역에서 벗어나 우파 진영으로 도피하는 것이었기 때문이거나, 아니면 단순히 자신은 그런 역할을 할 능력이 없다고 믿었기 때문인지는 몰라도, 그 제안에 놀라 완강히 거절한다. 그 도시의 상황과 그곳에서 활동하는 단체들을 전혀 모르기 때문이라고 이유를 댄다. 하지만 JMB의 구성원들은 너무나 젊고 헌신적이었던 만큼이나 경험이 없었고, 마치 신의 선물인 것처럼 그의 도착을 기다리고 있었기에 그에게 끈질기게 요구한다. 결국 산체스 마사스는 제안을 수용하는 것 외에는 다른 대안이 없다.

그다음 날부터 산체스 마사스는 제5부대의 다른 그룹 대표들과 회합을 갖는데, 어느 날 아침 시내에 있는 이베리아라는 커피숍으로 가는 동안 SIM 요원들에게 붙잡힌다. 그 커피숍 주인은 국민파 노선에 동조하는 사람이다. 1937년 11월 29일의 일이다. 그다음부터 일어나는 일들에 대해서는 이야기가 서로 다르다. 어떤 사람은 산체스 마사스가 엘에스코리알에 있는 마리아 크리스티나 왕립 학교에 다닐 때 선생님이었던 이시도로 마르틴 신부가 직접 그를 위해서 마누엘 아사냐[39]를 찾아갔지만 소용이 없었다고 말한다. 마누엘 아사냐도 같은 학교의 제자였다. 훌리안 데수가사고이티아는 자신이 직접 네그린 수상에게 산체스 마사스를 언론인 페데리코 안굴로와 교환하자는 제안을 했다고 주장한다. 훌리안은 산체스 마사스가 전쟁이 끝나고 그를 총살 집행에서 구해 내려고 시도했으나 실패했던 인물이다. 또 훌리안에 따르면, 아사냐가 수상에게 산체스 마사스를 반란 분자들의 손아귀에 있는 산체스의 위험한 원고들과 맞바꾸는 게 좋겠다고 제안했다는 것이다. 다른 주장에 의하면, 산체스 마사스는 애초에 바르셀로나에 있지도 않았다고 한다. 왜냐하면 칠레 대사관에 있다가 폴란드 대사관으로 피신했는데, 거기서 기습을 받았고, 그때 아소린이 그가 사형 선고를 받지 않게 하려고 중재를 했다는 것이다. 사실 산체스 마사스는 전쟁이 진

---

39 제2공화국의 마지막 대통령으로 1936년부터 1939년까지 재임했다.

행되는 동안 교환되었다는 주장까지도 있다. 마지막의 두 가지 가설은 확실히 틀린 것이다. 그만큼이나 확실하게 앞의 두 가설은 맞다. 어쨌든 간에 사실은 이러하다. SIM에 체포된 뒤 산체스 마사스는 우루과이라는 이름의 배로 이송되었다. 그 배는 바르셀로나 항구에 닻을 내리고는 진즉부터 바다 위의 감옥으로 바뀌어 있었다. 그 이후에는 법무부로 이송되어 다른 제5부대 요원들과 함께 재판을 받았다. 그는 바르셀로나 제5부대의 최고 책임자로 기소되었는데, 그것은 사실과 달랐다. 선동하고 반란을 일으킨 부분은 맞는 사실이었다. 그럼에도 불구하고 다른 대부분의 피고인들과는 달리 산체스 마사스는 사형을 선고받지 않았다. 기이한 일이다. 어쩌면 인달레시오 프리에토가 다시 적극적으로 개입했을 것이라고 가정했을 때만 설명이 가능한 일이다.

재판이 끝나자 산체스 마사스는 다시 우루과이호로 되돌아간다. 그곳 감방에서 몇 달을 보낸다. 수감 생활의 여건은 좋지 못하다. 음식도 부족하고, 거칠게 다룬다. 전쟁이 어떻게 진행되는지에 대한 소식도 별로 듣지 못한다. 하지만 전쟁이 계속됨에 따라 우루과이호의 수감자들도 프랑코의 승리가 가까웠다는 것을 알게 된다. 1939년 1월 24일, 야구에[40] 부대가 바르셀로나에 들어가기 이틀 전, 심상치 않은 소문이 그의 정신을 번쩍 들게 한다. 그리고 즉각 간수들의 불안을 알아차린다. 그를 석방하리라는 생각을 잠시 동안 한다. 곧바로 자신

---

40 반란파의 사령관.

을 사살할 것이라는 생각이 든다. 그 두 가지 가능성을 생각하면서 고통스럽게 오전을 보낸다. 오후 3시경 SIM의 한 요원이 감방에서 나오라고 하더니 배 밖으로 나가 부두에 정차해 있는 버스에 오르라고 명령한다. 그곳에는 우루과이호와 발마호르젤리카타 감옥에 있던 열네 명의 수감자들과 그들의 호송을 맡은 열일곱 명의 SIM 요원들이 그를 기다리고 있다. 포로들 중에는 여자가 두 명 있다. 사비나 곤살레스 데카란세하, 그리고 후아나 아파리시오 페레스 델풀가르이다. 그들 중에는 호세 마리아 포블라도르도 있다. 그는 초기 JONS의 간부였고 1936년 7월의 쿠데타 기도에서 중요한 역할을 맡은 인물이었다. 바르셀로나 제5부대의 지도자 중 하나인 헤수스 파스쿠알 아길라도 있다. 그 순간 어느 누구도 무슨 일이 벌어질지 모른다. 하지만 그 이송 대열에 있던 모든 남자 포로들 중에 일주일 뒤에도 살아남는 사람은 산체스 마사스, 파스쿠알, 그리고 포블라도르 셋뿐이다.

버스는 조용히 바르셀로나를 달린다. 도시는 탈주의 공포와 겨울 같은 하늘로 인해 유령이 나올 듯 황량하다. 창문과 발코니는 회반죽과 돌로 굳게 폐쇄되어 있고, 잿빛의 넓은 대로들은 야영지처럼 엉망진창이다. 간간이 허기진 얼굴로, 도망을 준비하는 듯한 표정으로 음산한 보도 위를 늑대처럼 어슬렁거리고 있는 수상쩍은 행인들만이 보일 뿐이다. 바르셀로나를 벗어나 피난 행렬이 있는 길로 들어서자 광경은 섬뜩해진다. 남자와 여자, 늙은이와 아이, 군인과 민간인이 뒤섞여 옷가지와 침대 매트, 가재도구를 가지고 간다. 패배자의 분위기가 역력한 걸음걸이로 고통스럽게 걸어가거나, 차에 올라타고 가거나, 처절해 보이는 노새를 타고 가는 그 공포에 질린 군중 행렬은 도로와 길가 배수구를 가득 메우며 나아가고 있다. 곳곳에 창자가 밖으로 나온 동물 사체와 버리고 간 차량들이 널려 있다. 대열은 끝없이 앞으로 느릿느릿 나아간다. 가끔씩 멈추기도 한다. 가끔 놀라움과 증오와 헤아릴 수 없는 피로감으로 누군가 버스를 타고 있는 사람들을 뚫어지게 쳐다본다. 그들의 안락함과 특권을 부러워할 뿐, 총살될 사람들이라는 것을 알지 못한다. 또 가끔씩 국민파 비행기가 도로 위를 날면서 기관 단총을 한 번씩 쫙 갈기거나 폭탄을 떨어뜨려 피난민들 사이에 공포의 비명을 자아내고, 버스를 탄 포로들 사이에는 희망의 징후를 보여 준다. 이들은 어느 순간, 공습 때 혼란을 틈타 들판으로 달아나는 환상을 품어 본다. 하지만 SIM 요원들이 경계를 엄격하게 강화하는 순간 그 꿈은 바로 깨진다.

헤로나를 거쳐 바뇰레스를 지날 때는 이미 캄캄한 밤이다. 버스는 어두운 숲 사이로 뱀처럼 꼬불꼬불하게 난 가파른 비포장도로로 들어선다. 곧이어 드문드문 빛이 새어 나오는 거대한 석조물 앞에 멈추어 선다. 재촉하는 간수들의 고함 소리로 할퀴어진 어둠 속에서 마치 비탄에 잠겨 있는 거대한 범선처럼 보인다. 쿨엘의 산타마리아 수도원이다. 거기서 산체스 마사스는 다른 2천 명의 포로들과 함께 닷새를 보내게 될 것이다. 그들은 아직 공화파가 통제하고 있는 각 지역에서 온 포로들인데, 좌파 탈영병들과 국제 여단의 대원들도 포함되어 있다. 전쟁이 일어나기 전까지 그 수도원은 수도승의 기숙 학교였고, 거기서 학사 과정의 수업이 이루어졌다. 천장이 무척 높은 교실, 흙이 깔린 안뜰과 삼나무 정원으로 난 거대한 유리창, 긴 복도와 목재 손잡이가 있는 현기증이 날 정도로 높은 계단. 지금 그 기숙 학교는 감옥으로 바뀌어 있고, 교실은 감방이 되었다. 안뜰과 복도와 계단에서는 사생들의 생기발랄한 목소리들 대신 희망을 잃은 포로들의 발소리만 울린다. 교도소장은 몬로라고 불리는데, 선상 감옥인 우루과이호를 철권으로 장악하던 바로 그 인물이다. 하지만 쿨엘에서 감옥의 규율은 덜 엄격하다. 급식을 하는 사람들과 말하는 것도 가능하고, 화장실을 오가면서 마주치는 사람과 이야기할 수도 있다. 식사는 여전히 구역질이 날 지경에다 양도 부족하다. 하지만 가끔씩 담배 한 개비가 은밀하게 감방에 나타나면 서로 달려들어 같이 피우기도 한다. 산체스 마사스의 감방은 옛 기숙 학교의 제일 위층에 있는데, 별도 잘 들고 넓다. 그와 서로 말이 통하지 않는 국제 여단의 대원들 외에도, 의사 페르난도 데마리몬, 해군 대령 가브리엘 마르틴 모리토, 구이우 신부, 헤수스 파스쿠알 그리고 호세 마리아 포블라도르가 함께 쓴다. 호세 마리아는 양쪽 다리에 종기가 나서 거의 걸을 수가 없다. 이튿째 되는 날 국제 여단 대원들은 석방된다. 그 빈자리를 테루엘과 벨치테에서 잡힌 국민파 군대의 포로들이 메운다. 감방은 가득 찬다. 가끔씩 앞뜰이나 정원으로 산책하러 나가는 것이 허용된다. 그런데 SIM 요원들이나 헌병들은 감시를 하지 않는다

(수도원 여기저기에 몇몇씩 모여 있어도 말이다). 그들을 감시하는 것은 포로만큼이나 영양 상태가 부실해 보이고 차림이 남루한 군인들이다. 그들은 자기들끼리 농담을 주고받기도 하고, 무료하게 정원의 돌을 걷어차면서 유행가를 흥얼거리기도 하고, 무심하게 포로들을 바라보기도 한다. 갇혀서 아무 일도 하지 않는 시간들은 추측을 키운다. 국경이 가깝고, 게다가 산체스 마사스 같은 거물이 포로들 대열에 가담한 순간부터 많은 사람들은 머지않아 교환될 거라는 희망을 간절한 마음으로 키워 간다. 그 가정은 시간이 흐르면서 힘을 잃는다. 그런 시간들은 서로 간에 내밀한 위안을 만들어 낸다. 앞으로 감옥에서 살아남은 자들 중 한 사람이 되고, 몇 년 뒤 이 마지막 순간들의 공포를 책을 통해서 자세하고도 선악이 분명히 나타나게 전할 유일한 사람이 될 것임을 신기하게 예견이라도 한 듯, 산체스 마사스는 누구보다 파스쿠알과 가까이 지낸다. 파스쿠알은 산체스 마사스를 소문을 통해, 또 「스페인 팔랑헤」에 실린 그의 글을 통해서 알고 있을 뿐이다. 산체스 마사스는 자기가 겪은 전쟁의 경험들을 파스쿠알에게 이야기한다. 모델로 감옥, 자신의 아들, 반란이 일어난 뒤 예측할 수 없었던 나날들, 인달레시오 프리에토와 칠레 대사관, 사무엘 로스, 『로사 크뤼거』, 착한 청년과 어느 창녀와 함께 적군이 장악하고 있는 스페인의 여러 지방을 채소 트럭에 숨어 통과했던 일, 바르셀로나와 JMB, 제5부대와 자신이 체포되어 재판받은 일과 선상 감옥인 우루과이호에 대해서 이야기한다.

29일 해질 무렵, 산체스 마사스와 파스쿠알, 그리고 감방 동료들은 수도원 옥상으로 끌려간다. 전에 가본 적이 없는 장소인데, 한 5백여 명 이상 되어 보이는 다른 포로들과 합류한다. 파스쿠알은 그중 몇몇을 알아본다. 보스치 라브루스 자작인 페드로 보스치 라브루스, 그리고 공군 부대장인 에밀리오 레우코나와 말을 몇 마디 주고받기가 무섭게 헌병 하나가 조용히 하라고 소리 지르더니 명단을 부르기 시작한다. 다시 포로 교환에 대한 희망이 머릿속에 생겨 파스쿠알은 자기가 아는 사람의 이름을 듣자마자 자기도 그 명단에 포함되길 간절히 소망한다. 하지만 그 헌병이 자기의 이름을 부르자 — 산체스 마사스의 이름을 부르고 나서 얼마 후, 보스치 라브루스에 이어 — 특별한 이유도 없이 생각이 바뀌어, 그걸 소망한 것을 후회한다. 스물다섯 명이 호명되었는데, 페르난도 데마리몬을 빼고는 산체스 마사스와 파스쿠알과 감방을 같이 썼던 포로들이 모두 들어 있다. 그들은 1층 감방으로 인솔되는데, 그 방에는 강의실용 책상 몇 개가 여기저기 파인 벽에 붙어 있고, 칠판에는 분필로 국경일이 휘갈겨져 있다. 그들 뒤로 문이 잠긴다. 불길한 침묵이 흐르는가 싶더니 곧바로 누군가에 의해 깨진다. 그는 포로 교환이 임박했다고 주장하고, 자신의 추측을 얘기하면서 사람들이 고뇌를 잠시 잊도록 한다. 하지만 그 추측은 공허하게 사라지고, 이내 모두 비관주의에 빠진다. 구이우 신부가 저녁 식사 전에 감방 한쪽 구석에 있는 책상에 앉아 몇몇 포로의 고해 성사를 받아 주고 나서 영성체를 준비한다. 밤새도록 아무도 잠을 자지 않는다. 창으로 들어온 잿빛 돌색의 불빛을 받은 그들의 얼굴은 미리 시체의 모습을 암시하는 가운데, 포로들은 복도에서 나는 소리에 귀를 기울이거나, 옛 추억이나 최후의 대화로부터 잠시나마 위안을 구하면서 밤을 새운다. 산체스 마사스와 파스쿠알은 등을 차가운 벽에 기대고 자그만 모포로 다리를 덮은 채 몸을 뻗었다. 둘 중 어느 누구도 그 짧은 밤 동안 무슨 말을 나누었는지 정확하게 기억하지 못할지라도, 그들의 은밀한 이야기와 동지들이 속삭이는 소리와, 잠 못 드는 기침 소리와, 차가운 어둠 속에서 앞뜰의 바닥 돌과 정원의 삼나무에 계속 내리는 무심한 빗소리가 중단될 때마다 길게 이어진 침묵은 기억하리라. 그러는 사이 1월 30일의 새벽은 서서히 창문의 어둠을 환자나 유령 같은 희멀건 빛으로 바꾼다. 그 색이 마치 불길한 징조처럼 감방 분위기를 물들이는 순간, 간수가 모두 나오라고 소리를 지른다.

잠들었던 사람은 아무도 없다. 모두 그 순간을 기다리고 있었던 것처럼 보인다. 그리고 마치 불안감을 빨리 씻어 버리고 싶은 마음에 끌리듯 몽유병 환자들처럼 기민하게 명령에 따른다. 앞마당으로 나가자 그들과 비슷한 다른 포로 무리와 합쳐졌고, 그 수가 쉰 명에 이르게 된다. 몇 분을 기다린다. 고분고분한 태도로 침묵을 지키는 가운데, 구름이 짙게 낀 하늘에서 가늘게 내리는 비에 젖고 있다. 마침내 젊은 사내가 나타나고, 산체스 마사스는 그 사내의 특징 없는 얼굴에서 우루과이호 간수장의 특징 없는 얼굴을 알아본다. 그 사내는 포로들에게 바뇰레스에 있는 비행장 건설 현장에 일하러 간다고 알린다. 그리고 다섯 명씩 열 줄로 정렬하라고 명령한다. 산체스 마사스는 명령에 따라 아무 생각 없이 오른쪽에서 두 번째 줄 맨 앞에 선다. 그러는 사이 심장이 갑자기 뛰는 것을 느낀다. 공포에 질린 채, 비행장 이야기는 단지 핑계일 수 있다는 것을 깨닫는다. 국민파가 몇 킬로미터 앞까지 와서 최후의 공격을 감행하고 있는데 비행장을 건설한다는 것은 말이 되지 않기 때문이다. 그는 행렬의 선두에 서서 걷기 시작한다. 허공을 딛는 느낌이다, 온몸이 떨리고 또렷하게 생각도 할 수 없는 가운데, 어리석게도 길 양옆으로 늘어선 무장 군인들의 무표정한 얼굴에서 낌새나 희망을 감지하려 한다. 그 여정의 끝에서 죽음이 그를 기다리는 것은 아니라고 스스로 믿고 싶어 한다. 그의 옆인가 뒤인가에서 누군가 뭔가 정당화하거나 설명하려고 하지만, 듣지도 이해하지도 못한다. 마치 마지막 발걸음이 될 것처럼 한 걸음 한 걸음에 그의 모든 정신이 집중되어 있기 때문이다. 그의 옆인지, 뒤인지 모르지만 호세 마리아 포블라도르는 다리가 아파 더 이상 못 가겠다고 한다. 그리고 그 포로는 진창 위로 쓰러진다. 두 군인들의 도움을 받아 수도원으로 끌려 되돌아간다. 수도원에서 약 150미터 떨어진 곳에서 그 행렬은 길에서 벗어나 왼쪽으로 향한다. 그리고 숲으로 들어가 석회질 땅으로 된 오르막의 오솔길을 따라 탁 트인 땅에 이른다. 소나무로 둘러싸인 높은 평지이다. 빽빽한 숲으로부터 명령이 들린다. 〈정지! 좌로 돌아!〉 군인의 목소리이다. 공포가 사람들을 사로잡는다. 로봇처럼 일사불란하게 멈춘다. 거의 모든 사람들이 왼쪽으로 도는데, 가브리엘 마르틴 모리토 대장 같은 몇몇 사람들은 놀란 나머지 정신을 못 차리고 오른쪽으로 돈다.

그때 영원 같은 한순간이 흐른다. 그 순간 산체스 마사스는 죽게 될 거라고 생각한다. 자신을 죽일 총알들이 명령 소리가 들린 등 뒤에서 날아올 거라고, 총알들이 자신을 맞혀 죽이려면 자기 등 뒤에 서 있는 네 명을 먼저 맞혀야 할 것이라고 생각한다. 죽지 않을 거라 생각한다. 도망갈 생각을 한다. 등 뒤쪽으로는 도망갈 수 없다. 그쪽에서 총알들이 날아올 것이기 때문이다. 좌측으로도 도망가지 못한다. 그러면 다시 도로로 나가게 되고, 군인들이 있으니까. 앞으로도 갈 수 없다. 공포에 질린 여덟 명의 장벽을 뚫고 지나가야 하기 때문이다. 하지만 오른쪽으로는 가능하다(라고 생각한다). 불과 6, 7미터 앞에 빽빽한 소나무와 덤불로 된 숲이 있어 충분히 숨을 수 있다. 〈오른쪽으로.〉 그는 생각한다. 〈지금 안 하면 영원히 끝이다.〉 그 순간 대열의 등 뒤쪽, 바로 명령 소리가 들렸던 그 방향에 설치된 기관총들이 개활지를 쓸어버리기 시작한다. 포로들은 본능적으로 자신을 보호하기 위해 땅으로 엎드린다. 그 순간 산체스 마사스는 이미 숲 덤불에 도착했고, 얼굴을 긁히면서도 내달렸다. 여전히 무자비한 기관총 사격 소리가 들린다. 마침내 신의 섭리인지 걸려 넘어지면서 진창과 젖은 나뭇잎 위로 굴러, 평지가 끝나는 언덕 아래 계곡물이 고여 있는 물웅덩이에 처박힌다. 가능한 한 멀리 도망갈 거라고 자기를 쫓는 사람들이 생각할 터이니

오히려 개활지에서 상대적으로 가까운 그곳에 숨어 있기로 마음먹는다. 잔뜩 겁에 질린 채 숨을 헐떡이고, 온몸은 젖어 있고, 심장은 쿵쾅거린다. 가능한 한 나뭇잎과 진흙과 소나무 가지로 몸을 가린다. 불쌍한 동지들을 확인 사살 하는 총소리가 들린다. 이윽고 개들이 사납게 짖는 소리가 들리고, 도망자 혹은 도망자들을(그때까지 산체스 마스는 탈주라는 상식을 초월하는 충격에 휩싸여 있었기에 파스쿠알 역시 대학살을 피하는 데 성공했다는 것을 모르고 있다) 찾아내라고 병사들을 재촉하는 헌병의 고함 소리가 들린다. 몇 분인지 몇 시간인지 가늠할 수 없는 시간 동안 그는 자신의 몸을 진흙으로 덮기 위해 손톱에 피가 날 때까지 쉬지 않고 땅을 판다. 비가 계속 내리기 때문에 개들이 자기의 흔적을 추적하는 데 어려움이 있을 거라는 생각을 해본다. 계속 고함 소리, 개 짖는 소리, 총소리가 귀에 들린다. 어느 순간 뭔가 등 뒤에서 움직이는 느낌이 든다. 쫓기는 동물처럼 다급하게 돌아본다.

그 순간 그를 본다. 구덩이 옆에, 키가 크고 체격이 좋은 그가 진초록의 소나무들과 암청색의 구름을 배경으로 서 있다. 약간 숨을 몰아쉬면서 커다란 두 손으로 소총을 비스듬히 잡고 있다. 전투복에는 햇빛에 바랜 쇠붙이들이 많이 달려 있다. 이제 자신의 시간이 오고야 말았다는 것을 아는 사람이 갖게 되는 야릇한 체념에 사로잡혀 물기로 흐려진 근시 안경을 통해 산체스 마스는 자신을 죽이거나 넘겨줄 병사를 쳐다본다. 젊고, 비에 젖어 머리카락이 두개골에 달라붙어 있고, 눈은 회색 같아 보이고, 볼은 쏙 들어가고 광대뼈가 튀어나온 사내이다. 수도원에서 자신을 감시하던 남루한 차림의 병사들 사이에서 그를 본 기억이 나는 것 같기도 하고 아닌 것 같기도 하다. 그가 누군지 알든, 알 것 같든 상관없이, 자신을 끝없는 두려움의 고통으로부터 벗어나게 해줄 사람이 SIM의 요원이 아니라 그 병사가 될 것이라는 생각도 위안이 되지 않는다. 또한 감옥 동료들과 함께 죽지 못했다는 것과, 들판에서 밝은 태양 아래 비록 부족하지만 용감하게 싸우다 죽지 못하고, 이렇듯 온몸에 흙을 칠한 채, 구덩이 속에서 자존심도 없이 홀로 공포와 창피함에 떨다 죽는다는 사실이 또 하나의 모욕감이 되어, 몇 해 동안 피해 다니며서 느꼈던 모욕감들에 더해져 그를 수치스럽게 한다. 이처럼 미칠 것 같고 종잡을 수 없는 격렬한 심정 속에서 산체스 마사스는 — 훌륭한 시인이자, 파시스트 사상가이며, 미래에 프랑코의 장관이 될 — 자신을 끝장낼 총알이 날아오길 기다린다. 하지만 총알은 날아오지 않는다. 산체스 마사스는 이미 자신이 죽고 나서 꿈의 한 장면을 기억하듯, 아무런 의혹도 없이 그 병사를 바라본다. 그 병사는 계속 비가 내리고, 추적하는 개들과 헌병들의 소리가 들리는 가운데, 천천히 구덩이 가까이로 몇 발자국 더 다가서더니 별로 위압적이지 않은 태도로 산체스 마사스에게 총을 겨눈다. 긴장된 태도라기보다는 탐색하는 태도인데, 마치 경험이 없는 사냥꾼이 첫 번째 사냥감을 확인하는 듯하다. 바로 그 순간 그 병사가 구덩이 가장자리까지 다가왔을 때 풀 숲에 떨어지는 빗소리를 가로질러 고함 소리가 가까이서 들린다.

「거기 누구 있어?」

그 병사는 산체스 마사스를 바라본다. 산체스 마사스도 그 병사를 본다. 하지만 약해진 시력은 눈앞에 보이는 것을 이해하지 못한다. 젖은 머리카락, 넓은 이마, 빗방울이 맺힌 눈썹 아래 병사의 시선은 동정도, 미움도, 경멸도 드러내지 않고, 다만 일종의 비밀스럽고 그 깊이를 헤아릴 수 없는 즐거움을 드러내고 있다. 뭔가 잔인함에 맞닿아 있고 이성에 저항하지만, 그렇다고 본능도 아닌, 뭔가 이성 속에 맹목적 집착으로 살아 있는 것, 마치 피가 핏줄 속에 존속하고 지구가 자신의 움직일 수 없는 궤도에 존속하고 살아 있는 것들이 자신의 견고한 존재 조건 속에 존속하는 것이 맹목적이듯, 그렇게 맹목적 집착으로 이성 속에 살아 있는 것으로, 마치 냇물의 흐름이 돌을 피하듯이 언어를 회피하는 어떤 것이다. 왜냐하면 말은 단지 자기 자신을 언급하기 위해 만들어지고, 말로 표현할 수 있는 것만을 위해서 만들어진 것에 불과하기 때문이다. 하지만 우리를 지배하는 것, 혹은 살아 있게 하는 것, 혹은 우리를 둘러싸고 있는 것, 혹은 우리의 존재 자체, 혹은 그 이름을 알 수 없는 패전 병사를 말로 다 표현할 수는 없는 것이다. 지금 흙과 웅덩이의 황토색 물과 구별되지 않는 한 사내를 바라보는 병사를 말로 표현할 길이 없다. 그 병사는 그 사내를 계속 바라보면서 허공을 향해 힘차게 소리친다.

「여긴 없어!」

그리고 뒤돌아 가버린다.

1939년의 그 혹독한 겨울 추위 속에 라파엘 산체스 마사스는 아흐레 밤낮을 바뇰레스 지방을 헤매면서 퇴각하는 공화군 부대 지역을 벗어나 국민파 지역으로 넘어가려고 애썼다. 결코 그 목표를 달성할 수 없으리라는 생각이 수도 없이 들었다. 혼자였고, 살아남아야 한다는 의지 말고는 아무것도 없었다. 빽빽하게 우거진 거친 숲으로 덮인 낯선 지역에서 어디로 가야 할지도 모르는 채 계속되는 도피와 추위와 배고픔, 그리고 3년간 계속된 포로 생활로 몸은 극도로 쇠약해져 있었기에, 가끔씩 절망감에 스스로 포기하지 않기 위해서 안간힘을 써야 했다. 처음 사흘간의 여정은 끔찍했다. 낮에는 자고 밤에는 걸었다. 발각되기 쉬운 국도와 마을을 피하면서 농가에서 음식과 피신처를 구했다. 조심스러워 어디에서도 자신의 정체를 밝히지 않고 단지 길을 잃은 공화국 병사라고만 했다. 사람들은 다들 그 간청을 듣고 먹을 것과 잠시 쉴 곳을 제공하면서 묻지 않아도 어디로 가야 하는지 알려 주었지만, 두려움 때문에 어느 누구도 숨겨 주겠다고 하지는 않았다. 나흘째 날이 밝아올 무렵, 어두운 숲 속을 세 시간 이상 헤매고 난 뒤에 산체스 마사스는 멀리서 농가 한 채를 발견했다. 이성적인 판단에서라기보다는 단순히 탈진해 있었기 때문에 쌓여 있는 솔잎 위에 쓰러졌고, 두 눈을 감은 채 자신의 희미한 숨소리와 이슬에 젖은 땅 냄새를 느끼면서 움직이지 않았다. 그 전날 아침부터 음식 한 입 먹지 않았고, 완전히 탈진해 몸이 아팠다. 몸 어디건 아프지 않은 구석이 없었다. 그때까지만 해도 총살 집행에서 살아남았고 프랑코 군대를 만날 수 있으리라는 희망이 그에게 사라졌다고 믿었던 인내와 힘을 주었었다. 그러나 이제는 그 모든 기운이 다 바닥나고 있으며 뭔가 기적이 일어나지 않으면, 누군가 자기를 도와주지 않으면 곧바로 그의 모험은 끝나리라는 것을 깨달았다. 잠시 후, 조금 회복이 된 느낌이 들고, 우거진 나뭇잎 사이로 햇살이 비치면서 한 줄기 희망의 바람을 불어넣자, 그는 온 힘을 그러모아 몸을 일으켜 그 농가를 향해 발걸음을 옮겼다.

마리아 퍼레는 라파엘 산체스 마사스를 처음 본 2월의 눈부신 아침을 결코 잊을 수 없을 것이다. 그녀의 부모님은 들판에 있었고, 그녀는 소에게 먹이를 주려는 참에 그 남자가 마당에 나타났다. 키가 크고, 허기에 지친 유령 같은 표정에, 안경은 비뚤어지고, 수염은 여러 날 동안 깎지 않은 듯했고, 가죽점퍼와 바지는 해지고 흙과 풀잎이 묻어 있었다. 그는 빵을 한 조각 달라고 했다. 마리아는 겁이 나지는 않았다. 얼마 전에 스물여섯 살을 채웠는데, 가무잡잡한 피부에 글을 읽을 줄 모르지만 부지런한 아가씨였다. 그녀에게 전쟁은 단지 전선에서 자기 오빠가 보내는 편지들로부터 들려오는 뭔가 뚜렷하지 않은 배경 음향에 불과했고, 언젠가 자신과의 결혼을 꿈꾸던 팔롤데레바르디트에 사는 한 청년의 목숨을 2년 전에 앗아 간 의미 없는 소용돌이에 불과했다. 그 시기에 그녀의 가족은 배고픔과 공포로 시달리지는 않았다. 왜냐하면 농가 주변의 농토와 축사의 소와 돼지, 닭은 가족이 먹고살고도 남아돌 만큼 충분했기 때문이다. 그리고 그녀의 집인 보레이 농가는 팔롤데레바르디트와 코르넬랴데테리 중간쯤 있었지만, 혁명 시기의 난리 법석이 그 집에는 전혀 영향을 주지 않았다. 단지 군대가 사분오열하여 퇴각하는 동안 길을 잃은 군인들이 그 집에 나타나, 무기도 없이 위협적이기보다는 겁을 먹은 태도로 먹을 것을 구걸하거나 닭을 훔쳐 가곤 했다. 아마도 처음에는 산체스 마사스도 마리아 퍼레에게는 그 무렵 주변에서 길을 잃고 헤매던 수많은 탈주병 가운데 한 명에 불과해 보였기에 놀라지 않았을 것이다. 하지만 앞마당 앞으로 지나가는 흙 길을 배경으로 그의 가엾은 모습을 보는 순간, 비록 사흘간 노천에서 보내느라 형편없이 초라한 모습이었지만 그 이면에 숨길 수 없는 신사의 풍모를 알아볼 수 있었다고 그녀는 늘 회상했다. 그 말이 진실인지 아닌지는 모르겠지만, 마리아는 그에게도 다른 도피자들에게 해준 것처럼 인정 있게 대해 주었다.

「지금 빵은 없어요. 하지만 좀 따뜻한 음식을 드릴 수는 있어요.」 그녀가 말했다.

산체스 마사스는 너무나 고마워하며 그녀를 따라 부엌까지 들어갔다. 마리아가 전날 저녁 냄비를 데우는 사이 ― 그 냄비에 담긴 걸쭉한 갈색 수프에 녹두와 큼직한 베이컨 조각, 소시지, 순대 등이 감자와 다른 채소들과 함께 떠다니는 것이 보였다 ― 그는 등받이 없는 의자에 앉았다. 불도 가까이 있고, 곧 따뜻한 음식을 먹을 수 있다는 행복감을 느끼면서 점퍼와 신발, 젖은 양말을 벗었다. 그러자 갑자기 발에 지독한 통증과 함께 뼈만 남은 어깨에 한없는 피로를 느꼈다. 마리아는 깨끗한 걸레와 실내화를 주고는, 그가 두 눈을 약간 멍하니 장작 사이로 너울거리는 불꽃에 고정한 채 목과 얼굴, 머리카락, 발과 발목 등을 닦는 모습을 곁눈길로 보았다. 음식을 건네자 며칠간 굶은 사람처럼 아무 말 없이 허겁지겁 먹었다. 하지만 그는 깨끗한 테이블보와 은으로 된 나이프와 포크가 놓인 식탁에서 식사를 하며 자란 사람으로서 몸에 지닌 품위를 거의 잃지 않고 있었다. 또 마리아의 부모님이 어두컴컴한 부엌으로 갑자기 들어서서 마치 소처럼 피동적이면서도 의구심에 찬 표정을 지으며 그를 바라보는 순간, 두려움 때문에 최근에 익힌 습관이라기보다는 본능적인 예의로 숟가락과 양은 접시를 부뚜막에 놓고는 벌떡 일어섰던 것이다. 마리아는 자신이 초대한 손님이 카탈루냐어를 이해하지 못할 거라고 오해하고는 자기 아버지에게 카탈루냐어로 사연을 이야기했다. 그녀의 아버지는 산체스 마사스에게 식사를 다 마치라고 하면서, 시선을 그에게서 떼지 않은 채 농사 연장들을 부엌 입구의 벽 쪽에 내려놓고는 대야에 손을 씻고 불 가까이 다가섰다. 쑥스러웠지만 산체스 마사스는 접시를 깨끗이 비웠다. 허기가 가시자 그는 결심을 했다. 자신이 진짜 정체를 드러내지 않으면 그 집에서 자신을 보호해 줄 가능성은 조금도 없다는 것을 깨달았고, 또한 배고픔과 추위로 죽는 실제적 위험보다는 신고당하는 가상적인 위험을 감수하는 편이 더 낫다는 것을 알았기 때문이다.

「저는 라파엘 산체스 마사스라고 합니다. 스페인에서 가장 오래된 팔랑헤의 지도부입니다.」 마침내 말해 버렸다. 주인 남자는 그 말을 들으면서 그를 쳐다보지 않았다.

60년 뒤, 그녀의 부모님과 산체스 마사스가 세상을 떠난 뒤에도 마리아는 여전히 그 말을 정확하게 기억하고 있었다. 어쩌면 그녀가 팔랑헤에 관해서 처음 들었기 때문일 것이다. 마찬가지로 그녀는 산체스 마사스가 그 말에 이어 쿨엘에서 겪은 믿기 힘든 기구한 경험과 그 후 며칠간 헤맨 일을 이야기했고, 자기 아버지를 향해 이렇게 덧붙였다고 기억했다.

「저처럼 선생께서도 국민파가 곧 당도하리라는 것을 아시겠지요. 며칠, 아니 어쩌면 몇 시간 내로 말입니다. 하지만 좌익 쪽에서 저를 잡는다면 저는 끝난 목숨입니다. 제 말을 믿어 주세요. 댁의 호의에 감사드립니다. 그리고 댁의 믿음을 악용하려는 것은 아닙니다만, 따님께서 지금 주신 것과 같은 음식을 하루에 한 번만 주시고, 밤을 지낼 수 있는 은신처를 제공해 주신다면 영원토록 그 고마움을 잊지 않겠습니다. 한번 고려해 보십시오. 제게 호의를 베풀어 주시면 제가 보답해 드릴 길이 있을 겁니다.」

마리아의 아버지는 고민할 필요가 없었다. 그에게 말하길, 자기 집에 머물게 할 수는 없다고 했다. 왜냐하면 너무 위험하니까. 하지만 더 나은 대안을 제시했다. 낮에는 숲이나 가까운 카사노바 농가 옆에 있는 안전한 초원에 있다가 밤에는 그 집 — 그 집은 전쟁이 나자마자 주인이 버리고 간 곳인데 — 에서 약 2백 미터 정도 떨어져 있는 밀짚을 넣어

두는 헛간에서 따뜻하게 자라는 것이었다. 자기 식구들이 그곳에 음식이 떨어지지 않도록 해주겠다고도 했다. 그 계획에 산체스 마사스는 고무되었고, 마리아가 준비해 준 담요와 음식을 받아 들고는 마리아와 그녀 어머니에게 작별 인사를 하고 주인을 따라나섰다. 집 대문 앞으로 난 흙 길을 따라가다 밭 사이로 접어들었다. 햇살 가득한 투명한 아침 공기 속으로 바놀레스 국도와 농가가 많은 계곡, 그리고 저 멀리 피레네 산맥의 가파른 능선이 아득하게 보였다. 잠시 후 마리아 페레의 아버지가 밤에 잠을 잘 헛간을 멀리 가리키고 나서, 두 사람은 경작하지 않고 있는 탁 트인 들판을 지나 숲 가장자리에서 멈추었다. 바로 그곳에서부터 길은 오솔길로 좁아졌다. 마리아의 아버지는 오솔길이 끝나는 곳에 카사노바 농가가 있다고 일러 주고는, 완전히 밤이 된 뒤에 나오라고 신신당부했다. 산체스 마사스가 다시 감사의 뜻을 전할 겨를도 없이 그 사내는 돌아서서 보레이 농가를 향해 되돌아갔다. 그의 말을 따라 산체스 마사스는 숲으로 들어섰다. 키가 엄청 큰 물푸레나무와 떡갈나무, 참나무로 우거져 햇빛조차 잘 들지 않았고, 산비탈을 따라 내려갈수록 숲은 더 우거지고 빽빽해졌다. 이미 한참을 걸어 속은 것이 아닌가 하는 의심이 슬슬 생기기 시작할 때, 오솔길은 개활지에 이르렀고 거기에 카사노바 농가가 서 있었다. 돌로 된 2층 집이었는데, 저절로 물이 솟는 샘과 커다란 나무 대문이 있었다. 사람이 살지 않은 지 오래되었다는 것을 알고 나서 산체스 마사스는 어떻게든 들어가 그 안에서 머무를까 하고 생각했지만, 잠시 곰곰이 생각하더니 마리아네 아버지의 지시를 따르기로 하고, 그가 알려 준 초원을 찾았다. 초원은 아주 가까이 있었다. 백양나무가 양쪽으로 늘어서 있고, 물이 흐르지 않아 바닥의 돌이 드러난 깊은 계곡 건너편에 있었다. 그는 초원에 다다라 키가 큰 잡초 위에 드러누웠다. 하늘은 구름 한 점 없이 맑고 보란 듯이 푸르렀고, 눈부신 태양은 차갑고 고요한 아침 공기를 데우고 있었다. 비록 온몸의 뼈가 다 쑤시고 이루 말할 수 없는 피로를 느꼈지만, 눈을 감으니 오랜만에 편안하고 행복해졌고, 현실과 다시 화해한 느낌이었다. 눈과 피부에 닿는 햇살의 무게가 기분 좋게 느껴지고, 의식이 꿈꾸듯 물속으로 자꾸만 미끄러져 가는 것을 느끼는 가운데, 그 뜻하지 않은 충만함에 어울리지 않게, 그의 입술에서 언제 읽었는지 기억도 할 수 없는 시구가 흘러나왔다.

> 움직이지 말고
> 바람이 말하게 하라
> 그곳이 바로 천국이니라

몇 시간 뒤 잠이 깨자 갑자기 불안한 마음이 들었다. 태양은 하늘 한가운데 빛나고 있었다. 온몸의 근육마다 약간의 통증이 남아 있었지만, 잠을 잔 덕분에 최근 며칠간 살아남기 위해 처절하게 애쓰느라 소진해 버린 힘과 약간의 의욕을 되찾을 수 있었다. 마리아 페레가 챙겨 준 담요를 걷는 순간, 초원의 적막 속에서 멀리 지나가는 여러 대의 자동차 소리가 들렸고, 왠지 기분이 개운치 않았던 이유를 바로 깨달았다. 초원 끝으로 가서, 그럴 필요도 없었지만 몸을 숨긴 채 멀리 바뇰레스 국도를 지나가는 공화군의 트럭과 군인들의 긴 행렬을 지켜보았다. 비록 그 후로도 당분간은 여러 차례 적군이 위협을 느낄 만큼 가까이 있게 되는 것을 경험하겠지만, 유독 그날 아침은 너무 위험하다고 판단한 나머지 임시 거처로 돌아가 담요와 음식 꾸러미를 챙겨 숲의 경계로 가서 몸을 숨겼다. 그곳에서 그날 오후 돌과 나뭇가지로 은신처를 만들 계획을 세웠지만, 다음 날 새벽녘에야 실행에 옮겼다. 그리고 그곳에서 거의 돌아다니지도 않고 사흘을 보냈다. 처음에는 은신처를 만드느라 바빴다. 하지만 그다음부터는 바닥에 누워서 보냈는데, 가끔 잠도 자면서 힘을 회복했다. 그 힘은 어느 순간에서건 필요하리라고 예상했다. 그리고 전쟁 동안 겪었던 모험의 순간순간을 기억 속에서 되살리기도 하고, 무엇보다 자기편에 의해 일단 해방이 되면 그 기구한 경험들을 어떻게 이야기할지 상상도 해보았다. 그 해방의 날은 사실의 논리에 따르면 점점 더 가까워진다는 확신이 들었지만, 조바심 때문에 점점 더 멀어지는 느낌이 들기도 했다. 그는 마리아 페레나 그녀의 아버지하고만 이야기를 했다. 그들이 어둠 속에서 음식을 가져올 때 잠시 헛간에서 이야기를 나누곤 했다. 그리고 그 주인이 집으로 와서 같이 저녁 식사를 하자고 했던 날 밤에는 그 가족이 아는 두 명의 공화군 탈주병과도 이야기를 나누었다. 이들은 식사는 많이 하지 않고 불만 가까이서 쬐었는데, 바뇰레스를 향해 다시 길을 나서기 전에 국민파 군대가 그날 아침 헤로나에 입성했다고 전해 주었다.

다음 날은 아무 일 없이 지나갔다. 그 이튿날 모든 것이 바뀌었다. 여느 아침처럼 산체스 마사스는 해가 뜰 때 일어나 보레이 농가에서 가져다준 음식 보따리를 들고 카사노바 농가로 길을 나섰다. 계곡을 건너다 발을 잘못 디뎌 넘어졌다. 다치지는 않았지만 안경이 깨졌다. 일상적인 상황이라면 그것은 신경 쓰이는 정도였을 것이다. 하지만 지금으로서는 난감한 일이었다. 그는 지독한 근시였다. 안경을 끼지 않고 보면 세상은 분간하기 힘든 얼룩점들의 집합에 불과했다. 땅바닥에 앉아 부서진 안경을 손에 들고서 자신의 어수룩함을 개탄했다. 너무 화가 나서 정말 울고 싶은 지경이었다. 용기를 내어 계곡 바닥을 기어 올라갔다. 손으로 더듬으면서 최근 며칠 동안의 반복된 경험에 의지해 초원에 있는 피신처를 찾았다.

바로 그때 정지하라는 소리가 들렸다. 벌떡 일어서서 본능적으로 두 손을 들었다. 약 15미터 정도 되는 곳에 희미한 녹색 숲을 배경으로 어릿어릿하게 세 사람이 시야에 들어왔다. 그들은 산체스 마사스를 향해 기대와 경계가 뒤섞인 태도로 다가오기 시작했다. 더 가까이 다가왔을 때 산체스 마사스는 그들이 공화군이며, 아주 젊고, 9밀리미터 권총 두 자루로 자신을 겨누고 있다는 것을 알았다. 그들도 자기처럼 너무나 긴장하고 놀란 상태였고, 도피자 같은 남루한 차림에 군복도 제멋대로 입고 있는 것으로 보아 탈주병들일 거라고 짐작했다. 하지만 그들의 정체를 확인할 방법을 고민할 틈이 없었다. 왜냐하면 노래하는 듯한 목소리를 가진 자가 거의 반 시간 동안이나 산체스 마스를 긴장 속에 몰아넣고 심문하였기 때문이다. 산체스 마스는 이리저리 궁리하면서 말을 돌리다가 마침내 그 우연한 만남, 그것도 안경이 깨지고 나서의 만남이니 호의적인 운명의 장난일 거라고 생각하고는 모든 것을 걸기로 결정했다. 그는 엿새 동안 숲 속을 헤매고 다니면서 국민파가 도착하기를 기다리고 있다고 털어놓았다.

그 자백으로 오해가 사라졌다. 왜냐하면 비록 세 병사들은 파란만장한 모험을 막 시작한 것에 불과했지만, 그들이 모험을 하도록 용기를 주고 있던 목적은 산체스 마스의 목적과 똑같았기 때문이다. 그들 중 둘은 피게라스 형제인 페레와 조아킴이었다. 다른 병사는 다니엘 안젤라츠였다. 페레가 셋 중 나이가 가장 많았다. 또한 가장 능력도 있고 똑똑했다. 사춘기 때 자기 아버지 — 약삭빠른 장사꾼이었지만 코르넬랴데테리에서 아주 존경받는 사람이었는데 — 에게 바르셀로나에서 법학 공부를 할 수 있도록 학비를 대달라고 했지만 설득에 실패한 후 마을에 남아 자기 가족이 하는 소규모 마을 장사 일을 도왔다. 어릴 적부터 학교 도서관과 공공문화관의 책을 닥치는 대로 읽은 독서광이었기 때문에 이해력이 탁월했고, 보통 사람들보다 교양이 높았다. 카탈루냐 공화국 선포로 대중들의 관심이 고조되자 그는 정치에 관심을 가지게 되었지만, 1934년 10월 사태[41] 이후에야 카탈루냐 공화파 의용군에 적극 가담했다. 그리고 1936년 여름에 일어난 반란에 놀라 페드랄베스 해병대에 입대하였다. 7월 19일, 평소보다 일찍 기상 명령이 내려졌고, 아침 식사 시간에 이상할 정도로 많은 양의 코냑이 배급되었다. 그날 아침 전국 체전을 기리기 위해 바르셀로나 시내를 행진할 것이라고 통보를 받았다.[42] 하지만 정오가 되기 전에 이미 그들은 무기와 군장을 지닌 채 파견대의 다른 병사들과 함께 무정부주의 노동자 시위대로 보내졌고, 그 시위대는 시내의 한 대로에서 병사들에게 자기들 대열에 합류하라고 종용했다. 그 끔찍한 월요일 오후와 밤 동안 그 봉기를 진압하느라 거리 곳곳에서 싸워야 했다.[43] 그 뒤 며칠간 혁명의 흥분 상태에 있었고, 카탈루냐 주 정부의 소심함과 우유부단함에 분개한 나머지, 페레는 과격한 무정부주의파인 두루티[44] 부대에 가담하여 사라고사를 탈환하러 떠났다. 그러나 파시스트들에게 승리했다는 도취감도 자기의 수많은 독서에서 나온 이상주의적 열정도 카탈루냐의 시골 사람으로서 자기가 지니고 있던 상식을 완전히 제거하지는 못했기 때문에, 곧바로 자신

41 1934년 10월 6일 카탈루냐 주 정부가 카탈루냐 공화국을 선포함으로써 중앙 정부군과 유혈 충돌을 빚었다. 10월 7일에는 노동자 총연맹의 일부 그룹이 우파가 장악한 중앙 정부를 전복하려는 쿠데타를 시도하여 4천 명이 사망하는 사태가 일어났다.

42 스페인 전국 체전은 1936년 7월 19일에서 26일까지 열릴 예정이었으나 18일에 내전의 시발점이 된 군사 반란이 일어나 무산되었다.

43 좌파 내의 노선 차이로 인해 바르셀로나에서 무정부주의자들과 여타 좌파 계열 의용군 사이에 총격전이 벌어졌다.

44 José Buenaventura Durruti Dumange(1896~1936). 무정부주의 그룹의 리더로서 내전에서 전사한 신화적 인물.

의 실수를 감지했다. 일단의 열성적인 지지자들만 가지고 전쟁에서 이길 수 없다는 것을 사실들을 통해 깨달았다. 그래서 첫 번째 기회가 오자 바로 공화군 정규 부대에 입대했다. 군대의 규율에 따라 마드리드 대학 도시와 마에스트라스고에서 전투에 참가했다. 하지만 1938년 5월 초 우연히 날아온 총알에 다리 근육이 관통되어 몇 달간의 병가를 얻었다. 처음에는 임시 야전 병원에 있다가 나중에 헤로나에 있는 국군 병원으로 옮겨졌다. 퇴각하는 며칠 동안 온 도시가 세상의 종말을 앞둔 것 같은 혼란에 빠져 있을 때, 페레의 어머니가 그를 찾아왔다. 이제 겨우 만 25세밖에 되지 않았지만, 그 무렵 페레 피게라스는 이미 노쇠하고, 지치고, 꿈도 없고, 약간 몽유병 환자같이 보였다. 하지만 이미 다리를 절지 않았기 때문에 자기 어머니를 따라 집으로 돌아갈 수 있었다. 그런데 놀랍게도 칸 피젬에는 자기 누이들 외에도 동생인 조아킴과 다니엘 안젤라츠가 기다리고 있었다. 이들은 헤로나에 있는 그로베르 공장 근처에서 잡혀 가솔린을 넣고 있었는데, 바로 그날 아침에 공장에 폭탄이 떨어져 공포의 아수라장이 되자 그 틈을 타서 함께 있던 정치 위원의 감시를 피해 옛 도심을 통해 코르넬랴데테리로 도망친 것이었다. 조아킴과 안젤라츠는 2년 전에 알았다. 겨우 열아홉 나이에 징용되어, 3개월간 쿨옐의 수도원에서 군사 교육을 마친 후 가리발디 여단 소속으로 아라곤 전선에 배치되었다. 애송이들이라서 비참한 꼴을 많이 겪지는 않았다. 전투에 참여하기에는 미숙한 청년같이 어려 보였기 때문에 즉시 후방으로 복귀하는 행운을 얻었다. — 처음에는 비네파르로, 그다음엔 바르셀로나를 거쳐 마지막으로 빌라노바이라헬투루로 후송되었다. 거기서 해안 포병 대대에 배속되었는데, 그 부대는 대부분 부상자나 손발이 절단된 병사들로 구성되어 있어 몇 달간 그들은 전쟁놀이를 한 셈이었다 — 공화 정부가 자신들의 운명이 에브로 강에 달려 있다고 판단한 후 그들까지도 그곳으로 보내져서 낡고 성능이 떨어지는 대포로 국민파의 공격을 결사적으로 막아야 했다. 전선이 무너지자 탈주가 시작되었다. 지중해 해안을 따라서 뿔뿔이 흩어진 공화군 패잔병들은 지휘도 받지 않고 국경을 향해 퇴각하고 있었다. 독일 비행기의 폭격과 야구에, 솔차가 그리고 감바라[45]의 계속되는 포위 작전에 시달리느라 쉴 틈도 없었다. 이들은 국민파 정규군의 함성 때문에 공포에 질려 있는 수백 명의 패잔병들을 출구도 없는(바다 쪽 외에는 출구도 없는) 자루에 담듯이 포위했다. 피게라스와 안젤라츠는 정치적 신념도 없고, 허기에 지치고, 전쟁에 지고, 전투에 신물이 나고, 망명의 괴로움 같은 건 전혀 당하고 싶지 않았다. 게다가 공화군이라도 사람만 많이 죽이지 않았으면 겁먹을 필요가 없고, 공화제에 의해서 파괴된 질서를 회복하는 데 참여하기만 하면 된다는 프랑코파의 선전에 설득을 당한 뒤였다. 그 상황에서 생각할 수 있는 것은 그저 목숨을 부지하여, 모로코 용병들[46]의 도

45 반란파의 사령관들.
46 내전 발발 당시 모로코에 파견되어 있던 프랑코는 자신의 부대와 함께 모로코 용병을 데리고 반도에 상륙한다. 따라서 반란군의 상당수는 모로코인으로 구성되어 있었다.

를 넘은 광란을 피하고, 감독들의 감시가 소홀해진 틈을 타 집으로 도망가서 거기서 국민파들을 기다리는 수밖에는 없었다.

그들은 그렇게 했다. 하지만 피게라스의 집에 도착한 바로 그날 오후 그들은 한 가지 사실을 깨달았다. 바뇰레스 국도 변에다 정거장 앞에 있는 그 집은 탈주병들에게 안전한 피신처가 아니라는 사실을. 가족들이 쉴 새 없이 질문을 해 대는 가운데 그들은 페레 피게라스와 함께 각자 군복도 벗지 않은 채 오랫동안 허기진 배를 채우고 있었다. 그때 칸 피젬 앞에 자동차들이 멈춰 서는 소리를 들었다. 조아킴 피게라스에 따르면, 닥쳐오는 위험을 감지한 어머니가 그들에게 위층으로 올라가 부모님의 방에 있는 커다란 침대 아래 숨으라고 재촉했다. 그곳에서 그들은 문을 두드리는 소리와 급히 치운 부엌에서 대화하는 낯선 목소리들을 들었다. 그리고 계단을 오르고 2층을 돌아다니는 군화 소리를 들었고, 마침내 자신들이 있는 방으로 들어오는 군화를 보았다. 두 켤레였다. 한 켤레는 문지방에서 기다리고 있었는데, 가죽이 갈라지고 흙투성이였다. 다른 한 켤레는 오래되기는 해도 막 광을 내어 여전히 군화다웠는데, 방의 타일 위에서 약간 소리가 났다. 이윽고 침대 아래서 숨을 죽이고 있는 피게라스 형제와 안젤라츠는 부드럽고 명령을 내리는 데 익숙한 목소리가 그 방에서 그날 밤을 묵을 수 있도록 준비하라고 말하는 것을 들었다. 그들이 나가자마자 세 탈주병은 침묵 속에서 유일하게 취할 수 있는 결정을 내렸다. 오직 잽싸게 움직이는 것만이 그 작전이 주는 두려움을 이겨 낼 수 있다는 것을 본능적으로 알았기에, 숨어 있던 곳에서 나와 긴장된 나머지 동작이 느려지지 않도록 기를 쓰며 주위를 둘러보지도 않고 계단을 뛰어 내려갔고, 부엌과 마당과 도로를 가로질러 내달렸다. 그들은 집과 주위에 있는 군인들의 군복과 구별되지 않는 자신들의 군복 덕을 보았다. 그 군인들은 식사할 순서를 기다리거나, 조국이 없는 미래에 체념한 듯 무기력한 모습으로 쉬면서 자신들의 군장을 점검하고 있었다.

그날 오후부터 피게라스 형제와 안젤라츠는 매복 생활을 했다. 산체스 마사스처럼 힘들지는 않았다. 그들은 젊고, 무기를 가지고 있었고, 그 지역을 잘 알았고, 지역 주민도 많이 알고 있었다. 게다가 다음 날 아침 공화군 부대가 칸 피젬을 포기하고 떠나자마자 피게라스 형제의 어머니는 그들에게 충분한 음식과 몸을 따뜻이 감쌀 수 있는 것들을 정기적으로 갖다 주기 시작했다. 밝을 때는 숲에서 시간을 보냈다. 코르넬랴데테리나 바뇰레스 국도에서 멀리 떨어지지 않은 곳에서 항상 국도에 나타나는 군대들의 동향에 신경을 썼다. 밤에는 카사노바 농가 근처에 있는 버려진 방앗간에서 잠을 잤다. 농가 주위에 정착을(이 단어는 물론 좀 지나치지만) 한 지 사흘이 지나도록 산체스 마사스와 마주치지 않았다는 건 믿기 어려운 일이다. 그들이 산체스 마사스와 같은 날 거기 도착했는데도 말이다. 하지만 사실이 그러했다. 60년 뒤, 조아킴 피게라스나 다니엘 안젤라츠 둘 다 여전히 아주 생생하게 그를 처음 본 날 아침을 기억하고 있었다. 조용한 숲 속에 있을 때 잔가지들 꺾이는 소리에 놀란 일과, 키가 크고 앞을 못 보는 사람이 양가죽 점퍼를 입고 손에는 다 부서진 안경을 들고 더듬거리면서 돌투성이에 잡초가 무성한 계곡 바닥을 벗어나려고 하던 장면을 기억하고 있었다. 권총을 들이대고 그를 체포한 순간, 끝도 없이 탐색하고 의심하던 시간도 생생하게 기억하고 있었다. 그 시간 동안 그들이나 산체스 마사스나 상대의 의도를 확인하려고 했고 ― 처음 대화 혹은 심문이 진행되는 동안 산체스 마사스는 자신도 모르는 사이에, 겁을 먹고 체면도 없이 애원하는 태도에서부터, 심문하는 자보다 나이뿐 아니라 무엇보다 지혜와 지략에서 앞서는 사람이 가지는 가부장적 근엄함까지 보였다 ― 시간이 얼마 지나지도 않아 산체스 마사스가 자신의 신분을 밝혔으며, 그들에게 엄청난 보상을 제시하면서 국경을 넘어가게 도와 달라고 한 것을 기억했다. 조아킴 피게라스와 다니엘 안젤라츠의 기억이 일치하는 것은 또 있다. 산체스 마사스가 자기 이름을 말하자마자 페레 피게라스는 그가 누군지 알았다는 것이다. 그 사실은 이상하게 여겨질 수도 있지만 결코 터무니없는 것은 아니다. 그보다 수년 전부터 산체스 마사스는 작가로, 정치가로 전국적으로 알려져 있었고, 비록 페레 피게라스가 단지 공화국을 총으로 방어하기 위해 자기 마을을 떠난 지는 얼마 되지 않았지만 그 이전에 그의 이름과 사진을 신문에서 보았거나 그의 기고문을 읽었을 수도 있기 때문이다. 어쨌든 간에, 누가 부여한 것은 아니지만 페레는 이미 그 탈주병 삼총사의 지휘권을 가지고 있었는데, 국경을 넘도록 도와줄 수는 없는 처지이지만 국민파가 도착할 때까지 자신들과 함께 있으면 어떻겠느냐고 제안했다. 암묵적이든 공개적이든 간에, 계약은 이러했다. 자신들이 가진 무기와 젊음과 그 지역에 대한 지식과 지역 사람들과의 안면을 통해서 산체스 마사스를 보호해 줄 것이니, 산체스 마사스는 자신의 그 확실한 권위를 가지고 세 탈주병들을 앞으로 보호해 달라는 것이었다. 거부할 수 없는 제안이었다. 비록 조아킴이 거의 장님이나 다름없는 그 사람이 그 불안한 시기에 짐이 되는 데다, 만약 공화군에게 잡히는 날에는 그 사람 때문에 모두들 바로 총살될 거라며 처음에는 좀 반대했지만, 결국 자기 형의 뜻을 따르는 것 외에는 다른 도리가 없었다.

그 순간 이후 세 탈주병들의 삶이 눈에 띄게 변하지는 않았다. 단지 달라진 것은 이제 피게라스 형제의 어머니가 숲속으로 가져다주는 음식을 먹는 사람이 넷이라는 것, 그리고 카사노바 농가 근처의 버려진 방앗간에서 잠을 자는 사람도 넷이라는 사실이다. 왜냐하면 그들은 산체스 마사스가 밤에 보레이 농가로 잠자러 돌아가지 않는 것이 더 안전하다고 결정했기 때문이다. 이상하게도(이상하지 않을 수도 있다. 어쩌면 망각은 인생에서 결정적인 순간들을 더 게걸스럽게 삼켜 버리기도 하니까) 조아킴 피게라스도 다니엘 안젤라츠도 그 당시 며칠간에 대한 명징한 기억을 가지고 있지 않다. 피게라스의 기억은 예리하지만 재빠른 면이 있고 자주 방향 없이 뒤엉켜 버리기 일쑤인데, 그는 산체스 마사스와의 만남이 그들을 순간적으로 따분함에서 벗어나게 했다고 기억하고 있다. 왜냐하면 산체스 마사스가 아주 자세하게, 그리고 인상적일 정도로 엄숙한 목소리로 — 물론 나중에는 좀 과장되었다는 생각이 들었지만 — 자기가 전쟁 동안 겪은 기구한 경험을 그들에게 들려주었기 때문이라는 것이다. 또한 세 탈주병들이 자신들의 기구한 전쟁 경험을 그에게 이야기한 뒤에는 — 당연히 아주 더 간단하고 두서없이, 직설적인 방식으로 — 다시 산체스 마사스를 만나기 이전 며칠간 경험했던, 긴장과 조바심을 동반한 따분함을 느꼈다고 피게라스는 기억하고 있다. 적어도 조아킴과 안젤라츠는 그런 따분함을 느꼈다. 왜냐하면 조아킴 피게라스가 아주 분명하게 기억하기로는, 자신과 안젤라츠가 시간을 죽이기 위해 그 전처럼 온갖 방법으로 애를 쓴 반면 자기 형인 페레와 산체스 마사스는 숲 가장자리에 있는 참나무에 등을 기댄 채 지칠 줄 모르고 대화를 나누었다는 것이다. 그들은 무감각한 표정에 수염을 깎지 않은 얼굴로, 온몸을 감싸 안고서 앉아 있었다. 시간이 흐르면서 점점 더 무릎을 세우고 얼굴을 더 낮추면서 서로에게 거의 등을 기댄 채 잎담배를 피우기도 하고 나뭇가지를 뾰족하게 다듬으면서 대화를 계속하였다. 그러다 가끔씩 상대를 향해 얼굴을 돌렸는데, 바로 쳐다보지도, 결코 미소를 짓지도 않았다. 마치 그 둘 중 어느 누구도 동의를 구하거나 설득을 하려는 것이 아니라, 그저 자신들의 말이 허공 속으로 사라지지 않는다는 것을 확인하려는 것뿐인 듯했다. 조아킴은 그들이 무슨 얘기를 하는지 전혀 알지 못했다. 어쩌면 알고 싶지 않았기 때문일 것이다. 정치 얘기도 전쟁 얘기도 아니라는 것은 알고 있었다. 언젠가는 (별 근거도 없이) 문학 얘기일 거라고 추측했다. 조아킴 피게라스가 드러나지 않게 약간 시샘하면서 이렇게 토로했던 것만은 확실하다. 자기는 형인 페레와 한 번도 서로 깊이 이해한 적이 없었는데 (조아킴은 여러 사람들 앞에서 형을 놀린 적이 한두 번이 아니었다. 그러면서도 속으로는 항상 형을 부러워했다), 산체스 마사스는 단 몇 시간 만에 자기 형과 친밀해졌다는 것이다. 하지만 자신은 평생 형과 친밀해질 수 없었다고도 했다. 안젤라츠의 기억은 피게라스의 기억보다 더 왔다 갔다 하는데, 그럼에도 불구하고 그의 증언은 그 당시부터 지금까지 친구로 지내는 피게라스의 증언에 모순되지는 않는다. 오히려 여러 가지 사소한 일화들(예를 들어 안젤라츠는 산체스 마사스가 몽당연필로 진초록 표지로 된 작은 노트에 뭔가를 적고 있던 장면을 기억했다. 그것은 아마 작가의 일기가 기록된 사건들과 동일한 시간에 쓰인 것이라는 사실을 입증한다)과 그렇게 사소하지 않은 일화 하나를 통해서 피게라스의 증언을 보완한다. 곧 기억이 다 지워질 수도 있는 어떤 노인들은 몇 시간 전에 일어난 일보다 유년 시절의 어느 오후에 대해 더 자세하게 기억하고 있는 경우도 흔히 있듯이, 이런 구체적인 사항에 관해서 안젤라츠는 아주 세밀한 것까지 기억하고 있다. 시간이 흐르면서 그 장면에 대해 소설 같은 요소가 추가되었는지는 난 모르겠다. 확신할 수는 없지만 그렇지 않을 거라고 믿으려 한다. 안젤라츠가 상상력이 풍부한 사람이 아니라는 것을 내가 알기 때문이다. 게다가 그가 —

쇠약하고 병들어 이제 몇 년밖에 더 살지 못할 사람이 — 그런 장면을 거짓으로 꾸며 내서 어떤 이득이 있겠는가 하는 생각이 들기 때문이다.

그 장면이란 이런 것이다.

그 네 명이 방앗간에서 함께 보낸 두 번째 밤, 이상한 소리에 안젤라츠는 잠이 깨었다. 깜짝 놀라 몸을 일으켰고, 조아킴 피게라스가 곁에서 밀짚과 담요들 사이에서 평안히 자고 있는 것이 눈에 들어왔다. 페레와 산체스 마사스는 거기 없었다. 막 일어서려고 하는 순간(아니면, 자기보다 겁이 없고 더 과감한 조아킴을 깨우려던 순간) 그들의 목소리를 들었다. 그리고 잠을 깨운 것이 바로 그 목소리들이라는 것을 알았다. 소곤거림에 불과했다. 하지만 방앗간의 완벽한 정적 속에서 또렷하게 들려왔던 것이다. 안젤라츠는 반쯤 열린 문 옆, 거의 바닥에 닿을 듯한 곳에서 담뱃불 두 개를 발견했다. 어둠 속에서 발갛게 타오르고 있었다. 페레와 산체스 마사스가 네 명이 잠자던 밀짚 잠자리에서 떨어진 곳으로 안전하게 담배를 피우러 간 모양이라고 생각하고, 몇 시나 되었는지 궁금해했다. 페레와 산체스 마사스가 이미 한참 전에 깨어 이야기를 하고 있는 것 같다고 여기면서 다시 자리에 누워 잠을 청하려고 했다. 하지만 잠을 이룰 수 없었다. 그래서 깬 상태에서 잠을 못 이루고 있는 그 두 사람의 대화를 듣게 되었다. 처음에는 별 관심 없이 들었다. 단지 기다리는 지루함을 달래기 위해서였다. 귀에 들리는 단어들은 무슨 말인지 분간이 되었다. 하지만 그 뜻이나 의도는 이해가 되지 않았다. 그러다가 사정이 변했다. 안젤라츠는 산체스 마사스의 목소리를 들었다. 느릿느릿하고 깊은 데서 울려 나오는, 약간 쉰 듯한 목소리로 쿨엘에서 겪은 총살 사건 전후 며칠간의 끔찍했던 경험을 시간, 분, 초까지 아주 자세히 이야기하고 있었다. 안젤라츠는 그 사건을 알고 있었다. 왜냐하면 산체스 마사스가 함께 지내게 된 첫날 그들에게 이야기해 주었기 때문이다. 하지만 방앗간의 깜깜한 어둠과 아주 선별된 어휘들 때문인지 몰라도 이야기에 실감이 났고, 마치 처음 듣는 것 같았고, 단순히 듣는 게 아니라 다시 그 사건을 경험하는 듯했고, 그다음이 궁금했고, 가슴이 조마조마했다. 조금은 의심이 들기도 했다. 왜냐하면 처음으로 — 산체스 마사스가 자신들에게 처음 이야기했을 때는 언급하지 않았기 때문인데 — 구덩이 옆에 서 있는 병사를 본 이야기를 들었기 때문이다. 그 키가 크고 체격이 좋은 병사는 빗속에서 흠뻑 젖은 채, 눈썹과 쌍꺼풀 아래 회색인 듯 푸른색인 듯한 눈동자로 산체스 마사스를 쳐다보았다. 볼은 쏙 들어가고 광대뼈가 튀어나온 사내는 진초록의 소나무들과 암청색의 구름을 배경으로 서 있었다. 약간 숨을 몰아쉬면서 커다란 두 손으로 소총을 비스듬히 잡고 있었고, 전투복에는 햇빛에 바랜 쇠붙이들이 많이 달려 있었다. 「아주 젊었지.」 산체스 마사스가 말하는 것을 안젤라츠는 들었다. 「자네 정도 되거나 더 젊었어. 표정이나 생김새가 어른스러운 점도 있었지만 말이야. 잠시 나를 바라보는 동안, 그가 누군지 알 것 같았어. 지금은 확실히 누군지 알겠어.」 잠시 침묵이 흘렀다. 마치 산체스는 페레의 질문을 기다리는 것 같았다. 하지만 질문이 없었다. 안젤라츠의 눈에 방앗간 안쪽에서 빛나는 두 개의 담뱃불 빛이 들어왔다. 그중 한 개가 순간적으로 더 빛이 강해지면서 희미한 붉은빛으로 페레의 얼굴을 비추었다.「헌병도 아니고, SIM 요원도 물론 아니었어.」산체스 마사스가 계속 이야기를 이어 갔다.「만약 그랬다면 난 지금 여기 없을 거야. 평범한 군인이었어. 자네처럼 말이야. 아니면 자네 동생처럼. 정원으로 운동을 나갈 때마다 우리를 감시하던 군인들 중 하나였어. 난 바로 그 군인을 관심 있게 보았었거든. 그도 날 관심 있게 보았던 것 같아. 적어도 지금은 그런 생각이 들어. 왜냐하면 사실 우린 한마디도 말을 주고받지 않았으니까. 하지만 난 관심 있게 그를 보았어. 모든 동지들도 그랬지만. 우리가 정원을 이리저리 돌아다니는 동안 그는 벤치에 앉아 뭔가 흥얼거렸는데, 유행가 같은 것이었어. 어느 날 오후에는 벤치에서 일어나 〈스페인을 향한 탄식〉을 부르기 시작했지. 자네, 그 노래 들어본 적이 있나?」「그럼요.」페레가 말했다.「릴리아나가 가장 좋아하는 파소 도블레 곡이지.」산체스 마사스가 말했다.「너무 슬픈 노래 같아. 하지만 릴리아나는 네 소절만 들으면 벌써 발이 움직이지. 그 곡에 맞춰 수도 없이 춤을 추었다네.」안젤라츠는 산체스 마사스의 담뱃불이 더 발갛게 빛나다가 갑자기 꺼지는 것을 보았다. 그리고 빈정거리는 듯한 그의 쉰 목소리가 소곤거리듯 들려왔다. 안젤라츠는 그 파소 도블레 곡의 가락과 가사를 밤의 적막 속에서 들었다. 갑자기 그 가사와 음악이 이 세상에서 가장 슬프게 느껴져 정말 울음이 터져 나올 것 같았다. 망가진 자신의 젊음과 자신을 기다리고 있는 참담한 미래를 보여 주는 절망스러운 거울처럼 느껴졌다. 「신께서는 당신의 권능으로/태양 광선 네 가닥을 녹여/한 여자를 만들려 하셨네./그 뜻이 이루어지는 순간,/난 스페인 어느 정원에서 태어났다네./마치 장미 정원의 꽃처럼./내가 사랑하는 영광스러운 땅이여,/향기와 열정의 축복받은 땅이여./스페인이여, 그대 발아래 꽃들은 만발한데/어느 여린 가슴이 한숨짓고 있다네./아, 견디기 힘든 이 고통이여/나 떠나야 하기에, 스페인이여, 그대로부터,/날 없애려 하기에, 나의 장미 정원으로부터.」 산체스 마사스는 노래를 멈추었다. 「그걸 다 아세요?」 페레가 물었다. 「뭐 말인가?」 산체스가 물었다. 「그 노래요.」 페레가 대답했다. 「대충.」 산체스 마사스가 대답했다. 침묵이 흘렀다. 「그 군인은 어떻게 되었나요.」 페레가 물었다. 「아무 일도 없었지 뭐.」 산체스 마사스가 말했다. 「그 군인은 평소에는 그 벤치에 앉아 작은 소리로 흥얼거리곤 했는데, 그 오후에는 큰 소리로 〈스페인을 향한 탄식〉을 불렀지. 미소를 지으면서 마치 보이지 않는 힘에 이끌리도록 자신을 내맡긴 듯 일어나 춤을 추기 시작했어. 두 눈을 감고, 소총이 마치 여자인 듯, 여자를 안은 것과 똑같은 자세로 아주 살며시 껴안고서 정원을 이리저리 돌았지. 나와 나의 동지들, 그리고 우리를 감시하던 다른 군인들과 헌병들까지도 가만히 그를 지켜보았어. 슬픈 표정, 어리둥절한 표정, 빈정대는 표정. 하지만 모두들 아무 말 없었지. 그런 분위기에서 그 병사는 담배꽁초와 음식물 찌꺼기가 마구 버려져 있는 잔자갈 위로 자신의 그 투박한 군화를 끌며 춤을 추었어. 마치 유리알 같은 무대 위를 미끄러지는 댄서의 구두 같았지. 그때, 그 곡을 다 마치기도 전에 누군가 그의 이름을 불렀고, 애정을 섞어 놀려 댔어. 그러자 마치 마법에서 깨어나듯 수많은 사람들이 웃음을 터뜨리거나 미소를 지었지. 우리 모두, 포로든 감시병이든 할 것 없이 폭소를 터뜨렸어. 정말 오랜만에 나도 웃었던 것 같아.」산체스 마사스는 말을 중단했다. 안젤라츠는 조아킴이 옆에서 뒤척이는 것을 느꼈다. 혹시 조아킴도 듣고 있는 것이 아닌가 하는 생각이 들었다. 하지만 그의 거칠고 규칙적인 숨소리에 바로 그 생각을 버렸다.「그게 전부인가요?」페레가 물었다.「그게 다였어.」산체스 마사스가 대답했다.「그 사람이었다고 확신하세요?」페레가 물었다.「그럼.」산체스 마사스가 대답했다.「그렇다고 믿어.」「이름이 뭐였지요?」페레가 물었다.「누군가 그의 이름을 불렀다고 하셨잖아요.」「모르겠어.」산체스 마사스가 대답했다.「내가 못 들었는지도 몰라. 아니면 들었는데 바로 잊어버렸거나. 하지만 그 군인이었어. 왜 날 발견했다고 소리치지 않았을까, 왜 날 도망가게 두었을까 하고 생각해 보았지. 수도 없이 그 생각을 해보았어.」다시 대화가 끊겼다. 안젤라츠는 이번의 침묵은 더 무겁고 길다고 느끼면서 대화가 끝났다고 생각했다.「구덩이 가장자리에서 나를 잠시 바라보고 있었어.」산체스 마사스가 말을 이었다.「이상한 표정으로 나를 바라보았지. 날 그렇게 바라보는 사람은 아무도 없었어. 나를 오래전부터 아는데, 그 순간 내가 누구인지 알 수 없어 알아내려는 표정이랄까. 아니면 자기 앞에 보이는 곤충이 이 세상에서 유일하고 알려지지 않은 곤충인지 아닌지 헷갈려하는 곤충학자 같은 표정이라고 할까. 아니면 구름 형태로 되어 있어 수시로 변하기에 결코 풀 수 없는 비밀을 밝히려는 사람 같은 표정이랄까. 하지만 그게 아니었어. 사실 나를 뭐랄까…… 즐겁게 바라보고 있었어.」「즐겁게요?」 페레가 물었다. 「그래.」 산체스 마사스가 대답했다. 「즐겁게.」「이해할 수 없어요.」 페레가 말했다. 「나도 마찬가지야.」 산체스 마사스가 말했다. 잠시 말이 없다가 마침내 덧붙였다. 「나도 모르겠어. 내가 말도 안 되는 얘기를 하고 있는 것 같네.」「밤이 너무 늦었어요.」 페레가 말했다. 「잠을 청해 보는 게 좋겠어요.」「그러지.」 산체스 마사스가 동의했다. 안젤라츠는 그들이 일어나 조아킴 옆 밀짚 위에 나란히 눕는 것을 느꼈다. 동시에 그들도 자기처럼 잠을 이룰 수 없어 담요 속에서 뒤척이는 것을 느꼈다(그렇다고 상상했다). 자신들 기억 속에 넝쿨처럼 엉켜 있는 노래와 그 병사의 이미지를 떨쳐 버릴 수 없었기 때문이리라. 쿨엘의 정원에서 자기 총을 부여안고 삼나무와 포로들에게 둘러싸여 춤을 추는 그 병사를.

그것은 목요일 밤의 일이었다. 다음 날 국민파가 당도했다. 화요일부터 마지막 군 수송대가 끊임없이 지나갔고, 공화군이 퇴각하면서 방어하기 위해 ─ 다리를 날려 버리고 연결 도로를 끊기 위해 ─ 폭약을 터뜨리는 소리가 끊이질 않았었다. 산체스 마사스와 그의 세 친구들은 금요일 오전 내내 초원에 있는 자신들의 전망대에서 초조하게 국도를 감시했다. 마침내 정오가 조금 지나 국민파 선발대가 시야에 들어왔다. 네 명은 너무나 기뻐 어쩔 줄 몰랐다. 그 세 청년들이 해방군을 맞으러 가려고 하자 산체스 마사스는 먼저 자기하고 보레이 농가로 같이 가서 마리아 페레와 그 가족에게 감사를 드리자고 설득하였다. 그래서 그들이 보레이 농가에 도착했을 때 마리아 페레의 부모님들은 있었지만, 그녀는 보이지 않았다. 마리아 페레는 그날 정오 무렵을 잘 기억하고 있다. 그녀 역시 산체스 마사스와 세 친구들로부터 그리 멀리 떨어지지 않은 장소에서 국민파 선두 부대가 지나가는 것을 보고 있었다. 잠시 후 이웃 여자가 오더니 그녀의 부모님께서 집에 군인들이 왔으니 돌아오라 한다고 전했다. 약간 걱정이 되어 그녀는 이웃 여자와 집으로 향했는데, 그 여자가 군인들 중에 칸 피젬의 총각들도 있다는 얘기를 하자 안심이 되었다. 비록 페레나 조아킴과는 말을 몇 마디밖에는 주고받지 않았지만 오래전부터 그들을 알고 있었다. 그리고 피게라스 형제 중 동생이 안젤라츠와 집 마당에서 이야기를 나누고 있는 것을 보는 순간 바로 누군지 알아보았다. 부엌에는 페레와 산체스 마사스가 그녀 부모님과 함께 있었다. 너무나 반가워하며 산체스 마사스는 그녀를 와락 껴안았고 번쩍 들어 키스를 했다. 그러고 나서 페레 씨 가족이 자기 소식을 모르던 며칠 동안 무슨 일이 있었는지 얘기해 주었다. 안젤라츠와 피게라스 형제에 대한 칭찬과 감사로 침이 마를 지경이었다. 이렇게 말했다.

「이제 제 친구들입니다.」 마리아도 조아킴 피게라스도 그 말을 기억하지 못하지만, 안젤라츠는 기억한다. 안젤라츠에 의하면, 바로 그때 산체스 마사스는 그 후 오랜 세월 동안 수없이 반복할 몇 단어들을 처음으로 내뱉었다. 그 말들은 그를 살려 준 청년들의 기억 속에서 마치 모험의 분위기를 풍기는 비밀스러운 암호처럼 생을 마칠 때까지 울려 퍼지게 될 것이다. 「숲 속의 친구들이죠.」 그리고 안젤라츠에 따르면, 그는 엄숙하게 덧붙였다. 「언젠가 그 모든 얘기를 책으로 쓸 겁니다. 제목은 〈살라미나의 병사들〉이 될 겁니다.」

떠나기 전에 퍼레 씨 가족에게 자기를 잘 보살펴 주어 평생 잊지 못할 거라고 다시 말하면서, 언제든지 도움이 필요하면 즉시 연락하라고 당부하였다. 그리고 통행증처럼, 만약 새로운 당국과 문제가 발생할 때를 대비해 종이 한 장에다 간략하게 그 가족이 자기에게 베풀어 준 것을 적었다. 그런 뒤 그들은 떠나갔다. 마리아와 그녀의 부모님은 대문에 서서 그들이 코르넬랴 방향으로 멀어져 가는 것을 바라보았다. 산체스 마사스가 마치 승리한 부대의 극소수 생존자들, 초췌한 차림이지만 승리의 기쁨에 도취한 생존자들을 지휘하는 대장인 양 꼿꼿한 자세로 앞장을 서고 조아킴과 안젤라츠가 그를 양옆에서 호위하였다. 페레는 조금 떨어져 거의 땅만 쳐다보며 걸어가고 있었는데, 마치 다른 일행의 즐거움에 적극 동조하지 않으면서도 그 즐거움으로부터 완전히 배제되지는 않으려고 안간힘을 쓰는 것처럼 보였다. 그 후 몇 년간 마리아는 산체스 마사스에게 여러 차례 편지를 썼고, 그는 항상 친필로 답장을 했다. 산체스 마사스의 편지는 이미 남아 있지 않다. 왜냐하면 혹시나 딸이 무슨 일에 연루될까 봐 걱정을 한 어머니의 충고대로 편지를 없애 버렸기 때문이다.

그녀의 편지들은 바뇰레스 시청의 공무원이 써주었다. 그 편지에서 구속된 가족, 친구, 혹은 아는 사람들의 석방을 부탁했는데, 그들은 거의 문제없이 풀려날 수 있었다. 그 일로 그녀는 여러 해 동안 그 지역에서 절망에 빠진 사람들의 성녀나 수호 요정의 반열에 올라 있었고, 그 사람들의 가족은 그녀에게 달려가 전쟁 후에 무분별하게 희생되는 사람들을 보호해 달라고 요청했다. 그 당시 전쟁의 여파가 그렇게 오랫동안 지속되리라고는 아무도 예상하지 못했다. 그러한 은혜의 원천이 마리아의 숨겨 둔 애인도 아니고, 그녀가 그 전부터 늘 가지고 있었지만 적당한 때가 아니라고 판단해서 이제껏 쓰지 않고 있던 초능력도 아니고, 단지 도망 다니던 한 거지일 뿐이라는 것을 그녀의 가족을 제외하고는 아무도 몰랐다. 그 거지에게 어느 이른 아침 마리아는 약간의 따뜻한 음식을 제공했고, 그 거지는 2월의 어느 정오 비포장도로를 따라 피게라스 형제와 안젤라츠와 함께 사라졌으며, 그 후 마리아는 평생토록 다시 만나지 못했다는 것을 그녀 가족 외에는 아무도 몰랐다.

산체스 마사스는 칸 피젬에서 바르셀로나로 돌아갈 교통수단을 기다리며 얼마간 시간을 보냈다. 아주 행복한 며칠이었다. 비록 스페인의 몇몇 지역에서는 전쟁이 계속되고 있었지만, 그와 그 친구들에게 전쟁은 이미 끝난 것이었다. 불안 속에서 죽음을 목전에 두고 포로로 보냈던 몇 달간에 대한 끔찍한 기억들, 곧 가족과 친구는 물론이고 그가 건국에 결정적으로 기여했던 새로운 나라를 만날 수 있다는 기대가 그의 기쁨을 배가시켰다. 새로운 정권에 잘 보이려는 마음에 — 새로운 정권이 대중에게 잘 보이려는 마음에 — 공화제를 위해 싸웠던 그 지방은 풍부한 음식과 축제 분위기를 통해서 온 힘을 다해 국민파의 입성을 환영했다. 거기에 산체스 마사스와 그의 친구들도 결코 빠지지 않았다. 그의 친구들은 아직도 붉은 군대의 군복을 입고, 9밀리미터 권총으로 무장을 하고 있었지만 특별히 위압적인 고위층의 보호를 받고 있었다. 그 고위층은 약간 아이러니하지만 결코 흠잡을 데 없는 방식으로 그 친구들을 자신의 개인 경호원이라고 소개하곤 했다. 그런데 어느 날 아침 정규군의 대위가 갑자기 칸 피젬에 들이닥쳐 바르셀로나로 당장 떠나는 차에 한 자리만 남아서 산체스 마사스만 갈 수 있다고 알려 오는 순간 그 즐거웠던 면책의 시간은 그들에게 끝이 나고 말았다. 피게라스 형제와 안젤라츠와 작별 인사를 나눌 겨를도 없이 산체스 마사스는 페레에게 녹색 표지의 작은 노트를 건넸다. 거기에는 숲 속에서 쓴 일기 외에도 그들과 자신을 영원히 맺어 줄 은혜의 인연에 대해 써놓았던 것이다. 조아킴 피게라스와 다니엘 안젤라츠는 산체스 마사스가 말한 마지막 단어들을 아주 잘 기억하고 있다. 헤로나의 국도를 따라 멀어져 가는 차창 밖으로 한 손을 꺼내 흔들면서 그가 소리친 마지막 단어들은 이것이었다.

「우린 또 만나게 될 거야!」

하지만 산체스 마사스는 잘못 예상하고 있었다. 그는 페레와 조아킴 피게라스 형제도, 다니엘 안젤라츠도 다시는 볼 수 없었다. 그러나 산체스 마사스는 전혀 눈치채지 못했지만, 다니엘 안젤라츠와 조아킴 피게라스는 그가 예상한 대로 산체스 마사스를 다시 보았다.

그 일은 여러 달 뒤 사라고사에서 일어났다. 그 무렵 산체스 마사스는 그 청년들이 처음 알았던 그때와는 완전히 다른 사람이 되어 있었다. 자유를 되찾았다는 감격에 고무되어 그 당시 쉬지 않고 활동을 전개했다. 바르셀로나, 부르고스, 살라망카, 빌바오, 로마, 산세바스티안을 방문했다. 가는 곳마다 환대를 받았고, 사람들은 그가 자유를 얻고 국민파 스페인에 합류하게 된 것을 스페인의 미래에 헤아릴 수 없이 소중한 가치의 승리로서 축하했다. 여기저기 기고를 했고, 인터뷰에도 응하고, 강연회, 연설회, 라디오 계몽 방송도 했다. 그때마다 은연중에 오랫동안의 포로 생활에서 일어난 일화들을 언급했고, 빈틈없는 믿음으로 새로운 체제에 봉사할 것을 다짐했다. 그럼에도 불구하고 산체스 마사스는 뭔가를 감지하고 있었다. 그는 칸 피젬을 떠난 다음 날부터 바르셀로나에서 반란 집단의 언론과 선전 책임자였던 디오니시오 리드루에호의 사무실을 자주 드나들기 시작했다. 그곳에서 지속적으로 팔랑헤 옛 지식인 동지들과 새로운 동지들이 모였다. 그때부터 산체스 마사스는 겉으로는 형제애로 모였으나,

그들의 승리에 들뜬 분위기 이면에는 의심과 시기심이 숨어 있음을 포착할 수 있었다. 프랑코의 교활함과, 피점령지에서 3년간 지속된 비밀 회합이 그 승리자들 사이에 의심과 시기심을 불러일으킨 것이다. 산체스 마사스는 그것을 포착할 수 있었다. 하지만 포착하지 않았거나, 포착하기를 원하지 않았다. 그 사실은 다음과 같이 설명될 수 있다. 자유를 다시 찾자마자, 산체스 마사스는 모든 것을 원하는 대로 할 수 있을 것 같았다. 왜냐하면 프랑코가 차지한 스페인의 현실이 어느 한 핵심에 있어 자신의 열망과 다를 수 있다는 것을 상상할 수 없었기 때문이다. 하지만 그의 몇몇 팔랑헤 옛 동지들은 그렇지 않았다. 1937년 4월 19일 통합령이 공표되었고, 그것으로 봉기에 가담했던 모든 정치 세력들이 총통의 지휘 아래 있는 유일한 당으로 합쳐지게 되었다. 그것은 진정한 역쿠데타였는데(몇 년 뒤 리드루에호는 그렇게 불렀다), 그때부터 팔랑헤의 옛 대원들은 그들이 꿈꾸어 왔던 파시스트 혁명은 결코 도래하지 않을 것임을 직감하기 시작했다. 왜냐하면 기발한 잡탕으로 이루어진 프랑코의 선언은 결국 위선과 허풍에 찬 보수적인 사기극으로 끝나고 말 것이 뻔했기 때문이다. 그 선언은 말도 안 되는 것들을 기가 막히게 선동적으로 혼합한 것으로, 전통적인 일부 가치들의 보존과 국가의 사회, 경제적 구조에 대한 중대한 개혁의 시급성을 뒤섞었고, 프롤레타리아 혁명에 대한 중간 계급의 공포와 니체주의적 뿌리에서 나온 활기 넘치는 비이성주의를 혼합하고 있었다. 이 활기찬 비이성주의는 부르주아의 조심스러운 삶의 방식에 대항해 낭만주의자들의 위험스러운 삶을 제안하고 있었다. 1937년 무렵, 팔랑헤는 호세 안토니오의 사망으로 수뇌부가 없어졌고, 길들여진 이데올로기가 되었고, 자치적인 권력 기구의 성격이 상실되어 있었기에, 프랑코는 팔랑헤를 자신의 수사법과 의례와 또 다른 파시스트적인 외형 포장을 통해 활용할 수 있었다. 자신의 체제를 독일의 히틀러 체제나 이탈리아의 무솔리니 체제와(그들로부터는 많은 도움을 이미 예전에도 받았고, 당시도 받고 있었고, 여전히 받기를 기대하고 있었다) 동일시하기 위한 도구로 삼았다. 하지만 동시에, 호세 안토니오가 이미 수년 전에 예상하고 우려했던 대로, 팔랑헤를 〈단지 투쟁의 보조 수단으로, 기습 공격으로 대응하는 호위대로, 권좌에 올라 앉아 있는 허영심 많은 자들 앞에서 행진하는 목적으로 구성된 청년 군대로〉 사용할 수 있었다. 그 시기 몇 해 동안 초기 팔랑헤를 희석시키기 위해 모든 일들이 진행되었다. 프랑코가 팔랑헤를 정형외과적으로 변형하여 사용한 것을 비롯해서, 전쟁 기간 동안 팔랑헤의 이념을 상당한 수준으로 공유하던 사람들뿐만 아니라 과거에 공화파였던 것을 감추려 했던 사람들도 대대적으로 팔랑헤에 가세한 결정적인 사실까지 있었던 것이다. 상황이 그러했으니, 오래된 팔랑헤 당원이 조만간 직면해야 할 선택은 명백한 것이었다. 말하자면 자신들의 정치적인 프로젝트와 새로운 정권의 정치적 프로젝트 사이에 현재 뚜렷이 존재하는 균열을 공개적으로 드러내거나, 아니면 그러한 불편을 최소화하는 가운데 모순과 공존하며 권력의 잔칫상에서 남은 최소한의 부스러기까지 열심히 주워 모으는 것 중에서 선택해야 했던 것이다. 물론 그 두 가지 극단 사이에는 중간적인 태도들도 헤아릴 수 없이 많았다. 하지만 교활하게도 그토록 많은 사람이 뒤늦게 솔직함을 내세우면서 항의를 많이 했지만, 리드루에호를 제외하면 ― 그 사람은 수도 없이 착각을 했지만, 항상 깨끗하고 용감했으며 순수하기 그지없었다 ― 공개적으로 첫 번째 태도를 취한 사람은 거의 아무도 없었다.

물론 산체스 마사스도 공개적으로 첫 번째 태도를 취하지 않았다. 전쟁이 막 끝나고 나서도 안 했고, 그 이후로도 결코 하지 않았다. 하지만 1939년 4월 9일, 페레 피게라스와 코르넬랴데테리 출신의 여덟 명의 동료들이 헤로나 감옥에 투옥되기 18일 전, 동시에 라몬 세라노 수녜르가 ― 그 당시 내무부 장관이었고, 프랑코의 매제였으며, 정부 내에서 팔랑헤주의자들을 옹호하는 주요 인물이었는데 ― 사라고사에서 산체스 마사스에 대해 경의를 표하는 행사를 준비하고 주관했던 날에도 산체스 마사스는 자신이 건설하고자 열망했던 나라는 새로 등장한 체제가 건설하려는 나라가 아니라고 생각할 만한 심각한 이유를 가지고 있지 않았다. 더군다나 조아킴 피게라스와 다니엘 안젤라츠가 그날 사라고사에 있으리라고는 더더욱 생각하지 못했다. 사실 두 청년이 그 도시에 머무른 건 겨우 한 달 남짓이었다. 그들은 거기서 군 복무 중이었는데, 그때 바로 라디오에서 산체스 마사스가 그 전날부터 그란드 호텔에 머무르고 있고, 그날 밤 아라곤 지방의 팔랑헤당 간부들에게 연설을 한다는 소식을 들었다. 한편으로는 호기심에서였지만, 무엇보다 산체스 마사스의 영향력으로 졸병의 고달픈 병영 생활이 좀 나아지지 않을까 하는 막연한 기대로 피게라스와 안젤라츠는 그랜드 호텔로 찾아갔고, 수위에게 자신들은 산체스 마사스의 친구들이며 그를 만나고 싶다고 말했다. 피게라스는 아직도 그 온화한 표정에 기름기가 흐르던 수위를 잘 기억하고 있다. 푸른색 모직 천으로 된 그의 연미복에는 금색 술과 장식 끈이 달려 있었고, 로비에 걸린 크리스털 샹들리에 아래서 번쩍거렸다. 그리고 로비에는 제복을 입은 고위 간부들이 계속 왔다 갔다 하고 있었다. 무엇보다도 수위가 그들의 초라하기 짝이 없는 군복과 구제 불능으로 보이는 촌스러운 외모를 훑어보면서 놀리는 듯한, 가당치 않다는 듯한 표정을 지었던 것을 잘 기억하고 있다. 마침내 수위는 산체스 마사스가 자기 방에서 쉬고 있다고 말해 주었고, 동시에 자기는 그분을 귀찮게 할 권한도 없고, 더구나 그들이 들어가게 놔둘 수도 없다고 말했다.

「그렇지만 여기서 그분을 기다릴 수는 있어.」 수위는 약간 단호한 태도로 그들에게 반말을 하면서 의자를 가리켰다. 「그분이 나타나면 자네들이 팔랑헤 당원들의 대열을 뚫고 들어가 그분께 인사를 드려 보도록 해. 만약 자네들을 알아보시면 아무 문제가 없겠지.」 그는 가벼운 미소를 지으며 두 번째 손가락을 목으로 가져갔다. 「하지만 만약 자네들을 알아보지 못하시면……」

「여기서 기다리겠습니다.」 피게라스는 자존심이 상해 말을 가로막았고, 안젤라츠를 의자로 끌고 갔다.

거의 두 시간이 지났다. 시간이 흐름에 따라 그들은 점점 더 겁이 났다. 수위의 경고와 처음 보는 호텔의 화려함과 호텔을 장식하고 있는 파시스트들의 숨 막힐 듯한 허세 때문이었다. 그리고 군대식 인사와 푸른 제복과 붉은 베레모들이 마침내 로비를 가득 메웠을 때 피게라스와 안젤라츠는 자신들의 원래 목적을 이미 포기하고, 산체스 마사스를 만나지 않고 즉시 부대로 돌아가기로 결정했다.

미처 로비를 나서지도 못했는데 갑자기 계단에서 회전 출입문까지 양쪽으로 팔랑헤 당원들이 도열하여 통로를 만드는 바람에 그들은 나갈 수가 없었다. 그리고 잠시 후 사람들 사이로, 바다를 이룬 붉은 베레모와 숲을 이룬 치켜든 팔들 사이로 미끄러지듯 지나가는 그 남자의 유대인 같은 옆모습을 그 두 청년들의 인생에서 마지막으로 일별할 수 있었다. 그 남자는 지금은 권력의 광채로 빛나고 있지만, 불과 3개월 전만 해도 어느 멀리 떨어진 들판에서 옷은 넝마에, 안경이 없어 보이지 않는 눈에, 지친 몸으로, 궁핍과 두려움 속에서 그 청년들에게 도움을 애원했던 사람이다. 그러나 이제 결코 숲 속의 친구들 중 두 명인 그 청년들에게 전쟁 동안 진 신세를 갚을 길이 없을 것이다.

사라고사에서 개최된 그 행사에서 그는 〈영광스러운 토요일을 기리는 연설〉을 했는데 — 이미 그는 사람들이 탈당할 위험이 있음을 분명히 감지하고 있었기에 그 연설에서 팔랑헤 동지들에게 지나칠 정도로 규율과 총통에 대한 무조건적인 복종을 호소했다 — 그 시기 몇 달 동안 산체스 마사스가 수없이 해왔던 공개적인 중재를 한 번 더 한 것에 불과했다. 전쟁 초기에 레데스마 라모스, 호세 안토니오, 그리고 루이스 데알다가 총살당했기 때문에 산체스 마사스는 생존하고 있는 가장 오래된 팔랑헤 당원이었다. 이 사실은 호세 안토니오와의 형제 같은 우애, 그리고 초기 팔랑헤당에서 그가 차지한 결정적인 역할과 결합해 당 동지들에게 엄청난 영향력을 가질 수 있게 했다. 그리고 프랑코도 그를 각별하게 대하도록 했는데, 산체스 마사스의 충성을 얻어 내고 프랑코와 덜 유화적인 팔랑헤 당원들 사이에 생긴 불편함을 그가 최대한 무마하도록 하기 위함이었다. 단순하지만 효과 만점인 그 포섭 전략은 대부분 보조금과 찬사를 바탕으로 하는 일종의 뇌물 전략과 유사한 것으로 — 그 방법을 사용하는 가운데 총통은 덕망 있는 사람인 양 발전해 갔고, 그가 끝없이 권력을 독점할 수 있었던 것도 일부분 그 방법 덕분이었다 — 1939년 8월에 정점에 달했다. 전쟁 후 1차 내각이 구성되던 그때 산체스 마사스는 무임소 장관에 임명되었던 것이다. 그는 그 전 5월부터 팔랑헤 대외 담당 전국 대표 자리를 맡고 있었다. 물론 그 직책만을 수행했던 것이 아니었거나, 아니면 그 직책을 아주 진지하게 받아들이지 않았다. 어떤 이유건 간에, 그는 다시 찾은 작가의 소명에 해가 되지 않는 범위에서 그 직책을 수행할 줄을 알았다. 그 무렵 그는 자주 신문과 잡지에 기고하고, 토론 모임에 참석했으며, 자기 글의 낭송회를 갖곤 했다. 그리고 1940년 2월 그는 왕립 학술원 회원으로 임명되었는데, 친구 에우헤니오 몬테스도 함께 임명되었다. 일간지 「ABC」의 기사에 따르면, 그는 〈팔랑헤의 시와 혁명적 언어의 대변자〉였다. 산체스 마사스는 허영심이 있는 사람이었지만, 바보는 아니었다. 그리고 그 허영심이 자존심을 포기할 정도는 아니었다. 학술원 회원으로 선출된 것이 문학적 동기가 아니라 정치적 동기에서 비롯되었다는 것을 알고 있었기 때문에 결코 학술원 입회 연설을 하지 않았다. 다른 요인들도 이러한 태도에 분명히 영향을 주었을 것이다. 그것을 두고 모두들 뭔가 동기가 없진 않았겠지만, 그 작가가 자신이 가지고 있는 세속적인 영광에 대해 하찮게 여긴다는 것을 보여 주는 고상한 표시라고 해석하려 했다. 언제나 그래 왔겠지만, 동일한 의미를 다음의 일화에 부여하는 것은 오히려 더 위험스러워 보인다. 그 일화로 인해 산체스 마사스라는 인물은 죽을 때까지 공평하고 사심 없는 귀족적 인물이라는 후광으로 에워싸이게 되었다.

그 전설은 다양한 의도를 지닌 출처들에 의해서 사방으로 퍼져 나갔다. 그것에 따르면, 1940년 7월 말의 어느 날, 각료 회의 도중에 프랑코 총통이 산체스 마사스가 회의에 불참하는 걸 더 이상 참을 수 없어, 항상 비어 있는 그 작가의 의자를 가리키면서 〈그 의자 좀 거기서 치워 버리시오!〉라고 말했다는 것이다. 2주일 후에 산체스 마사스는 해임되었고, 항상 그렇듯 전설에 따르면, 그 일이 산체스 마사스에겐 별일 아닌 것처럼 보였다고 한다. 해임의 원인들은 명확하지 않다. 어떤 이들은 산체스 마사스가 무임소 장관이라는 자기 직책에는 실질적인 일이 없었기 때문에 각료 회의에서 아주 따분해했다고 한다. 왜냐하면 그는 관료적이고 행정적인 일에 흥미를 느낄 수 없는 사람인 데다, 그런 일들이 한 정치가의 대부분의 시간을 잡아먹기 때문이라는 것이다. 다른 사람들의 주장에 따르면, 프랑코는 이상한 주제들에 대해서(예를 들면 페르시아 배들이 살라미나 전투에서 패배한 원인이나, 혹은 끝마무리용 대패의 올바른 사용법 같은 주제들) 유식한 척하면서 세밀히 분석하는 것을 아주 싫어했다고 한다. 그런데 산체스 마사스가 프랑코 앞에서 그런 식으로 행동했기 때문에, 프랑코가 정부에서 거의 장식적인 역할을 맡고 있는 그 쓸모없고, 괴짜에다, 시대착오적인 문인을 배제하기로 결정했다는 것이다. 아주 순진하기도 하고 흥미롭기도 한데, 산체스 마사스가 각료로서 태만했던 이유를 팔랑헤당의 진정한 이상에 충실했던 팔랑헤 당원으로서 환멸을 느꼈기 때문이라고 설명하는 사람도 없지 않다. 그가 사직서를 여러 차례 제출했다는 점에 대해서는 모두 일치한다. 그리고 사직서가 수리되지 않다가 별의별 핑계를 대면서 계속 각료 회의에 불참함으로써 결국 사임이 기정사실화되었다는 점에서도 모두가 의견 일치를 보인다. 어떤 각도에서 바라보건 간에, 산체스 마사스로선 그 전설은 기분 좋은 것이다. 왜냐하면 허황된 권력을 거부하는 고결한 사람으로 자기 이미지를 만드는 데 기여했기 때문이다.

그 당시 산체스 마사스의 개인 비서였던 언론인 카를로스 센티스는, 그 작가가 각료 회의에 참석하지 않게 된 것은 단지 출석 요청을 받지 못했기 때문이라고 주장한다. 센티스에 따르면, 지브롤터 해협 문제와 관련해서 몇 가지 부적절하고 시대착오적인 발언을 한 데다가 당시 막강한 권력을 휘두르던 세라노 수녜르의 미움을 받아 불행하게 전락했다는 것이다. 나로서는 이 해석에 믿음이 간다. 단순히 센티스가 산체스 마사스가 장관직에 있던 바로 그해에 가장 가까이 있었던 사람이라서가 아니라, 또한 세라노 수녜르가 산체스 마사스의 실수를 보면서 ― 산체스 마사스는 프랑코의 총애를 얻기 위해 한 차례 이상 세라노를 상대로 음모를 꾸몄고, 그런 식으로 그 몇 년 전에도 호세 안토니오의 총애를 얻기 위해 히메네스 카바예로를 상대로 음모를 꾸몄었다 ― 그를 제거할 수 있는 완벽한 구실을 발견했다는 말이 일리가 있어 보이기 때문이다. 산체스 마사스는 가장 오래된 팔랑헤 당원으로서 세라노의 권위에 위협이 될 수 있었고, 정통 팔랑헤 당원들과 총통에 대한 세라노의 영향력에도 위협이 될 수 있었다. 센티스의 말에 따르면, 해임에 이어 바로 산체스 마사스는 비소 구역에 있는 자택에 ― 세라노 거리에 있는 조그마한 별장으로, 몇 년 전 친구이자 공산주의자인 호세 베르가민과 함께 구입했었다. 아직도 그 가족이 소유하고 있다 ― 몇 달간 가택 연금되었고 장관 봉급을 박탈당했다. 경제적 상황은 갈수록 절망적이었기에 12월에 가택 연금이 해제되자 처가에 도움을 요청하기 위해 이탈리아에 가기로 결심했다. 바르셀로나를 지나면서 그는 센티스의 집에 머물렀다. 센티스는 그 무렵 일정들이나 산체스 마사스의 감정 상태에 대한 정확한 기억을 갖고 있지는 않다. 하지만 그가 기억하는 것은 바로 크리스마스 날, 가족끼리 모임을 막 끝냈을 때 산체스 마사스는 정말 운 좋은 전화를 한 친척한테서 받았다. 고모인 훌리아 산체스가 방금 세상을 떠나며 산체스 마사스한테 엄청난 유산을 남기셨는데, 대저택과 카세레스 지방의 코리아에 소재하는 부동산들이 포함되어 있다는 내용이었다.

〈라파엘, 예전에 넌 작가이자 정치인이었어. 하지만 지금은 단지 백만장자일 뿐이야.〉 당시 아구스틴 데푹사는 그 당시 산체스 마사스에게 그렇게 말하곤 했다. 푹사는 작가이자 정치인이었고, 동시에 백만장자였다. 산체스 마사스가 세월이 흐른 뒤에도 잃어버리지 않은 친구 중 하나였다. 동시에 아주 재능이 있는 사람이었는데, 흔히 재능 있는 사람들이 그렇듯 자주 옳은 말을 했다. 실제로 산체스 마사스는 고모의 유산을 받은 후 정치적인 여러 직책들을 — 팔랑헤 정치 위원회 위원에서부터 지역구 국회 의원까지 하면서, 도중에 프라도 박물관 후원회장도 역임했다 — 과시했다. 하지만 그것들은 항상 부차적이거나 장식적인 것에 불과했다. 1940년대 중반부터 마치 귀찮은 짐을 내려놓듯 그 직책들을 그만두기 시작했다. 그리고 조금씩조금씩 시간이 흐름에 따라 공적인 삶에서 사라져 갔다. 하지만 이 사실이 산체스 마사스가 1940년대와 1950년대에 단순히 프랑코주의에 대한 일종의 소리 없는 반대자였다는 것을 의미하지는 않는다. 물론 그 프랑코 체제가 스페인의 삶에 부여한 천박함을 경멸했지만,

자신이 그 속에서 불편하다고 느끼지는 않았다. 그 독재자에 대해서, 기회가 되면 독재자의 부인에 대해서도, 얼굴이 달아오를 정도로 지나치게 과장된 찬사를 공개적으로 늘어놓는 일도 주저하지 않았다. 사적인 자리에서는 프랑코 부부의 어리석음과 저질스런 취향에 욕설을 퍼붓곤 했다. 자신이 온 힘을 다해 전쟁을 유발시켜 합법적인 공화 체제를 없애 버렸지만, 자신이 꿈꾸던 대로 시인과 르네상스적인 용병 대장이 지배하는 가공할 체제를 세우는 대신, 단지 어릿광대와 야비한 자들과 사이비 신자들로 이루어진 정권을 세웠다는 것을 한탄하지도 않았다. 『창당, 형제애 그리고 운명』이라는 책의 첫 페이지에 친필로 가득 차게 적은 〈난 후회도 않고, 잊지도 않는다〉라는 글귀는 잘 알려져 있다. 그 책은 「아리바」[47]와 「스페인 팔랑헤」에 1930년대에 기고한 팔랑헤 선언과 관련된 전투적인 글들을 모은 책이다. 그 글귀는 1957년 봄에 쓴 것이다. 그 날짜는 하나의 기억을 되살린다. 그 무렵 마드리드에서는 프랑코주의에 대한 내부적인 1차 위기의 여운이 아직 남아 있었다. 그 위기는 예상하지 못했던, 그러나 사실상 불가피했던 두 그룹 사이의 제휴의 결과였다. 그 두 그룹을 산체스 마사스는 아주 잘 알고 있었다. 매일 그들과 함께 생활하고 있었기 때문이다. 한쪽은 젊은 좌파 지식인 그룹인데, 그들의 상당 부분이 바로 팔랑헤 자체에 환멸을 느낀 진영에서 생겨났고, 그 체제를 주도하는 유명한 집안의 자식들

---

[47] Arriba. 〈궐기하라〉라는 뜻. 프랑코 시대 친정부 성향의 일간지.

로 이루어졌다. 그중에는 산체스 마사스의 자식도 둘이나 있었다. 맏아들 미겔은 1956년 학생 봉기의 주동자 중 하나였고 — 그는 그해 2월 투옥되었고, 얼마 지나지 않아 긴 망명을 떠나게 된다 — 라파엘은 산체스 마사스가 가장 총애하는 자식으로 『엘 하라마』라는 소설을 막 출판한 직후였다. 그 소설에는 당시 불만이 많은 젊은이들의 미학적 태도와 고민들이 응집되어 있었다. 다른 한쪽은 소수의 오래된 당원들이었다. — 그들 중에는 디오니시오 리드루에호라는 산체스 마사스의 오랜 친구가 일선에 있었다. 그는 그 전해에 일어난 학생 소요 사태로 인해 산체스 마사스의 아들인 미겔과 다른 학생 주동자들과 함께 구속되기도 했다. 그리고 그는 1957년 바로 그해에 민주 행동 사회당이라고 하는 사회 민주주의 성향의 정당을 세웠다. 초기에 가입한 오래된 팔랑헤 당원들인 그들은 자신들의 정치적인 과거를 잊지 않았지만, 분명히 그 과거를 후회했다. 게다가 어느 정도 결심과 용기를 품고서, 자신들이 힘을 보태 만들어 낸 정권을 무너뜨리기 위해 스스로를 내던지고 있었다. 〈난 후회도 않고, 잊지도 않는다.〉 흔히 충성을 강조하는 자가 배신자가 되듯이, 산체스 마사스가 그런 말을 그 시기에 쓴 것은 바로, 호세 안토니오를 추종하던 몇몇 동지들이 그랬듯이, 이미 산체스 마사스 자신이 후회했기 때문이라고 — 아니면 적어도 부분적으로 후회하고 잊으려 애썼거나 — 아니면 적어도 부분적으로 잊으려 애쓰고 있었기 때문이라고 악의적으로 말하는 사람도 없지 않다. 그런 추측은 매력적이지만 잘못되었다. 산체스 마사스가 그 체제를 내심 경멸하는 태도로 바라보았다는 것 외에는 그 사람의 전기에서 어떤 자료도 그런 추측을 뒷받침해 주지 않는다. 〈각하, 만약 제가 공산주의자들을 증오한다면, 그것은 바로 제가 팔랑헤 당원이 될 수밖에 없도록 했기 때문입니다.〉 언젠가 푹사는 프랑코에게 이렇게 말한 적이 있다. 산체스 마사스는 그런 말을 — 너무 무례하고, 너무 아이러니한 — 결코 발설하지는 않았을 것이다. 더구나 프랑코 장군 앞에서는 말이다. 하지만 의심의 여지 없이 그 말은 자신에게도 해당되는 말이다. 어쩌면 산체스 마사스는 항상 가짜 팔랑헤 당원에 지나지 않았을지도 모른다. 더 완곡하게 말한다면, 팔랑헤 당원이 될 수밖에 없다고 스스로 느꼈기 때문에 팔랑헤 당원이 되었는지도 모른다. 모든 팔랑헤 당원들이 가짜였거나, 어쩔 수 없이 당원이 되었다는 것을 인정한다면 말이다. 왜냐하면 자신들의 이념이 혼돈의 시대에 하나의 다급한 방편 그 이상이라는 것, 즉 자신들의 이념이 뭔가 변화를 주되 실제로는 아무것도 바뀌지 않도록 하기 위해 고안된 수단에 불과한 것이 아니라는 믿음을 결국은 팔랑헤 당원 모두가 가지지 못했기 때문이다. 내가 하고자 하는 말은, 만약에 산체스 마사스가 많은 자신의 동지들처럼, 부르주아적 행복을 꿈꾸는 자기 집단을 포위해 오는 실질적인 위협을 느끼지 않았더라면 그는 결코 천한 정치판에 발을 들여놓지도 않았을 테고, 문명을 구해 내는 책임을 진 한 줌의 용사들이 승리할 때까지 투쟁하도록 부추기는 격정적인 문장을 쓰는 일에 몰두하지도 않았을 것이란 말이다.

산체스 마사스가 자기 집단의 안정과 특권, 계급적 지위를 문명과 동일시하고, 팔랑헤 당원들을 슈펭글러가 말한 소수의 전사들과 동일시했다는 것은 사실이다. 동시에 자신이 그 소수 전사 집단의 일부를 형성시켰다는 자부심을 느끼고 있었다. 어쩌면 계급적 지위와 안정과 특권을 되찾아 놓았으므로 쉴 수 있는 권리도 있다고 느꼈을지도 모른다. 그래서 잊고 싶은 것은 아무것도 없다는 말은 의심이 가고, 전혀 후회하는 것이 없다는 말은 확실히 공감이 간다.

그래서 엄밀하게는 전쟁 이후 기간 동안 산체스 마사스가 정치인이었다고 말할 수 없는 것이다. 계속 더 대담한 인물처럼 보이고자 했던 것 같기는 하다. 마치 푹사가 작가가 아니었는데 그토록 작가로 보이길 원했던 것처럼. 왜냐하면 그 당시 몇 년간 산체스 마사스의 정치적 활동이 줄어드는 만큼 그의 문학적 활동은 확실히 증가했기 때문이다. 전후 20년 동안 장편, 단편, 수필, 각본뿐 아니라 「아리바」, 『라타르데』, 「ABC」에 기고한 수많은 글들이 그의 이름으로 세상에 나왔다. 신문에 기고한 것 중에서 몇 편의 글은 아주 뛰어난데, 그야말로 극도로 세련된 언어의 보석들이다. 그리고 그 당시에 출판한 몇 권의 책은, 예를 들어 『페드리토 데안디아의 새로운 인생』(1951), 『아르벨로아의 물과 다른 문제들』(1956) 같은 책은 그의 작품들 중에서 가장 뛰어나다. 이 모든 것은 확실한 사실이다. 또 확실한 것은 그가 1940년대 중반에서 1950년대 중반 사이에 스페인 문학에서 아주 두드러진 위치를 차지하고 있었음에도 불구하고 그는 결코 문학 경력을 쌓기 위해 신경 쓰지 않았다는 것이다(그것은 정치적 경력을 쌓는 것처럼 그가 보기에 신사들이 할 일이 아니었다). 또한 시간이 흐름에 따라 점점 더 능숙하게 자신을 감추는 세련된 기술을 구사했다. 1955년부터 5년 동안 「ABC」 신문에 실은 글에는 이름 대신 세 개의 별표로 자신을 표시할 정도였다. 게다가 그의 사회생활은 줄기차게 만나는 소수의 친구들에 한정되어 있었다. 이그나시오 아구스티 혹은 마리아노 고메스 산토스처럼 그의 괴팍한 성격을 견뎌 낸 친구들이었다. 그리고 1950년대 초반부터는 빌바오 로터리에 있는 카페 〈코메르시알〉에서 세사르 곤살레스루아노가 주도하는 소모임에 아주 가끔 나갈 뿐이었다. 세사르 곤살레스루아노는 산체스 마사스와 잘 아는 사이였는데, 당시의 산체스 마사스를 〈아주 대단한 문학 애호가이자 문학계의 노신사였고, 둘도 없이 훌륭한 어른으로, 평생 자신의 자질들을 내세울 필요도 없이, 단지 휴가 때 시나 산문을 써보는 분〉으로 보고 있었다. 다시 말하자면, 어쨌든 푹사의 말이 맞았다. 전쟁이 끝나고부터 죽을 때까지, 어쩌면 산체스 마사스는 본질적으로 한 사람의 백만장자에 지나지 않았다. 수백만장자까지는 안 되는 백만장자, 무기력하고 약간 퇴폐적인 사람으로 어느 정도 괴팍한 것들에 — 시계, 식물, 마술, 점성술 — 그리고 그것들에 못지않게 괴팍한 것인 문학에 미친 사람이었다. 코리아 저택에서 프랑스식의 호화로운 생활을 누리며 긴긴 시간을 보내곤 했고, 마드리드의 벨라스케스 호텔과 비소 지역에 있는 별장도 오가면서 살았다. 고양이들과 이태리

산 대리석, 여행 관련 서적, 스페인 그림, 프랑스 판화가 사방에 있고, 프랑스식 벽난로가 압도적인 커다란 응접실, 장미나무로 가득한 정원이 있었다. 정오쯤 일어났고, 점심을 먹은 후에는 저녁 식사 전까지 글을 썼다. 밤에는 ─ 흔히 새벽녘까지 이어졌는데 ─ 독서에 빠졌다. 거의 집에서 나가지 않았다. 담배를 엄청 많이 피웠다. 아마 그 무렵에는 아무것도 믿지 않았을지도 모른다. 어쩌면 자신의 내면 깊숙이에서는 평생 아무것도 믿지 않았을지도 모른다. 자신이 옹호하고 설파한 것들은 더더욱 믿지 않았을 것이다. 정치를 했지만, 속으로는 항상 그것을 경멸했다. 구시대의 가치들 ─ 충성, 용기 ─ 을 찬양했으면서도 배신과 비겁함을 스스로 행했고, 누구 못지않게 팔랑헤의 수사(修辭)를 통해서 그 가치들을 농락했다. 또한 구시대의 제도들 ─ 군주제, 가족, 종교, 조국 ─ 을 찬양했으면서도 스페인에 왕을 옹립하는 데 손가락 하나 까딱하지 않았고, 자기 가족을 모른 체하면서 가족과 자주 떨어져 살았고, 『신곡』의 한 구절을 위해서 가톨릭 종교 전체를 희생시키려 했다. 조국에 관해 말한다면, 어느 누구도 조국이란 무엇인지 모르거나, 아니면 단지 건달 생활이나 나태한 생활을 위한 하나의 핑계에 지나지 않는다. 마지막 몇 년 동안 그를 만난 사람들은 그가 자주 전쟁에서 겪었던 일이나 쿨옐에서의 총살 장면을 회상했다고 기억한다. 〈참 신기하지요, 사형이 집행되는 몇 초 사이에 얼마나 많이 깨닫게 되는지.〉 1959년 한 언론인에게 그렇게 말했다. 하지만 죽음에 임박해서 무엇을 깨달았는지에 대해서는 밝히지 않았다. 어쩌면 단지 생존자에 불과했는지도 모른다. 그래서 삶의 막바지에는 마치 쇠락하는 실패한 위인처럼 자신을 상상하는 것을 즐겼을지도 모른다. 마치 엄청난 일들을 할 수 있었으면서도 아무것도 하지 않은 인물처럼 말이다. 〈나는 내가 받은 기대와 도움에 평범하게밖에 응답하지 못했다.〉 그 무렵 곤살레스루아노에게 그렇게 고백했다. 그리고 그 몇 해 전 나온 『페드리토 데안디아의 새로운 인생』의 한 주인공이 죽어 가며 하는 말은 산체스 마사스를 대신해 말하는 듯하다. 〈나는 이 생에서 아무것도 제대로 하지 못했어.〉 사실, 그런 식이었다. 우수에 차고, 패배하여 미래가 없는, 마치 그가 아주 일찍부터 즐겨 표현하던 식이었다. 1913년 7월 빌바오에서, 겨우 열아홉 살이었던 산체스 마사스는 〈오래된 태양 아래서〉라는 제목으로 세 편의 소네트를 썼는데, 그 마지막 작품은 이렇다.

나의 오랜 방탕 생활과
궁정 시인의 삶이 저물어 갈 때엔
카예타노 교파의 신실한 신부님과
손을 맞잡고 오후를 보내리라.

점점 통풍이 심해지고 더 가톨릭이 되어,
케케묵은 신사가 그렇듯,
나의 무례하고 교만한 재능은
생기가 없고, 우수에 차게 되리라.

그리고 결국 사람들은
나의 유언장에서 궁핍과 부채를 발견하고는
동냥을 받아서 나의 장례식을 치러 주리라.

그리고 운명은 나에게 최후의 모욕으로
자신의 불멸의 월계수를 내게 씌우리라
일종의 「파비오에게 보내는 도덕적 서간문」[48]으로!

  이런 시를 쓴 지 50년 후 산체스 마사스가 자기 인생의 마지막에서 방종한 늙은이였는지 나는 모른다. 하지만 그가 오랜 세월 궁정 시인이었다는 것은 확실하다. 적어도 겉으로 보기에 가톨릭 신자였고, 동시에 케케묵은 신사였다. 항상 무례하고, 거만하고, 생기가 없고, 우수에 차 보이는 재능을 가지고 있었다. 1966년 10월 어느 날 밤, 그는 폐기종으로 죽었다. 그의 장례식에는 사람이 별로 없었다. 돈도 농장도 거의 남기지 않았다. 실패한 작가였다. 그래서 ― 어쩌면 그럴 만한 자격이 되지 않았기 때문에 ― 일종의 「파비오에게 보내는 도덕적 서간문」을 쓰지 않았다. 그는 팔랑헤 작가들 중에서 가장 훌륭한 작가였다. 한 줌의 좋은 시와 한 줌의 좋

---

  48 스페인 군대의 지휘관으로 멕시코에 가서 말년을 궁핍과 외로움 속에 살다 간 안드레스 페르난데스 데안드라데(1575~1648)가 쓴 서간체 시이다. 당시 멕시코시티를 통치하고 있던, 정치적 야심이 많은 알론소 텔요 데 구스만에게 보내는 시로 알려져 있다. 세네카와 호라시우스풍의 이 서간체 시에서 저자는 세속적 욕망을 단념하고, 참된 가치와 마음의 평정을 찾으라고 권고하고 있다.

은 산문을 남겼는데, 여느 작가들이 소망할 수 있는 것보다 훨씬 더 많으나 그의 재능이 요구하는 것보다는 훨씬 적다. 그의 재능은 언제나 그의 작품보다 위에 있었다. 안드레스 트라피에요의 말에 따르면, 다른 수많은 팔랑헤 작가들처럼, 산체스 마사스는 전쟁에서 이기고 문학사에서는 패배했다. 그 표현은 뛰어나다. 그리고 부분적으로는 맞는 말이다. 왜냐하면 산체스 마사스는 잊힘으로써 야만적인 대학살에 대한 자신의 야만적 책임을 졌다. 하지만 전쟁에 이기자 산체스 마사스는 작가로서의 자신을 상실했다는 것도 사실이다. 마침내 낭만주의자가 되어, 어쩌면 모든 승리는 경멸스러운 것으로 오염되어 있다고 마음속 깊이 판단하고 있었는지도 모른다. 그리고 천국에 도달했을 때 — 비록 그것이 여가와 화려함과 사치로 이루어진 허망한 부르주아의 천국이자, 구시대의 특권과 계급과 안전성을 군색하게 모방한 천국으로 그의 말년에 건설되었지만 — 그가 남모르게 알게 된 첫 번째 사실은 그곳에서 살 수는 있으나 글을 쓸 수는 없다는 것이었다. 왜냐하면 글 쓰는 것과 편안한 삶은 함께할 수 없기 때문이다. 오늘날 그를 기억하는 사람은 별로 없다. 어쩌면 그건 당연하다. 빌바오에는 그의 이름을 붙인 골목이 하나 있다.

제3부
스톡턴에서의 만남

신문사에서 허락해 준 시간이 다 지나기 훨씬 전에 나는 『살라미나의 병사들』을 완성했다. 일주일에 두세 번 콘치와 만나 함께 저녁을 먹는 일을 제외하고는 그 기간 동안 거의 아무도 만나지 않았다. 왜냐하면 밤낮으로 방에 틀어박혀 컴퓨터 앞에 앉아 있었기 때문이다. 집요하게 써나갔다. 그런 추진력과 지구력이 내게 있는지 몰랐었다. 게다가 목적이 아주 뚜렷한 것도 아니었다. 목적이라야 겉보기에는 사소한 일화 같은 사건이지만 어쩌면 그의 일생에서 본질적인 사건, 즉 쿨옐에서 그를 빗나간 총살 사건에 초점을 맞추어 산체스 마사스에 대한 전기를 쓰는 것이었다. 그리고 그 전기를 통해 그 인물에 대한 평가를 제기하고, 나아가 팔랑헤주의의 본성, 아니 더 정확히 말해서 팔랑헤당을 세운 소수의 박식하고 교양 있는 사람들로 하여금 나라를 미친 듯한 피의 축제에 내몰도록 유도한 동기에 대한 평가를 제기하고자 했다. 당연히 나는 책 내용이 진척되어 감에 따라 이 구상이 바뀌리라 생각했다. 왜냐하면 책이란 항상 스스로의 생명을 획득해 나가게 마련이고, 글 쓰는 사람은 쓰고 싶은 것을 쓰는 것이 아니라, 쓸 수 있는 것을 쓰기 때문이다. 또 시간이 흐르면서, 비록 산체스 마사스에 대해 내가 확인한 것들이 내 책의 핵심을 이루겠지만, 어느 순간에 이르러서는 그런 기초적인 것들을 제거해야 하리라 예상했다. 사실 이 점이 내 마음을 편하게 했는데, 왜냐하면 ― 작가가 쓰는 것이 진짜 흥미를 끌게 되면 ― 작가는 결코 자기가 아는 것을 쓰지 않고, 바로 자기가 모르는 것을 쓰기 때문이다.

이러한 두 가지 예상은 어느 것도 빗나가지 않았다. 하지만 내게 주어진 시간이 한 달 남은 2월 중순, 이미 책은 완성되어 있었다. 감격에 벅차서 읽고 또 읽었다. 두 번째로 다시 읽으면서 감격은 실망으로 바뀌었다. 책이 나쁜 것은 아니었다. 불충분했다. 완벽한 기계적 구조를 가지고 있으면서도 뭔가 한 가지 부품이 부족해서 원했던 기능을 해낼 수 없는 식이었다. 나는 근본적인 수정을 가했고, 처음과 끝을 다시 썼다. 여러 일화들을 다시 썼다. 어떤 일화들은 위치를 바꾸었다. 하지만 그 부족한 부품은 나타나지 않았다. 작품은 여전히 절름발이로 남아 있었다.

난 작품을 포기했다. 그 결정을 내린 날 콘치를 만나 저녁을 먹었다. 아마 내가 심상치 않게 보였던지 무슨 일이 있느냐고 물었다. 나는 그 일에 대해서 말하고 싶지 않았다(사실 입을 열기조차 싫었다. 물론 저녁 먹으러 나가기도 싫었다). 하지만 결국 그 이유를 설명해 주고 말았다.

「꼴좋다!」 콘치가 말했다. 「애당초 내가 그런 형편없는 인간에 대해서는 쓰지 말라고 했잖아. 그런 인간하고 관련된 건 다 재수가 없다니까. 이제 할 일은 그 책은 잊어버리고 다른 걸 시작하는 거야. 가르시아 로르카에 대한 책은 어때?」

나는 그 뒤 2주 동안을 소파에 앉아 꺼진 텔레비전을 마주하고 보냈다. 내 기억으로는 아무것도 생각하고 있지 않았다. 아버지에 대한 생각도, 첫 아내에 대한 생각도 하지 않았다. 콘치는 매일 내 집에 왔다. 집을 좀 정리하고, 음식을 준비하고, 내가 이미 침대에 들었을 땐 그냥 갔다. 난 거의 울지 않았지만, 매일 밤 10시쯤 콘치가 여자 무당 옷을 입고 출연한 자신을 보려고 텔레비전을 켜고는 지역 방송에 나오는 자기 프로그램에 대해서 언급할 때는 울지 않을 수 없었다.

비록 허락받은 휴가도 덜 끝났고, 완전히 정상적인 몸 상태는 아니지만 신문사의 업무로 돌아가야 한다고 날 설득한 것도 콘치였다. 지난번에 비해 이번 외도는 더 짧아서 그랬는지, 아니면 내 몰골이 사람들에게 빈정거림보다는 동정을 유발했기 때문인지 이번엔 아무 성과도 없이 복귀한 것에 따른 모욕은 덜했다. 그리고 편집부에서 빈정거리는 말들도 없었고, 아무도 입도 뻥긋하지 않았다. 부장조차도 아무 말이 없었다. 게다가 부장은 모퉁이 카페에서 커피를 사오라고 시키지도 않았고(그 일은 내가 각오하고 복귀한 것인데) 허드렛일로 나를 응징하지도 않았다. 반대였다. 마치 내가 좀 기분 전환이 필요하다는 것을 알기라도 한 듯, 나에게 문화부를 그만두고 그 지방에서 태어나지는 않았어도 지금은 그 지방에 사는 어느 정도 저명한 사람들을 거의 매일 연속적으로 인터뷰하는 데 전념하는 것이 어떠냐고 제안했다. 그래서 나는 여러 달 동안 기업인, 배우, 운동선수, 시인, 정치인, 외교관, 소송꾼, 건달 등을 인터뷰했다.

초기에 인터뷰한 사람 중에는 로베르토 볼라뇨도 있었다. 볼라뇨는 칠레 출신의 작가였는데, 오래전부터 블라네스에 살고 있었다. 그 해안가 마을은 바르셀로나와 헤로나 사이의 국경 마을이다. 47세였다. 등 뒤로는 상당한 수의 장서들이 있고, 히피 잡상인 같은 아주 개성 있는 분위기로, 유럽에 망명 와 있는 자기 세대의 수많은 라틴 아메리카 사람들에게 골칫거리로 여겨질 법한 사람이었다. 내가 그를 방문하기 바로 전 중요한 문학상을 수상했고, 받은 상금으로 블라네스 시내의 카레 암플라 거리에 있는 현대식 아파트를 하나 사서, 부인과 아들 하나와 함께 살고 있었다. 그날 아침 그곳에서 나를 맞이했고, 서로 제대로 인사도 나누기 전에 내게 다짜고짜 물었다.

「이봐요, 하비에르 세르카스 씨 아니세요? 『동인(動因)』과 『임차인』의 작가 말이에요?」

『동인』과 『임차인』은 내가 이전에 출판한 단 두 권의 책이었다. 10년도 더 넘은 일이라 그 당시 몇몇 친구를 제외하면 아는 사람은 아무도 없었다. 어리둥절하고 믿기 어려운 상태에서 나는 그렇다고 했다.

「그 책들을 봤습니다. 아마 제가 샀을 겁니다.」

「아, 당신이었습니까?」

농담에 반응이 없었다.

「잠깐만 기다리세요.」

그는 좁은 통로로 사라졌다가 이내 돌아왔다.

「여기 있습니다.」 그는 의기양양하게 내 책을 흔들었다.

나는 책 두 권을 훑어보았다. 읽은 흔적을 발견할 수 있었다. 슬픈 표정으로 내가 언급했다.

「이것들을 읽으셨군요.」

「그럼요.」 볼라뇨 씨의 얼굴에 미소가 비치는 듯했다. 그는 웃는 사람이 아니었지만, 그렇다고 언제나 진지하게 말하는 것 같지도 않았다. 「전 길거리에서 줍는 종이까지도 다 읽지요.」

이번에 웃은 사람은 나였다.

「이것들은 아주 오래전에 썼습니다.」

「변명할 필요 없습니다. 전 재미있었어요. 아니 적어도 재미있었다는 기억이 나요.」

날 놀리고 있다고 생각했다. 나는 시선을 책에서 들어 그 사람의 눈을 쳐다보았다. 놀리고 있지 않았다. 내가 질문하는 소리가 내 귀에 들렸다.

「정말요?」

볼라뇨 씨는 담배에 불을 붙였고, 잠시 생각하는 것처럼 보였다.

「첫 작품은 아주 잘은 기억하지 못합니다.」 마침내 인정했다. 「아주 괜찮은 단편이 있었던 걸로 기억해요. 창녀의 아들이 어떤 불쌍한 사내를 범죄에 끌어들이면서 소설이 끝나죠? 맞나요?」 내가 동의해 줄 시간도 주지 않고 그가 덧붙였다. 「『임차인』은 정말 감칠맛 나는 짧은 소설이었어요.」

볼라뇨 씨가 그 의견을 너무나 자연스럽게 확신에 차서 말한 나머지, 나는 내 책들이 예전에 받은 아주 소수의 찬사들이 예의와 동정의 결실이라는 것을 불현듯 알게 되었다. 나는 말문이 막혔다. 그 칠레 사람을 와락 껴안고 싶은 충동이 엄습해 왔다. 목소리가 작고, 곱슬머리에, 지저분하고, 면도도 제대로 하지 않은, 그 방금 알게 된 사내를 말이다.

「자, 그럼 인터뷰를 시작해 볼까요?」

우리는 시장과 방파제 사이에 있는 항구의 한 바에 들어가 창가에 자리를 잡고 앉았다. 그 창을 넘어 갈매기들이 장엄하게 가르는 싸늘한 황금빛 아침 공기를 통해 블라네스 만(彎) 전체가 바라보였다. 우선 눈앞에 한가하게 정박하고 있는 고깃배들로 가득한 내항이 보이고, 저 멀리 라팔로메라 언덕이 눈에 들어왔는데, 그곳이 바로 브라바 해안의 지리적 국경이었다. 볼라뇨 씨는 차와 토스트를, 나는 커피와 물을 주문했다. 우린 대화를 나누었다. 볼라뇨 씨는 지금 자기는 여러 가지 상황이 좋다고 말했다. 자기 책으로 수입이 생기기 시작했다는 것이다. 하지만 최근 20년 동안 거지보다 더 가난했었다고 말했다. 아주 어릴 때 학교를 그만두었다. 그리고 닥치는 대로 온갖 일을 했다(비록 글 쓰는 것 외에 일다운 일은 한 적이 없었지만). 아옌데 시절 칠레에서 혁명에 동참했고, 피노체트 시절에는 감옥에 있었다. 멕시코와 프랑스에서 살았다. 전 세계를 돌아다녔다. 몇 해 전에는 아주 위험한 수술을 받았는데, 그 후로는 블라네스에서 은둔자처럼 글을 쓰는 것 외에 몸에 무리가 가는 일은 일체 하지 않고 가족들하고만 지내면서 아무도 만나지 않는다고 했다. 공교롭게도 볼라뇨 씨를 인터뷰하던 그날 피노체트는 런던에서 막 칠레로 돌아갔고, 지지자들로부터 영웅처럼 환대를 받았다. 스페인으로 송환되어 그가 행한 범죄에 대해 재판을 받을 수도 있는 상황에서 런던에 2년간 머문 뒤였다. 우리는 피노체트의 귀국과 피노체트의 독재와 칠레에 대해 이야기를 나누었다. 당연히 그에게 아옌데의 몰락과 피노체트의 쿠데타와 관련된 개인적 경험에 대해서 물었다. 당연히 그는 아주 따분하다는 표정으로 나를 쳐다보았다. 그리고 말했다.

「막스 형제들 영화 같았죠. 단지 죽은 사람들이 있었다는 거. 그건 정말이지 상상하기 힘든 난장판이었어요.」

그는 차를 입으로 후후 불며 한 모금 마시고 나서 다시 찻잔을 접시 위에 내려놓았다. 「이봐요, 내가 솔직하게 얘기하죠. 수년 동안 기회 있을 때마다 난 아옌데를 욕했어요. 모든 잘못이 그 사람한테 있다고 생각했지요. 우리한테 무기를 주지 않았으니까요. 하지만 지금은 그런 얘기를 한 내 자신을 욕합니다. 기가 막히게도, 그 인간은 우릴 자기 자식처럼 생각한 겁니다. 이해하시겠습니까? 우리가 살해되길 원하지 않았던 거지요. 만약 우리에게 무기를 주었더라면 우린 파리 목숨이었을 겁니다.」 다시 잔을 잡으면서 말을 마쳤다. 「결국 아옌데는 영웅이었다고 나는 생각합니다.」

「그럼 영웅이란 뭡니까?」

그 질문에 당황해하는 것처럼 보였다. 마치 한 번도 그런 질문을 받아 본 적이 없었던 것처럼. 아니, 어쩌면 늘 그 질문을 자신에게 해오고 있었던 것처럼. 그는 잔을 든 채 언뜻 내 눈을 쳐다보았다. 그리고 다시 시선을 항만으로 돌리더니 잠시 생각에 잠겼다. 그러고 나서 어깨를 들썩했다.

「모르겠네요.」 그는 말을 이었다. 「자신을 영웅이라고 믿고 그렇게 잘 해내는 사람. 아니면 선(善)에 관하여 용기와 본능을 가지고 있어서 결코 실수하지 않는, 아니 적어도 실수해서는 안 되는 유일한 순간에 실수하지 않기에 영웅이 아닐 수 없는 사람. 혹은 아옌데처럼 영웅은 사람을 죽이는 자가 아니라 죽이지 않는 자, 죽이도록 내버려 두지 않는 자라는 것을 깨달은 사람. 모르겠네요. 당신이 보기에 영웅은 어떤 사람입니까?」

그 무렵 나는 『살라미나의 병사들』에 대해서 생각해 보지 않은 지 거의 한 달이 되어 가고 있었다. 하지만 그 순간 산체스 마사스를 떠올리지 않을 수 없었다. 그 사람은 결코 사람을 죽이지 않았다. 그리고 어느 순간, 현실이 그 사람에게 선에 대한 용기와 본능이 부족하다는 것을 보여 주기 전에는 어쩌면 스스로 영웅이라고 믿었을지도 모른다. 내가 말했다.

「모르겠는데요. 존 르카레에 따르면, 영웅의 기질을 가져야만 기품 있는 사람이 될 수 있다죠.」

「그래요. 하지만 기품 있는 사람과 영웅은 같지 않죠.」 볼라뇨 씨는 즉각 반박했다. 「기품 있는 사람은 많아요. 필요할 때 〈아니오〉라고 말할 수 있는 사람이죠. 영웅은 반대로 아주 적습니다. 사실, 내가 보기에 영웅의 행동에는 거의 언제나 뭔가 맹목적이고, 비이성적이고, 본능적인 것이 있습니다. 뭔가 자기 본성 속에 있는 것으로부터 벗어나지 못하지요. 게다가 사람은 평생토록 기품 있는 사람이 될 수는 있으나, 지속적으로 숭고한 사람이 될 수는 없습니다. 그러니까 영웅은 단지 예외적으로 어느 한 순간만 영웅인 것입니다. 아니면 고작해야 광기와 영감을 지니는 일정한 기간 동안에만요. 아옌데가 바로 그랬어요. 마가야네스 라디오 방송을 통해 연설하면서 라모네다 대통령 궁의 어느 구석 바닥에 엎드려 있었죠. 한 손에는 기관 단총을, 한 손에는 마이크를 들고서요. 마치 술에 취한 사람처럼, 아니면 이미 죽은 사람처럼, 자기가 무슨 말을 하는지도 잘 의식하지 못한 채, 제가 지금까지 들어 본 것 중에 가장 맑고 숭고한 말들을 쏟아 냈어요. ……아, 또 다른 이야기가 생각나네요. 얼마 전 마드리드에서 일어난 일이지요. 신문에서 읽었습니다. 한 청년이 시내 어느 도로를 걸어가고 있었습니다. 그러다 갑자기 화염에 휩싸인 집을 보게 되었죠. 어느 누구에게도 도움을 요청하지 않은 채 그 집으로 뛰어들었고, 한 여인을 팔에 안고 나왔습니다. 그 집으로 다시 들어가 이번에는 한 남자를 꺼내 왔죠. 그러고 나서 또 들어가 다른 여자를 한 명 데리고 나왔습니다. 불은 점점 커져 갔고, 그 상황에서는 소방 대원조차 들어갈 엄두를 내지 못했습니다. 들어간다는 것은 곧 자살 행위였어요. 그렇지만 청년은 그 집 안에 다른 사람이 아직 남아 있다는 것을 알고 있었겠지요. 또다시 들어갔으니까요.

물론 다시 나오지 못했지요.」 볼라뇨 씨는 말을 멈추었다. 손가락으로 안경테가 눈썹에 살짝 닿을 때까지 밀어 올렸다. 「끔찍하죠. 안 그렇습니까? 난 그 청년이 동정심이나 자비심으로 그렇게 행동했다고 보진 않습니다. 일종의 본능으로 행동하고 있었다고 봅니다. 맹목적 본능이 그를 압도했고, 그 본능 앞에 자신도 어떻게 할 수 없었지요. 본능이 그 청년을 대신해 한 겁니다. 당연히 그 청년을 기품 있는 사람이라고 할 수 있겠지요. 그걸 부정하는 것이 아닙니다. 하지만 그렇지 않았을 수도 있는 겁니다. 물론 그 친구는 흠잡을 데도 없었지요. 이거 기가 막혀서, 하비에르 씨, 그 자식이 일종의 영웅이었다는 겁니다.」

볼라뇨 씨와 나는 나머지 아침나절 동안 그 사람의 책과 그 사람이 좋아하는 작가들 — 좋아하는 작가가 많았다 — 과 싫어하는 작가들 — 더 많았다 — 에 대해 이야기를 나누었다. 볼라뇨 씨는 이상하게도 그 모든 작가들에 대해 담담하게 말했다. 처음엔 무척 재미있었지만 나중에는 듣기가 아주 거북했다. 나는 인터뷰를 서둘러 마무리했다. 델마르 대로에서 막 작별 인사를 나누려는 순간 그 사람은 자기 집에서 아내와 아들과 함께 점심을 같이 하자고 제안했다. 나는 거짓말을 했다. 신문사에서 기다리고 있기 때문에 그럴 수 없다고. 그러자 다른 날 자기 집에 다시 한 번 들러 달라고 요청을 했다. 난 다시 거짓말을 했다. 곧 다시 방문하겠다고.

일주일 후, 그 인터뷰 기사가 나가자 볼라뇨 씨는 신문사로 내게 전화를 했다. 기사가 아주 마음에 들었다고 했다. 그리고 물었다.

「영웅들에 대한 그 모든 얘기가 제가 한 말이 정말 맞나요?」

「한마디도 고치지 않았습니다.」 난 대답했다. 불현듯 의심이 들었다. 그 사람이 처음에 한 칭찬은 단지 곧 이어질 비난들의 서곡이고, 볼라뇨 씨는 자신의 실언들을 기자들의 악의나 실수 혹은 경솔함 탓으로 돌리는 그런 험담가에 속할지도 모른다는 추측을 했던 것이다. 「제가 다 녹음해 두었습니다.」

「미치겠네. 사실 너무 내용이 좋아서요.」 그는 나를 안심시켰다. 「실은 다른 일로 전화를 드렸습니다. 내일 영주권을 갱신하러 헤로나에 갈 예정입니다. 정말 짜증 나는 일이죠. 오래 걸리지는 않을 겁니다. 같이 점심이나 하시면 어떨까요?」

난 그 전화나 제안을 생각지도 못했다. 그리고 선약이 있다고 핑계를 대는 것보다는 제안을 받아들이는 것이 더 쉬운 일 같아서 그러자고 했다. 다음 날 비스트로에 도착했을 때 볼라뇨 씨는 이미 한 식탁에 앉아 코카콜라 라이트를 손에 들고 있었다.

「이 근방에 와본 지도 벌써 20년이 넘었네요.」 볼라뇨 씨가 말을 꺼냈다. 그 전날 전화로 말하길, 그 도시에 머무르던 시절에 비스트로 근처에서 살았다고 했다. 「그런데 눈곱만큼도 변한 것이 없군요.」

주문을 하고 나서(그는 샐러드와 비프스테이크 철판구이를, 나는 조개찜과 토끼 요리를 시켰다) 볼라뇨 씨는 다시 그 인터뷰 기사를 칭찬했다. 카포테 씨와 메일러 씨의 인터뷰 기사도 언급했다. 그러더니 갑자기 무슨 작품을 쓰고 있느냐고 물었다. 글을 쓰지 않고 있는 작가에게 요즘 어떤 것을 쓰고 있느냐는 질문처럼 신경을 거스르는 것은 없기에, 나는 약간 심기가 불편해져서 대답했다.

「아니요.」 그리고 모든 사람들에게 그렇듯 볼라뇨 씨한테도 신문에 글을 쓰는 것은 글 쓰는 것이 아닌가 하는 생각이 들어 나는 덧붙였다. 「저는 이제 소설은 쓰지 않습니다.」 나는 콘치를 떠올리며 말했다. 「전 상상력이 없다는 것을 확인했죠.」

「소설을 쓰기 위해서는 상상력이 필요 없습니다.」 볼라뇨 씨가 말했다. 「단지 기억이 필요합니다. 소설은 기억을 조합하면서 쓰이지요.」

「그렇다면 전 기억하는 것이 하나도 없습니다.」 기발한 척하면서 설명을 했다. 「지금 저는 신문 기자입니다. 말하자면 행동가죠.」

「그게 아닌데요.」 볼라뇨 씨가 말했다. 「행동가는 곧 작가가 되려다 좌절한 사람이지요. 만약 돈키호테가 기사도와 관련된 책을 한 권이라도 썼더라면 결코 돈키호테가 되질 못했을 겁니다. 저 또한 글 쓰는 것을 배우지 못했더라면 지금쯤 FARC[49]와 함께 총이나 쏘고 있겠지요. 게다가 진정한 작가에겐 결코 작가라는 신분이 사라지지 않습니다. 비록 글을 쓰지 않는다 해도 말입니다.」

「무엇 때문에 제가 진정한 작가라고 생각하시죠?」

---

49 Fuerzas Armadas Revolucionnarias de Colombia. 콜롬비아의 반정부 혁명군.

「책다운 책을 두 권 쓰셨잖아요.」

「젊은 객기지요.」

「신문은 안 치나요?」

「치지요. 하지만 즐거움을 위해 신문에 글을 쓰지는 않습니다. 단지 생계 수단이지요. 게다가 신문 기자와 작가는 같지 않고요.」

「그 말은 일리가 있습니다.」 그가 인정했다. 「좋은 신문 기자는 항상 좋은 작가입니다. 하지만 좋은 작가가 좋은 신문 기자인 경우는 거의 없죠.」

나는 웃었다.

「기발하지만 틀린 말씀입니다.」 내가 말했다.

점심을 먹으면서 볼라뇨 씨는 헤로나에서 살던 시절에 관해 얘기했다. 그 도시에 있는 주제프 트루에타라는 병원에서 보낸 끔찍한 2월의 어느 날 밤에 대해 아주 자세하게 들려주었다. 그날 아침 췌장염이라는 진단이 내려졌다. 마침내 의사가 입원실에 나타났을 때, 그는 어떤 대답이 나올지 알면서도, 죽게 되는 거냐고 물었다. 의사는 볼라뇨의 한쪽 팔을 어루만지면서, 항상 사람들이 거짓말을 할 때면 나오는 목소리로 아니라고 대답했다. 그날 밤 잠이 들기 전에 볼라뇨는 한없이 슬펐다. 자신이 죽게 되어서가 아니라, 자신이 쓰려고 했던 책들을 이제 영원히 쓰지 못하게 되었기 때문이었다. 이미 죽은 친구들, 자기 세대의 모든 라틴아메리카 젊은이들 — 패배가 뻔한 전쟁에서 죽은 병사들 — 때문이었다. 그 젊은이들을 자기 소설에서 부활시키려는 소망을 늘 가지고 있었던 것이다. 하지만 이제 그들은 자신처럼 영원히 죽은 자로 남게 되리라. 마치 전혀 존재하지도 않았던 것처럼 말이다. 그리고 잠이 들었다. 밤새도록 링 위에서 웃고 있는 거구의 동양 스모 선수와 싸우는 꿈을 꾸었다. 어떻게 싸울 도리가 없었다. 하지만 밤새도록 계속 싸웠다. 그러다 잠이 깼고, 아무도 그에게 말해 주는 사람은 없었지만, 지금껏 경험해 보지 못한 초인적인 기쁨을 느끼면서 죽지 않을 거라는 걸 알았다.

「하지만 가끔은 아직 잠에서 깨어나지 않았다는 생각이 듭니다.」 볼라뇨 씨가 냅킨으로 입을 닦으며 말했다. 「가끔은 아직 트루에타 병원 침대에 있다는 생각을 해요. 그 스모 선수와 싸우면서 말이죠. 근래 몇 해 동안 겪은 것들을(제 아들, 아내, 쓴 소설들, 조금 전 언급한 죽은 친구들) 꿈꾸고 있는 것이고, 어느 순간에는 깨어나 링 바닥에 누워 있을 거라는 생각이 들죠. 죽음처럼 웃고 있는 그 한없이 뚱뚱한 동양인에 의해 살해된 채 말입니다.」

점심을 먹은 뒤 볼라뇨 씨는 같이 시내를 한 바퀴 돌자고 했다. 그와 동행했다. 구도심을 지나 람블라 거리, 카탈루냐 광장, 시장으로 걸어갔다. 날이 저물 무렵에는 역에서 아주 가까운 카를레마니 호텔 바로 가서 기차 시간을 기다리며 커피를 마셨다. 바로 그곳에서, 찻잔과 진 토닉 잔을 사이에 두고, 그는 미라예스의 이야기를 내게 해주었다. 무슨 이유로, 어떻게 그 이야기에 이르렀는지 기억이 나질 않는다. 기억나는 것은 볼라뇨 씨가 시종일관 열심히, 환희에 차서 진지하게, 자신의 군사적·역사적 해박함을 이야기 속에 담아냈다는 것이다. 그 해박함은 나를 압도했는데, 다 맞는 것은 아니었다. 그 뒤에 내전과 제2차 세계 대전에 동원된 군사 작전에 관한 여러 책들을 찾아보았는데, 몇몇 날짜와 이름, 상황들은 볼라뇨 씨의 상상력이나 기억에 의해 변경되어 있었다. 하지만 그 이야기는 그럴듯했을 뿐 아니라 대부분의 세부 사항들은 역사적 사실에 충실했다.

볼라뇨 씨가 바꾼 몇 가지 사실과 날짜를 수정하면 그 이야기는 다음과 같다.

볼라뇨는 미라예스를 1978년 여름에 카스텔데펠스에 있는 에스트레야 데마르 캠핑장에서 알게 되었다. 에스트레야 데마르는 캠핑카들을 위한 곳인데, 그곳에는 매년 여름 주로 유럽의 프롤레타리아층에 속하는 떠돌이들이 몰려왔다. 프랑스인, 영국인, 독일인, 네덜란드인, 그리고 몇몇 스페인 사람들이었다. 그곳에서 보내는 기간 동안 그 사람들은 아주 행복해했다고 볼라뇨는 기억하고 있었다. 물론 자신도 행복했었다고 한다. 그 캠핑장에서 1978년에서 1981년까지 네 번의 여름 동안 일을 했다. 가끔은 겨울 주말에도 일을 했다. 쓰레기 치우는 일, 야간 순찰 등 닥치는 대로 했다.

「제겐 박사 과정과 다름없었어요.」 볼라뇨 씨가 자신 있게 말했다. 「별의별 사람을 다 만났지요. 사실, 제 인생에서 거기에서만큼 그렇게 많은 일을 한꺼번에 배운 적이 없어요.」

미라예스는 매년 8월 초순에 도착했다. 볼라뇨는 캠핑카 운전대에 앉아 있는 그의 모습을 떠올렸다. 독특한 웃음, 해진 모자, 불상같이 튀어나온 배, 요란하게 인사를 하고 캠핑 사무실에서 등록을 한 뒤 지정된 장소에 즉시 자리를 잡던 그를 기억했다. 그 순간부터 미라예스는 한 달 내내 수영복과 고무 슬리퍼 외에는 아무것도 걸치지 않았다. 하루 종일 거의 반나체로 다녔기에 즉시 시선을 끌 수밖에 없었다. 그의 몸은 온갖 흉터의 전시장이었기 때문이다. 사실 왼쪽 옆모습을 보자면, 복숭아뼈에서부터 왼쪽 눈까지 — 그 눈으론 여전히 볼 수는 있었는데 — 완전히 흉터밖에 없었다. 미라예스는 카탈루냐 사람이었다. 바르셀로나가 아니면 그 주변 출신이었다. 사바델이거나 아니면 테라사. 어쨌거나 볼라뇨는 미라예스가 카탈루냐어로 말하는 걸 들었다. 하지만 당시 이미 수십 년째 프랑스에서 살고 있었고, 볼라뇨에 의하면 그는 완전히 프랑스인이 되어 있었다. 상처 줄 정도로 빈정대는 투로 말하기 일쑤였고 먹고 마시는 데 일가견이 있는데다 좋은 포도주라면 사족을 못 썼다. 밤에는 여름마다 만나는 친구들과 바에 모였다. 볼라뇨는 야간 순찰자 자격으로 자주 그런 밤 모임에 동참을 했는데, 늦게까지 이어지기 일쑤였다. 볼라뇨는 미라예스가 자주 취하는 것을 보았는데, 결코 도전적이거나 호전적으로 변하지도, 감상에 빠지지도 않았다. 그런 밤이면 마지막에 누군가가 미라예스를 그의 캠핑카까지 바래다주어야 했다. 혼자서는 움직일 수 없을 정도였기 때문이다. 볼라뇨가 그 일을 수없이 했다. 때로는 바에서 단둘이서만 밤늦게까지 마시기도 했다. 왜냐하면 이미 다른 친구들은 다 취해서 돌아갔고, 미라예스에게 그 밤은 길고도 외로웠기 때문이다(그 점에 대해 다른 친구들 앞에서 얘기하는 것을 결코 본 적이 없다). 그때 미라예스는 자기의 전쟁 이력을 얘기하고 또 얘기하곤 했다. 자랑도 긍지도 없이, 나중에 배운 프랑스어로 빈정거리면서, 마치 자기 이야기가 아니라 다른 사람의 이야기인 양, 잘은 모르지만 어렴풋이 존경하는 그런 사람의 이야기인 것처럼 말했다. 그래서 볼라뇨는 아주 정확하게 기억하고 있었다. 1936년 가을, 스페인에서 내전이 일어나고 몇 달 지나지 않아 미라예스는 겨우 열여덟 살의 나이로 징집되었다. 그리고 1937년 초, 긴급 군사 훈련을 받고 엔리케 리스테르가 지휘하는 공화군의 제1혼합 보병 여단에 편성되었다. 이미 반파시스트 노동자 의용군 대장과 제5연대장을 거친 엔리케 리스테르는 그 무렵 하나의 살아 있는 전설이었다. 제5연대는 막 해체된 상태였고, 미라예스가 속한 보병 부대의 동료들 대부분은 몇 달 전인 11월에만 해도 마드리드의 관문에서 프랑코 부대를 저지하기 위해 결사적으로 싸웠는데, 이제는 서로 적이 되어 다투었다. 전쟁 전에 미라예스는 선반공 견습생이었다. 정치는 전혀 몰랐다. 부모들은 아주 어렵게 사는 사람들이었는데, 정치 얘기를 꺼낸 적이 없었다. 그의 친구들도 마찬가지였다. 그렇지만 그는 전선에 서는 순간 공산주의자가 되었다. 자신의 동료들과 상관들이 공산주의자이고, 리스테르가 공산주의자라는 사실이 분명히 영향을 미쳤다. 어쩌면 그것보다는, 떳떳하게 맞서 전쟁에서 이기려는 의지가 있는 것은 공산주의자들밖에 없다는 확신이 갑자기 들어서 공산주의자가 되었을 것이다.

「조금 분별력이 부족한 사람이었던 것 같아.」 전쟁 내내 리스테르의 명령에 따랐던 미라예스가 리스테르에 대해 그렇게 이야기했던 것을 볼라뇨는 기억했다. 「하지만 자기 부하들을 무척 아꼈고, 아주 용감했고, 스페인적인 사람이었어. 사나이 중에 사나이였지.」

「한없이 투박한 스페인 사람이었죠.」 볼라뇨는 그렇게 말하면서, 시인 세사르 바예호의 표현을 인용한 것이라고 미라예스에게 말하지는 않았다. 그 무렵 볼라뇨는 그 시인에 관해 조잡한 소설을 쓰고 있었다.

미라예스는 웃었다.

「정확한 표현이야.」 그는 동조했다. 「그 뒤에도 난 리스테르에 대해서 많이 읽었어. 사실 다 비난하는 글이지. 대부분은 틀린 것들이야, 내가 그 사람을 아는 한에 있어서는. 리스테르가 많은 부분 실수를 하긴 했지만, 또 많은 부분에서 옳았다고 생각해. 안 그래?」

전쟁 초기 며칠 동안 미라예스는 무정부주의자들에게 동정심을 느꼈다. 그들의 헷갈리는 사상이나 혁명적 열정 때문이라기보다는, 파시즘에 대항해 싸우기 위해 맨 먼저 거리로 뛰쳐나온 사람들이었기 때문이다. 그렇지만 전투가 진행되고, 무정부주의자들이 후방에서 혼란을 책동하자 그 동정심은 사라졌다. 대부분의 공산주의자들처럼 — 의심의 여지 없이 이 또한 미라예스가 공산주의자들과 가까워지게 된 이유인데 — 미라예스는 우선 전쟁에 이기는 것이 급선무라고 이해했다. 그러고 나야 혁명을 할 시간이 있을 터였다. 그래서 1937년 여름, 그가 소속된 11사단이 리스테르의 명령에 따라 아라곤에 있는 무정부주의자 집단들을 섬멸했을 때, 미라예스가 보기에 그 작전은 잔인했지만 정당하지 못했던 것은 아니었다. 그다음에는 벨치테, 테루엘, 에브로에서 전투를 했다. 제일선이 무너졌을 때 미라예스는 카탈루냐 지역으로 부대와 함께 후퇴를 했고, 1939년 2월 초, 다른 45만 명의 스페인 사람들과 함께 프랑스 국경을 넘었다. 전쟁의 마지막 날들이었다. 국경 너머에는 아르젤레 수용소가 그를 기다리고 있었다. 사실은 아무것도 없는 넓은 해변이었다. 이중의 철조망으로 둘러쳐져 있을 뿐 천막도 없었고, 2월의 사나운 추위를 피하게 해줄 그 무엇도 찾을 수 없었다. 불결하기 짝이 없는 그 비인간적 조건 속에서 여자와 노인, 아이들은 눈과 서리가 곳곳에 보이는 모래 위에서 잠을 자고, 남자들은 환각적으로 짓눌러 오는 절망의 무게와 패배에 따른 원한을 지닌 채 서성거렸다. 그렇게 8만 명의 스페인 피난민들이 지옥이 끝나길 기다리고 있었다. 「그곳을 수용소라고 불렀지.」 미라예스는 그렇게 말하곤 했다. 「하지만 사람이 죽어 나가는 곳일 뿐이었어.」

사정이 그러했기에 아르젤레에 도착하고 몇 주 지나 프랑스 외인부대 모집 깃발이 수용소에 나타났을 때, 조금의 주저도 없이 미라예스는 외인부대에 지원했다. 그래서 마그레브[50]

---

[50] 리비아, 튀니지, 알제리 등을 포함하는 아프리카 북서부 지역.

에 도착해 어느 지점에 갔는데, 튀니지였는지 아니면 알제리였는지 볼라뇨는 잘 기억하지 못했다. 거기서 세계 대전이 일어났다는 것을 알았다. 1940년 6월 프랑스는 독일의 손에 넘어갔다. 그리고 마그레브에 있던 대부분의 프랑스 기관들은 비시 괴뢰 정부 편에 섰다. 하지만 마그레브에는 자크 필리프 르클레르 장군도 있었다. 르클레르는 비시 정부의 명령에 따르길 거부했다. 그리고 사람들을 이끌고 아프리카의 반을 가로질러 드골 장군의 명령을 받는 프랑스령을 찾아가겠다는 어처구니없는 생각을 가지고, 되는 대로 사람들을 모으기 시작했다. 르클레르와 마찬가지로, 드골은 영국에서 자유 프랑스의 이름으로 페탱에 대항해 반기를 들었다.

「기가 막히지 않습니까, 하비에르 씨!」 볼라뇨는 카를레마니 바의 안락의자에 몸을 기댄 채 자신의 두꺼운 안경을 통해 자신이 피우는 두카도스 담배 연기 사이로 나를 바라보았다. 놀리는 것 같기도 하고, 믿지 못하겠다는 표정 같기도 했다. 「미라예스는 평생토록 르클레르와 그의 말을 따른 자기 자신을 욕하면서 살았지요. 미라예스는 물론이고, 르클레르가 완전히 바보 취급하며 속인 거지 행색의 그의 동료들 중 어느 누구도 자신이 무슨 일에 끼어들었는지 몰랐던 겁니다. 수천 킬로미터의 사막을 가로지르는 대장정이었습니다. 오기밖에 없었지요. 미라예스가 떠나온 아르젤레 난민 수용소의 상황보다 훨씬 나빴습니다. 개인 군장조차도 없었어요. 파리-다카르 랠리,[51] 웃기지 말라 그래요! 그것과 비교하면 파리-다카르 랠리는 완전 일요일의 산책이라니까요! 그런 일은 정말 독종 중에 독종이 아니곤 못하죠!」

하지만 그런 상황에서 미라예스와 다급하게 자원 입대한 그의 많은 동료들이 르클레르의 정신 나간 권유에 속아, 자살 행위나 다름없는 수개월간의 사막 행군을 통해 프랑스령 적도 아프리카의 차드 지역에 도착했던 것이다. 마침내 거기서 드골파 사람들을 만날 수 있었다. 차드에 도착한 지 얼마 지나지 않아, 카이로에서 온 영국 파견대와 차드에 있는 프랑스 해외 파병 대장인 도르나노 대령의 지휘 아래 있던 다섯 명의 사내들과 함께 미라예스는 리비아 남서부 무르주크에 있는 이탈리아령 오아시스 공격 작전에 참가했다. 프랑스 파견대의 여섯 명은 이론상으로는 지원자들이었다. 사실 미라예스의 부대에서는 아무도 그 기습 공격에 지원자가 없었기 때문에 주사위를 던져서 미라예스가 걸렸던 것이다. 만일 그렇지 않았더라면 미라예스는 절대 참가하지 않았을 것이다. 미라예스의 파견대는 무엇보다 상징적인 것이었다. 왜냐하면 프랑스가 패배하고 나서 동맹국 중 한 나라에 대항하여 군사 행동을 취한 최초의 프랑스 군대였기 때문이다.

「기가 막히죠, 하비에르 씨.」 볼라뇨 씨가 토를 달았다. 약간 황당하다는 듯, 마치 웃음을 참는 것 같았다. 그 자신도 그 이야기를 전개해 나가면서 그 사건을(혹은 그 이야기의 의미를) 처음 발견하는 듯했다. 「유럽 전체가 나치에 의해 점령당한 상태에서, 아무도 알아주는 사람도 없는데, 그 불

---

51 매년 1월 파리-다카르 구간에서 펼쳐지는 자동차 경주.

쌍한 아랍인 넷과 흑인 하나, 그리고 스페인 녀석 하나가 도르나노 대령의 파견대가 되어 몇 달 만에 처음으로 이 세상의 오지에서 자유의 깃발을 쳐들고 있었던 거예요. 참 기가 막힌 일이지요. 거기 미라예스가 있었던 겁니다. 속아서, 그리고 정말이지 재수에 옴 붙어서, 어쩌면 왜 거기 있는지도 모르면서요. 하지만 그는 거기에 있었던 겁니다.」

도르나노 대령은 무르주크에서 죽었다. 차드에 있던 그의 부대 지휘권은 르클레르가 대행했는데, 그는 무르주크에서 얻은 성공에 자극받아 곧바로 쿠프라 오아시스 — 리비아에서 가장 중요한 오아시스인데 역시 이탈리아 손에 있었다 — 를 공격하러 한 줌의 자원 외인부대원들과 한 줌의 원주민들을 데리고, 얼마 되지도 않는 무기와 수송 수단으로 출발했다. 1942년 3월 1일, 다시 사막을 1천 킬로미터 이상 행군해서 르클레르와 그의 부대원들은 쿠프라를 점령했다. 당연히 거기에도 미라예스가 있었다. 차드로 돌아와서 마라예스는 몇 년 만에 처음으로 달콤한 몇 주를 보내게 되었다. 그리고 어느 순간 여러 가지 징후들에 착각한 나머지, 무르주크와 쿠프라에서 무공을 세웠으니까 자기와 동료들은 얼마 동안은 전쟁에서 좀 떨어져 있어도 될 거라고 예상했던 것이다. 바로 그때 르클레르는 짧은 기간 동안 두 번째 기발한 생각을 해냈다. 전쟁의 도박판이 북아프리카에서 벌어지고 있다는 일리 있는 판단 아래, 영국군에 합류하겠다는 결정을 내렸다. 몇 개월 전 마그레브에서 차드까지 했던 행군과는 반대 방향으로 가야 했다. 북아프리카에서는 몽고메리의 8군단이 독일의 아프리카 군단에 대항해 싸우고 있었다. 당시 연합군의 다른 부대들도 그와 같은 혹은 유사한 작전을 수행했다. 하지만 르클레르에게는 전혀 하부 조직이 없었다. 그래서 미라예스와 그때까지 모은 3천2백 명은 처음보다 더 열악한 조건에서 트리폴리까지 죽음의 사막을 수천 킬로미터 가로질러 가야 했다. 마침내 1943년 1월, 바로 로멜의 군대가 몽고메리의 8군단에 의해 트리폴리에서 막 쫓겨나던 무렵 도착했다. 르클레르 부대는 나머지 아프리카에서의 전투를 이 몽고메리 군단과 함께 했다. 그래서 미라예스는 마레트 전선 공격에서 독일군을 물리쳤고, 그 후 가베스와 스팍스에서는 이탈리아군을 물리쳤다.

아프리카에서 전투가 종료되자, 르클레르 예하 부대는 연합군 조직에 소속되어 기동화된 뒤, 제2기갑 사단으로 전환되었다. 그리고 미국 탱크 조종술 훈련을 받기 위해 영국으로 보내졌다. 1944년 8월 1일, 디데이로부터 2개월 뒤에 미라예스는 히슬립의 15군단과 공동 작전으로 노르망디의 유타 해안에 상륙했다. 르클레르 예하 부대는 즉시 전선을 향해 출발했고, 프랑스에서 전투를 벌인 23일 동안 미라예스는 거의 잠시도 쉬지 않았다. 사르트 지역에서의 전투와 팔레즈 분지를 결정적으로 봉쇄하기까지의 전투들은 특히 더 치열했다. 그 당시 르클레르 부대는 아주 특별한 부대였다. 당시 프랑스 땅에서 전투를 한 유일한 프랑스 사단(비록 아프리카인과 스페인 내전의 퇴역 군인들이 엄청나게 많았고, 그 사실은 자신들의 탱크에 과달라하라, 사라고사, 벨치테라는 이름을 붙인 것만 봐도 알 수 있지만 말이다)이었을 뿐 아니라, 르클레르 부대는 순전히 지원병들에 의해서만 보충되는 부대였던지라, 일반적인 사단처럼 신규 병력으로 교체되는 일을 기대할 수 없었던 것이다. 그렇기 때문에 한 병사가 낙오하면 그 자리는 다른 지원병이 올 때까지는 빈자리로 남아 있었다. 정상적인 지휘관이라면 한 병사를 전투 제일선에 4~5개월 이상은 배치하지 않는데도 — 왜냐하면 최전선의 긴장은 견디기 정말 힘드니까 — 미라예스와 그의 스페인 내전 동료들은 노르망디 해안을 밟을 때 벌써 7년 이상을 쉼 없이 전투 일선에 있었던 이유가 거기에 있다.

하지만 그때까지도 그들에게 전쟁은 끝나지 않았다. 르클레르 부대는 파리로 제일 먼저 입성한 연합군 부대였다. 미라예스는 8월 24일 밤, 포르트드장티이를 통해 입성했다. 드론 장군의 지휘 아래 있던 프랑스 부대가 제일 먼저 입성한 지 불과 한 시간 뒤였다. 보름도 지나지 않아 이번에는 드라트르 드타시니의 프랑스 군단에 소속되어 르클레르의 병사들은 다시 전투에 참가했다. 그리고 몇 주 동안 한순간도 휴전이 허락되지 않았다. 지그프리트 방어선을 공격했고, 독일로 들어갔다. 오스트리아까지 진출했다. 거기서 미라예스의 전투 모험은 끝이 났다. 바람이 많이 불던 그곳의 어느 겨울 아침을 결코 잊을 수 없으리라. 미라예스는(아니면, 누군가 미라예스 옆에 있던 사람이) 지뢰를 밟았던 것이다.

「완전 죽사발이 되었지요.」 볼라뇨 씨가 이미 식어 버린 남은 차를 다 마시기 위해 잠시 멈춘 뒤 말을 이었다. 「유럽에서 전쟁이 막 끝나려던 참이었어요. 8년 동안이나 전투에 참가하면서 미라예스는 자기 주변에서 수많은 사람들이 죽어 가는 것을 목격했지요. 친구, 스페인 동료, 아프리카인, 프랑스인, 온갖 나라의 사람들이 죽어 가는 것을 보았습니다. 이제 자기 차례가 된 겁니다……」 볼라뇨 씨는 안락의자의 팔걸이를 쳤다. 「이제 자기 차례가 되었는데, 그 작자는 안 죽었습니다. 완전히 박살 난 미라예스는 후방으로 이송되었어요. 그리고 손을 쓸 수 있는 한 최선을 다해서 끼워 맞추었지요. 믿을 수 없게도 그는 살아났습니다. 그리고 1년이 조금 지나 미라예스는 프랑스 국민이 되었고, 평생 연금을 받게 되었습니다.」

전쟁이 끝나고 부상에서 회복되자 미라예스는 디종인가, 아니면 디종 주변 어딘가에 가서 살았다. 볼라뇨는 기억이 분명하지 않았다. 볼라뇨는 한 차례 이상 왜 디종에(아니면 그 주변에) 자리를 잡았냐고 물어보았다. 그러면 어떤 때는 그저 다른 곳에 가서 살 수도 있었듯이 그냥 거기서 살게 되었다고 했고, 또 어떤 때는 자신이 전쟁터를 다닐 때 만약 살아남는다면 나머지 인생을 좋은 포도주를 마시면서 살겠노라고 스스로에게 약속을 했기 때문이라고 했다. 「오늘까지는 내 약속을 잘 지키고 있지.」 그러면서 행복한 달마대사의 배 같은 벌거벗은 자기 배를 두드리는 것이었다. 미라예스를 자주 만나던 시절에 볼라뇨는 두 가지 다 진짜 이유는 아니라고 생각했다. 하지만 이제 와서는 어쩌면 두 가지 다 이유가 된다고 생각하고 있었다. 확실한 것은 미라예스가 디종에서(아니면 그 주변에서) 결혼을 했다는 것과 디종에서(아니면 그 주변에서) 딸을 하나 얻었다는 것이다. 딸의 이름은 마리아였다. 볼라뇨는 그녀를 캠핑장에서 보았다. 처음에는 여름마다 자기 아버지와 함께 거기 왔었기 때문이다. 볼라뇨는 마리아가 세련되고 진지하며 의지가 강했고 〈완전히 프랑스 아이〉였다고 기억하고 있었다. 하지만 자기 아버지하고는 늘 스페인어로 이야기를 했다는 것이다. 비록 〈R〉을 불어처럼 목구멍 안쪽에서 발음하긴 했지만. 볼라뇨가 기억하기로 미라예스는 첫딸을 얻고 얼마 지나지 않아 홀아비가 되었는데, 딸이 귀여워 어쩔 줄 몰라 했다. 집에서 주도권을 행사하는 것은 마리아였다. 그녀는 명령을 내렸고 미라예스는 명령을 따르는 데 익숙한 예비역 군인으로서 부끄러운 듯하면서도 겸손하게 복종을 했다. 미라예스가 캠프의 바에서 친구들과 너무 오랫동안 이야기를 하거나, 포도주 탓에 혀가 꼬부라지고 말이 꼬이기 시작하면 마리아는 그의 팔을 잡고는 캠핑카로 데려갔다. 그는 온순한 태도로 비틀거리면서, 술 취한 사람의 흐릿한 눈빛과 자존심 강한 아버지로서 미안해하는 웃음을 지으면서 따라갔다. 하지만 마리아가 미라예스를 따라 캠핑장에 오는 일은 오래가지 않았다. 기껏해야 2년이었다(볼라뇨가 캠핑장에서 일한 4년 중). 미라예스는 에스트레야 데마르 캠핑장에 혼자 오기 시작했다. 그때부터 볼라뇨와 미라예스는 진짜 친밀해지기 시작했다. 또 미라예스가 루스와 같이 자기 시작한 것도 그때부터였다. 루스는 창녀였는데, 몇 해 여름 동안 캠핑장 내에서 자기 직무를 수행했다. 볼라뇨는 그녀를 잘 기억하고 있었다. 가무잡잡하고 풍만한 육체에 상당히 젊고 예뻤다. 천성적으로 마음이 너그러웠고, 양심에 어긋나는 일은 하지 않았다. 단지 어쩌다 한 번씩 창녀 노릇을 하는 것 같았다고 볼라뇨는 추측했다.

「미라예스는 루스를 좀 고약스럽게 좋아했어요. 루스가 보이지 않으면 아주 침울해져서 인사불성이 되도록 술을 마셨지요.」

그 순간 볼라뇨는 미라예스와 함께한 마지막 여름의 어느 밤을 기억했다. 거의 새벽녘이 다 되어 첫 순찰을 도는데, 아주 작은 음악 소리가 캠핑장 끝에서부터 들려오는 것이었다. 캠핑장과 소나무 숲을 분리하는 울타리 바로 옆이었다. 음악을 끄라고 요청하기 위해서라기보다는 호기심에서 — 소리가 너무나 작아서 잠자는 데 아무도 방해받지 않을 정도였다 — 살며시 다가갔다. 한 쌍의 남녀가 캠핑카의 차양 아래서 서로 껴안고 춤을 추고 있었다. 미라예스의 캠핑카라는 것을 알았다. 그리고 그 한 쌍은 미라예스와 루스라는 것과 음악은 아주 슬프고 오래된 파소 도블레 가락의 노래라는 것도(볼라뇨에게 그렇게 들렸다) 알았다. 그 가락을 미라예스가 입속에서 흥얼거리는 것을 여러 차례 들은 적이 있었다. 남녀가 알아차리기 전에 볼라뇨는 다른 캠핑카에 몸을 숨겼다. 몇 분 동안 그들을 관찰했다. 몸을 꼿꼿이 세우고, 아주 진지하고 조용하게, 신발도 신지 않고 풀 위에서 춤을 추고 있었다. 환상적인 달빛과 오래된 부탄가스 등불에 둘러싸인 채였다. 무엇보다 볼라뇨의 관심을 끈 것은 그들의 엄숙한 동작과 의상 사이의 대조였다. 늙고 배가 툭 튀어나온 미라예스는 늘 그렇듯이 수영복 차림이었지만 동네 춤꾼의 자신감 넘치는 스텝을 밟으면서 루스를 리드하고 있었고, 루스는 자신의 알몸이 살짝 비치는 무릎까지 내려오는 흰 블라우스를 걸치고 있어, 마치 서늘한 밤공기를 떠다니는 유령처럼 보였다. 그 순간 캠핑카 뒤에 숨어 온갖 전쟁을 다 겪은 퇴역 군인을 엿보면서, 가끔 몸을 팔고 파소 도블레를 출 줄 모르는 그 창녀에게 넋이 나간, 온몸 가득 흉터가 있는 퇴역 군인을 보면서 볼라뇨는 이상한 감동을 느꼈다. 그리고 어쩌면 그 감동이 잘못 반영되어서인지 몰라도, 볼라뇨는 그 한 쌍의 남녀가 회전하는 어느 순간 미라예스의 눈에서 반짝이는 뭔가를 본 것 같았다. 그 순간 막 울기 시작한 것 같기도 하고, 눈물을 멈추려고 해도 안 되었거나, 아니면 오랫동안 울고 있었던 것 같기도 했다. 볼라뇨는 자신이 거기 있는 것은 외설적인 면도 있다는 것, 누군가에게서 그 장면을 훔치고 있다는 것, 그 자리에서 떠나야 한다는 것을 알았거나 상상했다. 또한 캠핑장에서의 자신의 시간은 이미 바닥이 났다는 것도 어렴풋이 깨달았다. 왜냐하면 캠핑장에서 배울 수 있는 것은 이미 다 배웠기 때문이었다. 그래서 담배에 불을 붙여 물고는 차양 아래서 춤을 추고 있는 루스와 미라예스를 마지막으로 바라보았다. 그리고 뒤돌아서 순찰을 계속했다.

「그해 여름이 끝날 무렵 나는 다음 해에 보자고 하면서 미라예스와 작별했습니다. 평소처럼 말이죠.」 볼라뇨 씨가 다시 한참이나 말이 없다가 그렇게 말했다. 마치 자기 자신과 얘기하는 것 같았다. 오히려 내가 아닌 그 누군가 자기 얘기를 듣고 있던 사람에게 하는 말 같았다. 카를라마니의 창 너머는 이미 어둠 속이었다. 내 앞에는 볼라뇨 씨가 근심에 싸인 듯한 멍한 표정을 짓고 있었고, 탁자 위에는 여러 개의 빈 잔과 담배꽁초가 수북한 재떨이가 놓여 있었다. 우리는 계산서를 달라고 했다.「하지만 나는 그 이듬해에는 그 캠핑장으로 다시 가지 않을 거라는 것을 알고 있었죠. 정말로 다시 가지 않았습니다. 물론 미라예스도 다시 보지 못했죠.」

나는 역까지 동행하겠다고 우겼다. 그리고 그가 기차를 타고 가면서 피우기 위해 두카도스 담배를 사는 동안 미라예스에 대해 그해 이후 전혀 소식을 듣지 못했느냐고 물었다.

「아무 소식도 듣지 못했습니다.」그는 대답했다. 그 사람과 연락이 끊어졌어요. 난 그런 사람이 많아요. 지금쯤 어디에 있을까요. 어쩌면 아직도 그 캠핑장에 갈지도 모르죠. 하지만 그럴 것 같지는 않네요. 나이가 여든이 넘었을 테니까요. 그럴 나이가 아닐 겁니다. 어쩌면 디종에 계속 살지도 모르죠. 죽었을지도 모르고요. 사실은 죽었을 가능성이 제일 크다고 생각합니다. 안 그래요? 그런데 왜 그걸 묻는 거지요?」

「그냥요.」나는 그렇게 대답했다.

하지만 사실은 그렇지 않았다. 그날 오후 미라예스에 대한 과장된 이야기를 들으면서 점점 더 흥미를 느꼈었고, 볼라뇨의 허풍이 담긴 책들 중 어느 책에선가 곧 읽게 되리라는 생각을 했었다. 하지만 내가 한 친구와 헤어지고 가로등과 진열장으로 환한 거리를 지나 집에 도착했을 때, 진 토닉에 취해서 그런지, 나는 볼라뇨가 그 이야기를 자기 책에 쓰지 않았으면 하는 희망을 품고 있었다. 내가 그 이야기를 쓰고 싶었다. 밤새도록 그 사건에 대해 이리저리 생각해 보았다. 저녁을 준비하면서도, 저녁을 먹으면서도, 저녁 먹은 접시를 닦으면서도, 보지도 않는 텔레비전을 향해 눈을 둔 채 우유를 한 잔 마시면서도 나는 시작과 끝을 상상했다. 에피소드들을 구성해 보고, 인물들을 만들어 보고, 수많은 구절들을 마음속으로 쓰고 또 썼다. 침대에 누웠으나 잠을 이루지 못한 채 어둠 속에서(단지 디지털시계의 붉은 숫자들만이 밀폐된 침실 속에서 붉은빛을 발하고 있었다) 머리는 뜨겁게 흥분하여 어느 순간에는 통제하기 힘들 정도가 되었다. 나이와 실패의 경험들이 사람을 신중하게 만드는 법이기에, 나는 최근의 참담한 실패를 떠올리면서 흥분을 가라앉혔다. 바로 그 순간, 그것을 생각했다. 산체스 마사스의 총살 사건을 생각해 냈다. 그리고 미라예스가 스페인 내전 동안 계속 리스테르 휘하의 병사였으며, 그와 함께 마드리드, 아라곤, 에브로에 있었고, 퇴각하면서는 카탈루냐에 있었다는 사실을 생각해 냈다. 〈쿨옐에 같이 있지 않았을 이유는 없지 않은가?〉 그렇게 생각한 순간, 불면증이 가져오는 기만적이지만 압도적인 총명함으로, 불빛이 없는 침실의 적막 속에서 내 스스로에게 하는 말을 들었다. 〈바로 그 사람이야.〉 마치 믿기 어려울 정도로 우연히, 이미 찾는 것을 포기한 시점에서(사람들은 자신이 찾고자 하는 것을 발견하는 것이 아니라 현실이 자신에게 주는 것을 발견할 뿐이니까), 완벽하지만 무능했던 어느 메커니즘이 계획된 어떤 기능을 실행하는 데 필요한 부품을 발견해 낸 사람처럼 말이다.

나는 침대에서 뛰어내려, 맨발로 성큼성큼 세 걸음 만에 식탁으로 가서 전화기를 들고 볼라뇨 씨의 전호번호를 눌렀다. 누군가 응답하기를 기다리면서 보니 벽시계는 3시 반을 가리키고 있었다. 잠시 머뭇거리다가 전화기를 내려놓았다.

날이 밝을 무렵에야 잠이 들었던 것 같다. 9시 이전에 다시 볼라뇨에게 전화를 걸었다. 그의 부인이 전화를 받았다. 볼라뇨는 아직 침대에 있었던 것이다. 12시가 되어서야 신문사에서 그와 통화할 수 있었다. 다짜고짜 미라예스에 대해 쓸 의향이 있느냐고 물어보았다. 아니라고 그가 대답했다. 그다음엔, 언젠가 미라예스가 쿨엘의 수도원에 대해서 언급하는 것을 들은 적이 있느냐고 물었다. 볼라뇨 씨는 그 장소의 이름을 다시 말해 보라고 했다.

「아뇨.」 마침내 그가 대답했다. 「제 기억에는 없습니다.」

「그럼 라파엘 산체스 마사스는요?」

「작가 말입니까?」

「네.」 내가 말했다. 「페를로시오 씨의 부친 말입니다. 그 사람에 대해 아십니까?」

「그 사람의 글을 읽은 적은 있어요. 상당히 괜찮죠. 그럼요. 그런데 미라예스가 그 사람을 언급할 이유라도 있나요? 전 미라예스와 문학에 관해서는 말한 적이 없어요. 대체 왜 그런 질문을 하는 겁니까?」

막 다른 핑계를 대려고 하다가, 미라예스를 접촉하기 위해서는 오로지 볼라뇨 씨를 통하는 길밖에는 없지 않나 하는 생각을 했다. 그래서 간단하게 설명을 해주었다.

「야, 기가 막히군요, 하비에르 씨.」 볼라뇨 씨가 감탄을 했다. 「끝내주는 소설이 되겠네요. 뭔가 쓰고 계시다는 걸 전 벌써 알고 있었죠.」

「전 쓰고 있지 않습니다.」 나는 모순적으로 덧붙였다. 「그건 소설이 아닙니다. 실제 사건과 인물들로 이루어진 하나의 역사입니다. 실화지요.」

「마찬가집니다.」 볼라뇨 씨가 반박했다. 「모든 좋은 이야기들은 실화입니다. 적어도 그것들을 읽는 사람이 보기에는. 중요한 것은 그거예요. 어쨌든 제가 이해할 수 없는 것은 당신은 왜 미라예스가 산체스 마사스를 구해 준 그 군인이라고 확신하느냐는 겁니다.」

「누가 선생께 그렇다고 했나요? 전 미라예스가 쿨엘에 있었을 거라는 확신도 없는데요. 제가 오로지 말씀드리는 것은 미라예스가 거기 있었을 수 있다는 것이고, 따라서 그 군인이었을 수도 있다는 겁니다.」

「그 군인이었을 수도 있겠지요.」 볼라뇨 씨는 회의적인 듯 중얼거렸다. 「하지만 그렇지 않을 가능성이 더 많아요. 어떤 경우든……」

「어떤 경우든 그 사람을 만나서 의혹을 풀어야지요.」 나는 볼라뇨 씨가 〈만약 그 사람이 아니면, 그 사람이라고 꾸며 내지는 마세요〉라고 말할 것을 예상하면서 중간에 말을 잘랐다. 「그래서 제가 전화를 드린 겁니다. 여쭙고 싶은 게 있어서요. 미라예스 씨를 찾을 방도가 없을까요?」

숨을 몰아 내쉬면서, 볼라뇨 씨는 미라예스를 본 지도 벌서 20년이 지난 데다 그 당시에 사귄 사람들 중 그와 선이 닿을 만한 누구와도 그동안 연락을 하지 않았다고 내게 상기시켰다. 그러다 갑자기 말을 멈추더니, 설명도 없이 잠깐만 기다리라고 말했다. 나는 기다렸다. 그 순간이 너무나 길게 느껴진 나머지, 볼라뇨 씨가 내가 전화를 끊지 않고 기다리고 있다는 것을 잊은 건 아닌가 하고 생각했다.

「이 양반, 정말 운이 좋으시네.」 마침내 그의 목소리가 들렸다. 그리고 내게 전화번호를 불렀다. 「캠핑장 에스트레야 데마르의 전화번호입니다. 그 번호를 갖고 있다는 것도 잊고 있었어요. 하지만 전 그 당시의 모든 메모장을 보관하고 있지요. 전화해서 미라예스에 대해 물어보세요.」

「세례명이 뭐지요?」

「안토니라고 했던 것 같아요. 아니면 안토니오인가. 잘 모르겠네요. 모두들 미라예스라고 불렀지요. 전화해서 물어보세요. 제가 근무할 때는 캠핑장에 온 사람들 이름과 주소를 적은 기록부가 있었지요. 요즘도 분명히 그렇게 할 겁니다. ……에스트레야 데마르가 아직 있다면 말이죠. 그럼요.」

나는 전화를 끊었다. 다시 전화기를 들고 볼라뇨 씨가 준 전화번호를 눌렀다. 에스트레야 데마르는 여전히 있었고 이미 하계 영업을 시작하고 있었다. 전화를 받은 여직원에게 캠핑장에 안토니 또는 안토니오 미라예스라는 사람이 있느냐고 물었다. 몇 초 동안 손가락이 빠르게 자판을 두드리는 소리가 멀리서 들렸다. 그러고 나서 없다고 말했다. 나는 상황을 설명했다. 그 사람의 연락처가 급히 필요하고, 20년 전에는 에스트레야 데마르를 매년 찾는 단골이었다고 설명했다. 그녀의 목소리가 약간 굳어졌다. 영업 규정상 손님들 연락처를 줄 수 없다고 했고, 약간 신경질적으로 자판을 두드리며 2년 전에 캠핑장 서류들을 전산화하면서 최근 8년 치만 입력했다고 알려 주었다. 나는 계속 부탁하면서, 어쩌면 미라예스는 그때까지 계속 그 캠핑장에 갔을 거라고 말했다. 「정말 기록이 없어요.」 아가씨가 말했다. 「왜요?」 내가 물었다. 「우리 보관 문서에 안 나타나니까요. 제가 방금 확인했다니까요. 미라예스라는 이름으로 두 사람이 있는데, 둘 다 이름이 안토니오가 아니에요. 안토니도 아니고요.」 「혹시 그 중에 마리아는 없나요?」 「그런 이름도 없어요.」

그날 아침나절, 아주 흥분되기도 하고 졸려 미칠 것 같은 상태에서 어느 셀프서비스 식당에서 콘치와 식사를 하며 미라예스 이야기를 했다. 『살라미나의 병사들』을 쓰면서 시점과 관련해 실수한 것을 설명하고 나서, 미라예스가(혹은 누군가 미라예스 같은 사람이) 바로 작품의 메커니즘이 작동하게 하는 데 필요한 부품임에 틀림없다고 말했다. 콘치는 먹다가 말고 눈을 반쯤 지그시 감으면서 체념하듯 말했다.

「결국은 올 것이 왔구먼. 루카스가 제때에 똥을 갈겼어!」
「루카스가 누구야?」

「아무도 아냐.」 그녀가 말했다. 「친구야. 죽은 뒤에 똥을 갈겼어. 똥을 못 싸서 죽었거든.」

「콘치, 제발, 지금 식사하고 있잖아. 그리고 그 루카스라는 친구가 미라예스하고는 무슨 상관이야?」

「가끔씩 자기 지능이 의심스러워!」 콘치는 한숨을 쉬었다. 「자기가 배운 사람이라는 사실을 내가 만약 몰랐다면 아마 자기를 저능아라고 불렀을 거야. 처음부터 어떤 공산주의자에 대해서 글을 써야 한다고 내가 그랬잖아.」

「콘치, 네가 잘 이해하지 못한 것 같아. 내가……」

「충분히 이해하고말고.」 그녀가 내 말을 가로막았다. 「처음부터 내가 하는 말에 신경을 썼으면 그렇게 기분 상하는 일들은 없었을 거 아냐. 무슨 말인지 알겠어?」

「뭐?」 나는 완전히 이해하지 못해서 물었다.

콘치의 얼굴이 갑자기 환해졌다. 나는 두려움이 없는 그녀의 미소를, 탈색된 머리를, 크게 뜬 두 눈을, 즐거워하는 까만 두 눈을 쳐다보았다. 콘치는 싸구려 포도주 잔을 들었다.

「자, 우리의 기똥찬 책을 위하여!」

우리는 잔을 부딪쳤고, 순간적으로 나는 다리를 뻗어 콘치가 팬티를 입었는지 확인해 보고 싶었다. 그 순간 나는 콘치를 사랑한다고 생각했다. 신중하게, 그리고 행복감을 느끼면서 말했다.

「아직 미라예스를 만나지 못했어.」

「우린 그 사람을 찾아낼 거야.」 콘치는 확신에 차서 말했다. 「볼라뇨 씨 말로는 어디 산대?」

「디종이래. 아니면 그 주변이든가.」

「그럼 그쪽에서부터 찾아봐야겠네.」

밤에 나는 국제 전화 안내 서비스에 전화를 했다. 전화를 받은 안내원은 디종 시내나, 디종이 속하는 지역 번호 21지역 전체에도 안토니 혹은 안토니오 미라예스라는 가입자는 없다고 말했다. 그럼 마리아 미라예스라는 사람도 없냐고 물었다. 없다고 했다. 그럼 미라예스라는 성을 가진 사람도 없냐고 했다. 놀랍게도 그런 성을 가진 사람은 다섯 명이나 있다고 안내원이 말했다. 한 사람은 디종 시내에, 네 명은 그 지역의 작은 마을들에 산다고 했다. 한 사람은 롱긱에, 한 사람은 마르산네이에, 다른 사람은 놀레이에, 또 다른 사람은 장리스에 산다고 했다. 그들의 이름과 전화번호를 다 달라고 했다. 「안 되는데요.」 안내원이 말했다. 「한 번 통화할 때마다 한 사람의 이름과 번호만 알려 드릴 수 있습니다. 나머지 네 사람 것을 받으시려면 각각 네 번을 다시 걸으셔야 합니다.」

이후 며칠 동안 나는 디종에 산다는 미라예스와(이름은 로랑이었다) 나머지 네 사람에게 전화를 했다. 이름은 로라, 다니엘르, 장마리, 비엔베니도였다. 그중 둘은(로랑과 다니엘르) 남매였다. 그리고 장마리를 빼고 나머지는 모두 스페인어를 정확하게 구사했다(서툴게 말하는 사람도 있었지만). 왜냐하면 원래 스페인 출신 사람들이기 때문이었다. 하지만 모두 다 내가 찾는 미라예스와는 전혀 친인척 관계도 아니었고, 그 사람에 관해 들은 적도 없었다.

나는 포기하지 않았다. 어쩌면 콘치가 내게 심어 준 확신에 이끌려 볼라뇨에게 전화를 걸었다. 지금까지 어떤 방식으로 찾아보았는지 설명했고, 혹시 다른 경로로 그 사람을 찾을 방법은 없겠냐고 물었다. 그는 전혀 생각이 나지 않는다고 말했다.

「그걸 꾸며 내는 수밖에 없겠네요.」 그가 말했다.

「뭘 말입니까?」

「미라예스와의 인터뷰 말이에요. 그 소설을 끝낼 수 있는 유일한 방법이니까요.」

바로 그 순간 내 첫 번째 책의 이야기, 볼라뇨가 처음 인터뷰했을 때 내게 상기시켜 준 이야기를 떠올렸다. 자신의 소설을 끝맺기 위해 한 남자는 다른 남자가 범행을 저지르도록 유인한다. 그리고 난 두 가지 사실을 깨달았다. 첫 번째 사실은 나를 놀라게 했는데, 두 번째 사실은 놀랍지 않았다. 첫 번째 사실은, 내게 있어 내 책을 끝내는 것이 미라예스를 만나 얘기를 나누는 것보다 훨씬 덜 중요하다는 것이다. 두 번째 사실은, 그때까지 볼라뇨가 믿었던 것과는 달리(내가 처음 책을 썼을 때 믿었던 것과는 달리) 나는 진정한 작가가 아니라는 것이다. 만약 진정한 작가였다면 미라예스를 만나 얘기를 하는 것이 책을 끝내는 것보다 훨씬 덜 중요했을 것이다. 볼라뇨에게 나는 소설을 쓰려던 게 아니라 실화를 쓰려고 했다는 것과, 미라예스와의 인터뷰를 꾸며 내는 것은 실화에 위배되는 일임을 상기시켜 주려다가 단념하고는, 나는 긴 숨을 내쉬었다.

「알겠습니다.」

내 대답은 간결했고, 긍정적이지 않았다. 하지만 볼라뇨는 그렇게 이해하지 않았다.

「그게 유일한 방법이에요.」 그는 다시 반복했다. 나를 설득했다고 확신하는 듯했다. 「게다가 그게 더 낫습니다. 현실은 항상 우릴 배신하니까요. 현실에게 시간을 주지 않고, 현실을 먼저 배신하는 겁니다. 실제의 미라예스는 당신을 실망시킬지도 모릅니다. 차라리 꾸며 내는 게 낫지요. 꾸며 낸 사람이 실제 사람보다 더 사실적이고말고요. 이제 그 사람을 찾아내기는 글렀습니다. 어디 있는지 알 수가 없어요. 죽었는지, 보호 시설에 있는지, 딸의 집에 있는지. 그 사람은 잊으세요.」

「우리가 미라예스를 잊는 게 나을지도 몰라.」 그날 밤 콘치에게 말했다. 등골이 오싹한 길을 따라 쿠아르트에 있는 그녀의 집에 도착하여 거실에서 과달루페의 성모의 경건한 시선과 성모를 호위하고 있던 내 책 두 권의 우수에 찬 시선 아래서 다급하게 엉켜 뒹굴고 난 뒤였다. 「어디에 있을까, 죽었을까, 아니면 보호 시설에 있을까, 아니면 딸의 집에 있을까.」

「그 사람 딸을 수소문해 봤어?」 콘치가 물었다.

「그럼, 하지만 찾아내지 못했어.」

우린 서로 바라보았다. 1초, 2초, 3초. 그리고 난 아무 말 없이 일어서서 전화기로 다가갔고, 국제 전화 안내 서비스 번호를 눌렀다. 안내원에게(그녀의 목소리는 들어 본 듯했다. 그녀도 내 목소리를 알아챈 것 같았다) 디종에 있는 노인 복지 시설에 살던 사람을 찾고 있다고 말했다. 디종에 노인 복지 시설이 몇 개나 있느냐고 물었다.「글쎄요.」안내원은 잠시 말을 멈추더니 말했다.「엄청나게 많지요.」「엄청나다는 것이 얼마를 얘기하나요?」「복지 시설이 마흔 군데나 되는걸요.」나는 콘치를 바라보았다. 바닥에 앉아 겨우 티셔츠 하나만 걸치고서 웃음을 참고 있었다.「그 도시에는 노인들밖에 없어서 그런가요?」「컴퓨터로는 모두 노인 시설인지 확실하지 않습니다.」안내원이 좀 더 자세히 말했다.「다만 복지 시설이라고만 되어 있습니다.」「그렇다면 21지역에는 몇 개나 되나요?」잠시 후 그녀는 말했다.「두 배가 넘습니다.」살짝, 그러나 눈치챌 수 있을 정도로 돌려서 그녀는 덧붙였다.「한 번 통화를 하실 때마다 전화번호 한 개씩만 알려 드릴 수 있습니다. 알파벳 순서로 번호를 불러 드릴까요?」나는 그것으로 찾는 일은 끝났다고 생각했다. 여든 개가 넘는 복지 시설 중에 미라예스가 어디에도 없다는 것을 확인하는 데는 몇 달이 걸릴 수 있고, 그러면 나는 망하게 될 것이다. 더구나 그 사람이 그 시설들 중 어디엔가 살고 있다는 어떠한 근거도 없는데 말이다. 더구나 그 사람이 내가 찾고 있는 리스테르 부대의 군인이었다는 근거는 더 없는데 말이다. 나는 콘치를 바라보았다. 그녀는 무슨 일이냐는 듯 나를 바라보며 손가락으로 살이 드러난 자기 무릎을 초조하게 두드리고 있었다. 나는 〈과달루페의 성모〉와 함께 있는 내 책들을 바라보았다. 그리고 왜 그랬는지 모르지만, 다니엘 안젤라츠를 생각했다. 그 순간, 마치 누군가에게 복수라도

하듯 나는 말했다. 「그래요, 알파벳순으로.」

 그렇게 해서 전화 순례는 시작되었고, 한 달 이상 매일 장거리 전화를 해야 할 것 같았다. 우선 디종 시내에 있는 복지 시설부터 시작한 다음 그 지역의 전체 복지 시설로 확대하기로 했다. 절차는 항상 똑같았다. 국제 전화 안내 서비스에 목록에 나와 있는 그다음 이름과 전화번호를 요청하고(아브리우, 바가텔르, 셀레리에, 샹베르탱, 샹지, 에페롱, 퐁텐느몽, 켈레르망, 리오테이 등이 우선 나온 것들이었다), 복지 시설에 전화를 해서 교환양에게 미라예스라는 분이 있는지 물었다. 모두들 그런 분은 없다고 대답했다. 다시 국제 전화 안내 서비스에 전화를 해서 다른 전화번호를 얻고, 그렇게 지칠 때까지 계속했다. 그리고 다음 날(혹은 그다음 다음 날. 왜냐하면 때로는 시간이 없었고 그렇게 집요하게 쳇바퀴 도는 일에 갇히고 싶지 않았기 때문에) 끈덕지게 그 일을 반복했다. 콘치가 나를 돕고 있었다. 행운이었다. 지금 생각해 보면, 그녀가 아니었으면 그 일을 일찌감치 그만두었을 것이다. 우리는 시간이 날 때마다 남들 눈에 띄지 않게 거의 항상 숨어서 전화를 했다. 나는 신문사 편집부에서, 그녀는 텔레비전 스튜디오에서. 그러고 나서 매일 밤 그날 있었던 일에 대해 토론하고, 제외된 복지 시설의 이름을 서로 교환했다. 그런 대화를 하면서, 우리가 본 적도 없고, 살아 있는지도 모르는 한 남자를 찾기 위해 그렇게 매일 똑같은 통화를 반복하는 일이 콘치에게는 아주 예상치 못하게 흥분되는 사건이라는 것을 깨달았다. 나의 경우는 콘치의 탐정 같은 열정과 맹목적인 확신에 전염이 되어 처음에는 열심히 그 일에 손을 대었다. 하지만 서른 번째 복지 시설까지 확인했을 때는 내가 그 일을 계속하는 것은 미라예스를 만날 수 있는 희망을 아직 가지고 있어서라기보다는 관성이나 고집 때문이 아닌가(아니면, 콘치를 실망시키지 않기 위해서거나) 하고 의심하기 시작했다.

하지만 어느 날 밤, 기적이 일어났다. 그때 나는 짧은 평론 기사를 막 쓰고 나서 신문 편집을 마감하고 있었다. 나는 전화 통화 작업을 다시 시작하려고 퐁텐느레디종에 있는 넹페아스 복지 시설 번호를 눌렀다. 미라예스라는 사람이 있느냐고 묻기가 바쁘게, 평소에 늘 듣던 부정적인 답 대신 전화 교환양은 아무 대답이 없었다. 그녀가 전화를 끊었다고 생각하고 나도 습관적으로 끊으려던 참이었다. 그때 한 남자의 목소리가 들려왔다.

「알로(여보세요)?」

나는 교환양에게 조금 전에 했던 질문을 반복했다. 그리고 21지역에 있는 모든 복지 시설을 대상으로 이미 열흘 이상 그 무모한 일을 해왔다고 말했다.

「제가 미라예스인데요.」 그 남자가 스페인어로 말했다. 놀란 나머지 나는 내 서툰 불어가 내 신분을 드러냈다는 것을 깨닫지 못했다. 「누구십니까?」

「선생님이 안토니 미라예스 씨입니까?」 나는 가느다란 목소리로 물었다.

「안토니나 안토니오나 마찬가지죠.」 그가 말했다. 「하지만 미라예스라고 불러 주세요. 모두들 나를 그렇게 부르니까요. 누구시죠?」

지금 생각해 보면 믿기가 어렵지만, 정말로 그 사람과 통화를 하게 되리라고는 전혀 생각하지 못했기 때문에 어떤 식으로 나를 미라예스 씨에게 소개할지 준비를 하지 못한 상태였다.

「선생께서는 저를 모르시겠지만 저는 오랫동안 선생님을 찾아왔습니다.」 즉흥적으로 둘러댔다. 목구멍이 요동치고 목소리가 떨렸다. 그걸 숨기기 위해 서둘러 내 이름과 어디에서 전화를 하는지를 말했다. 적절하게 덧붙였다. 「로베르토 볼라뇨 씨의 친구입니다.」

「로베르토 볼라뇨요?」

「네, 카스텔데펠스에 있는 에스트레야 데마르 캠핑장에서 일하던 분요.」 내가 설명을 했다. 「오래전에 선생님과 그분이……」

「아, 알겠어요.」 내 말에 끼어들어서 안도감이 들었다기보다는 오히려 감사를 느꼈다. 「순찰 돌던 사람요! 거의 까맣게 잊었지요!」

미라예스 씨가 에스트레야 데마르에서 보낸 여름과 볼라뇨 씨와의 우정에 대해 이야기하는 동안 나는 어떤 식으로 인터뷰를 요청할까 고민하고 있었다. 빙빙 돌려 말하지 않고 직접 문제에 부딪치기로 결심했다. 그는 볼라뇨 씨에 대한 얘기를 멈추지 않았다.

「그럼, 그 사람은 어떻게 되었습니까?」

「작가입니다.」 내가 대답했다. 「소설을 씁니다.」

「그때도 소설을 쓰고 있었지요. 하지만 출판해 주려는 곳이 없었어요.」

「지금은 다릅니다.」 내가 말했다. 「성공한 작가니까요.」

「정말요? 반갑네요. 재주가 있는 친구라고 항상 생각했지요. 게다가 빈틈없는 거짓말쟁이였어요. 하지만 좋은 소설가가 되기 위해서는 빈틈없는 거짓말쟁이가 되어야겠지요. 안 그렇습니까?」 웃음소리 같은, 짧고 메마른 소리가 멀리서 들렸다. 「그건 그렇고, 뭘 도와드릴까요?」

「제가 내전과 관련된 한 사건에 대해서 조사를 하고 있습니다. 바뇰레스 근처의 산타마리아 델쿠엘의 수도원에서 있었던 국민파 포로들에 대한 총살 집행 사건입니다. 전쟁 막바지에 일어났지요.」 미라예스 씨의 반응을 기다렸지만 아무 소용이 없었다. 난 위험을 무릅쓰고 톡 까놓고 이야기를 해버렸다. 「선생님께서는 거기 계셨지요, 그렇죠?」

그 후 영원처럼 느껴지던 몇 초 동안 나는 미라예스 씨의 거친 숨소리를 들을 수 있었다. 환희에 찼지만 겉으로 드러내지 않은 채 나는 적중했다는 것을 깨달았다. 다시 말을 시작했을 때 미라예스 씨의 목소리는 더 어두웠고 더 느렸다. 다른 목소리였다.

「볼라뇨가 그러던가요?」

「제가 그럴 거라고 추측했지요. 볼라뇨 씨가 선생님께서 살아오신 이야기를 들려주었습니다. 선생님께서 전쟁 내내 리스테르 휘하의 병사였다고 그러더군요. 카탈루냐 지역으로 후퇴하실 때까지요. 리스테르의 병사들 중 몇몇은 그 당시 쿨엘에 있었지요. 바로 총살을 집행하던 순간에요. 그리고 그 병사들 중에 분명 선생님께서 끼어 있었을 거고요. 안 그렇습니까?」

미라예스는 다시 말이 없었다. 나는 다시 그의 거친 숨소리를 들었다. 그리고 혀를 차는 소리가 들렸다. 담뱃불을 붙여 문 것 같았다. 프랑스어로 대화를 주고받는 소리가 전화선을 타고 얼핏 들렸다. 침묵이 계속 길어지면서 내가 너무 거칠게 캐물은 것은 아닌지 걱정되었다. 잘못을 어떻게 수정해 볼 틈도 없이 그가 마침내 입을 열었다.

「작가라고 하셨던가요? 그러셨죠?」

「아닙니다.」 내가 말했다. 「신문 기자입니다.」

「신문 기자라.」 다시 침묵이 흘렀다. 「그 사건에 대해서 글을 쓸 생각입니까? 벌써 60년이 지난 얘기에 관심을 가질 신문 독자들이 정말 있을 거라고 생각하세요?」

「신문에다 게재하려는 것은 아닙니다. 책으로 쓰고 있습니다. 그러니까, 제가 잘못 소개를 드린 것 같네요. 단지 선생님과 잠시만 말씀을 나누고 싶습니다. 선생님께서 보신 그 사건에 대해 듣고 싶습니다. 일어난 그대로 쓰기 위해서 선생님께서 경험하신 사건을 알고 싶은 것이지요. 누구에게 잘잘못을 따지자는 것이 아니라, 단지 사건을 이해하자는……」

「이해요?」 그가 내 말을 가로막았다. 「웃기지 마세요! 이해 못하는 사람은 바로 당신이에요. 전쟁은 전쟁입니다. 이해하는 것밖에는 다른 수가 없어요. 그건 내가 너무나 잘 압니다. 3년 동안 총을 쏘면서 스페인을 돌아다녔습니다. 아시겠어요? 그것에 대해서 누군가 내게 고맙다는 말 한마디 한 줄 아세요?」

「바로 그래서……」

「입 다물고 들어요, 젊은 양반.」 다시 내 말을 잘랐다. 「대답해 봐요. 그것에 대해서 누군가 내게 고맙다는 말 한마디 한 줄 아세요? 내가 대답하지요. 아무도 없었소. 그 개똥 같은 나라를 위해 내 청춘을 바쳤으니 감사하다고 어느 누구 하나 말한 놈이 없었습니다. 아무도. 단 한마디도. 시늉조차도. 편지 한 통도 없었어. 아무것도 없었다고. 그런데 60년이 지난 이 마당에 그 신문 나부랭인지 책인지를 들먹이면서, 내가 그 총살 집행에 참여했는지 안 했는지 물어봐? 나를 살인 혐의로 곧바로 고발하지그래?」

미라예스 씨가 말을 하는 동안 나는 생각했다. 〈인류사의 모든 역사 중에서 가장 슬픈 것은 스페인의 역사이다. 왜냐하면 끝이 안 좋으니까.〉 그러고 나서 또 생각했다. 〈끝이 좋지 않다고?〉 그리고 또 생각했다. 〈염병할 놈의 이행기.〉

「미라예스 선생님, 저를 오해하신 것 같은데요.」

「미라예스라고 하쇼. 선생님은 무슨 썩어 빠질……!」 미라예스 씨가 화를 벌컥 냈다. 「평생토록 나를 미라예스 선생님이라 부른 놈은 아무도 없었어요. 난 미라예스입니다. 그냥 미라예스. 아시겠소?」

「예, 미라예스 선생님. 아, 참! 미라예스 씨. 다시 말씀드리는데, 뭔가 오해가 있는 것 같습니다. 제게 기회를 주신다면 해명을 하겠습니다.」 그는 아무 말이 없었다. 나는 계속했다. 「몇 주 전에 볼라뇨 씨가 제게 어르신 이야기를 해주었습니다. 그 무렵 저는 라파엘 산체스 마사스에 대한 책을 쓰다가 포기하고 있었습니다. 그 사람에 대해서 들어 보신 적이 있으신가요?」

미라예스 씨는 한참 있다가 대답을 했다. 생각이 잘 안 나서 그런 것은 아니었다.

「그럼요. 팔랑헤 당원을 말하는 거죠? 안 그래요? 호세 안토니오 친구 말이오.」

「예, 바로 그 사람요. 쿠엘에서 있었던 총살 현장에서 도망친 두 사람 중 하나죠. 제 책은 그 사람과 총살 사건, 그리고 나중에 그 사람이 생존할 수 있도록 도와준 사람들에 관한 겁니다. 그 사람의 목숨을 구해 준 리스테르 부대의 한 병사에 대한 것이기도 하고요.」

「내가 그것들하고 무슨 상관이란 말이오?」

「또 다른 도망자가 그 사건에 대해 증언한 책이 있는데, 제목이 『나는 빨갱이들에 의해 살해당했다』입니다.」

「한심한 제목이군!」

「그렇습니다. 하지만 책은 괜찮습니다. 쿠엘에서 일어난 내용을 자세하게 전하니까요. 그런데 제게 부족한 것은 거기서 일어난 사건에 대한 공화파 측의 이야기입니다. 그게 없으면 제 책은 절름발이가 되지요. 볼라뇨 씨가 어르신 이야기를 해주었을 때 저는 어르신께서 어쩌면 총살이 집행되었을 때 쿠엘에 계셨을 테고, 그 사실들에 관해서 나름대로 말씀을 해주실 수 있을 거라고 생각했지요. 제가 원하는 것은 그것뿐입니다. 잠시 만나 뵙고 그 사건에 대한 어르신의 말씀을 듣는 거요. 그뿐입니다. 어르신과 사전에 상의하기 전에는 한 줄도 출판하지 않겠다고 약속드립니다.」

다시 미라예스 씨의 숨소리가 들렸다. 중간에 다시 프랑스어로 대화하는 소리가 전화선을 통해 어렴풋이 들렸다. 그가 다시 말을 했을 때 목소리가 처음으로 돌아온 것을 확인하고는 내 설명이 그의 화를 좀 누그러뜨렸다는 것을 깨달았다.

「내 전화번호를 어떻게 구했습니까?」

내가 설명을 하자 미라예스 씨는 밝게 웃었다.

「이봐요, 세르카스 씨.」 그러고는 말을 이었다. 「세르카스 선생님이라고 불러야 하나요?」

「하비에르라고 불러 주세요.」

「좋습니다. 하비에르. 내가 만으로 몇 살인지 아세요? 여든둘이에요. 나이도 많고, 힘도 없습니다. 전에 마누라도 있었는데, 이젠 없습니다. 딸도 하나 있었는데, 이젠 그 딸도 없어요. 나는 아직도 혈전병에서 회복하는 중이에요. 시간이 많이 남아 있지 않아요. 내가 오직 원하는 것은 남은 시간 조용히 살게 내버려 두라는 겁니다. 내 말을 믿어 주세요. 그런 이야기에 흥미를 가질 사람은 아무도 없습니다. 그 이야기의 당사자들조차도 말이죠. 한때는 사람들이 관심을 보였어요. 하지만 이젠 아니에요. 그런 것들을 잊어야 한다고 누군가가 결정을 내렸습니다. 내 말을 이해하겠습니까? 일리 있는 말일 수도 있어요. 게다가 반은 본의 아닌 거짓말이고, 나머지는 의도적인 거짓말이지요. 당신은 젊습니다. 정말 내게 전화해 줘서 고마워요. 하지만 내 말을 잘 새겨듣는 게 좋을 겁니다. 어리석은 일 그만하고, 다른 일에나 열중하세요.」

계속 설득을 했지만 허사였다. 전화를 끊기 전에 미라예스 씨는 볼라뇨 씨에게 안부를 전해 달라고 했다.「스톡턴에서 한번 보자고 전해 줘요.」그가 말했다.「어디요?」내가 물었다.「스톡턴에서요.」그가 반복했다.「그렇게 말하면 알아들을 겁니다.」

콘치에게 전화해 미라예스 씨를 찾았다고 말하자 기뻐 날뛰었다. 그러고 나서 그 사람을 보러 가지 않을 거라고 하자 그녀는 벌컥 화를 냈다.

「그렇게 애를 써놓고서?」

「그분이 원치 않아. 콘치, 그분을 이해해 줘.」

「그 사람이 원하지 않는 게 자기한테 그렇게 중요해?」

「콘치, 그만하자.」

우린 계속 다투었다. 그녀는 날 설득하려 했고, 난 그녀를 설득하려 했다.

「그럼 한 가지만 해줘.」그녀가 마침내 말했다.「볼라뇨 씨한테 전화해. 내 말은 전혀 듣지 않으니까. 하지만 그분이라면 당신을 설득할 수 있을 거야. 자기가 안 하면 내가 할 거야.」

한편으론 이미 볼라뇨 씨에게 전화를 걸 예정이었고, 한편으로 콘치가 전화하는 것을 막기 위해 나는 볼라뇨 씨에게 전화를 했다. 미라예스 씨하고 나눈 대화를 설명했다. 그리고 그 노인네가 자기를 방문하겠다는 내 제안을 거부한 사실도 전했다. 볼라뇨 씨는 아무 말도 없었다. 그때 미라예스 씨가 그에게 전하는 메시지가 생각났다. 그대로 전했다.

「망할 놈의 노인네.」 볼라뇨 씨가 투덜거렸다. 우쭐해하면서도 놀리는 목소리였다. 「아직도 기억하는구먼.」

「무슨 뜻인가요?」

「스톡턴 말입니까?」

「그럼 뭐겠어요?」

지나칠 정도로 한참을 가만히 있다가 다른 질문으로 내 질문에 대답했다.

「〈팻 시티 Fat City〉를 보신 적 있습니까?」 나는 그렇다고 대답했다. 「미라예스는 영화를 아주 좋아했어요.」 볼라뇨가 말을 이었다. 「자기 캠핑카 차양 아래 설치한 텔레비전을 통해 영화를 보곤 했지요. 때로는 카스텔데펠스에 가서 오후 한나절 동안 그 영화관에서 상영 중인 영화 세 편을 모조리 다 보기도 했어요. 어떤 영화든 개의치 않았어요. 저는 며칠 되지 않는 쉬는 날을 이용해서 바르셀로나에 가곤 했지요. 그런데 한번은 쉬는 날 그 사람과 카스텔데펠스에 놀러 갔어요. 함께 오르차타[52]를 마시고 나서, 나한테 영화를 보자고 제안하더군요. 더 마땅한 일이 없었기에 따라갔죠. 지금 생각해 보면 거짓말 같지만, 피서 때만 사람이 모이는 마을에서 휴스턴 영화를 상영했어요. 그때는 그랬습니다. 〈팻 시

---

52 견과류를 갈아서 만들며 차게 해서 마시는 스페인의 전통 음료수.

티〉가 무슨 뜻인지 아세요? 뭐랄까, 〈기회의 도시〉 혹은 〈환상의 도시〉, 아니 〈한심한 도시〉가 더 맞겠네! 지독한 아이러니지요. 왜냐하면 스톡턴은 영화에 나오는 정말 끔찍한 도시인데, 그곳에서는 파멸 말고는 어떠한 기회도 주어지지 않습니다. 절대적이고 완전한 파멸 말입니다. 권투 선수가 나오는 거의 대부분의 영화에서는 주인공이 어떻게 상승하고 추락하는지를 다루거나, 어떻게 성공을 쟁취하고 그다음에 실패하고, 잊히는지를 이야기하죠. 하지만 이상하게도 이 영화는 그렇지 않아요. 〈팻 시티〉에서는 두 권투 선수들 — 늙은 선수와 젊은 선수 — 중 어느 누구도 희망의 가능성조차 보지 못합니다. 주변의 인물들도 마찬가지죠. 당신도 그 인물을 기억하시는지 모르겠는데, 이제 늙고 한물간 멕시코 선수는 링에 오르기도 전에 피오줌을 싸지요. 그리고 어둠 속에서 홀로 경기장에 들어갔다 나옵니다. 하여튼 그래요. 그날 밤 그 영화가 끝나자 우리는 어느 술집으로 가서 바에 앉아 맥주를 시켜 놓고는 이야기를 하면서 아주 늦게까지 있었습니다. 우리 앞에는 커다란 거울이 있어서 우리와 술집의 모습이 비쳤습니다. 마치 영화 〈팻 시티〉의 마지막 장면에 나오는 두 권투 선수처럼 말이지요. 내 생각에는 그 우연의 일치와 맥주 때문에 미라예스가 어느 순간 이런 말을 한 것 같습니다. 우리도 그들처럼 끝나게 될 거라고요. 실패한 뒤, 외로이, 잔인한 도시에서 어정쩡하게 이름이 난 상태로, 텅빈 경기장에서 우리 자신의 그림자와 죽기 살기로 싸우기 위해 링에 오르기도 전에 피오줌을 싸면서 끝나게 될 거라고 말했죠. 미라예스가 정확히 그렇게 말하지는 않았죠. 그 단어들은 물론 제가 지금 말한 겁니다. 하지만 뭔가 비슷한 얘기를 했어요. 그날 밤 우린 많이 웃었습니다. 이미 새벽녘이 되어 캠핑장으로 돌아왔을 땐, 사람들은 모두 잠들어 있었죠. 바도 문이 닫혀 있었고요. 우린 계속 이야기를 나누었고, 허탈하게 많이 웃었어요. 장례식 같은 데서 나오는 그런 웃음 아시겠죠? 그와 헤어지고 나서 나는 어둠 속을 비틀거리면서 내 텐트로 가고 있었는데, 미라예스가 나직이 〈이봐〉 하면서 날 불렀습니다. 돌아봤더니 그 뚱뚱한 사람이 희미한 가로등 불빛을 받으면서 주먹을 높이 쳐들고 서 있는 겁니다. 그는 웃음이 다시 터져 나오는 것을 억지로 참으면서 모두가 잠든 캠핑장의 정적 속에서 이렇게 속삭였습니다. 〈볼라뇨, 스톡턴에서 보자고!〉 그날부터 우리끼리 다음 날 혹은 다음 여름에 만나자는 작별 인사를 나눌 때마다, 미라예스는 항상 이렇게 말했지요. 〈스톡턴에서 만나자고!〉」

침묵이 흘렀다. 볼라뇨 씨는 내 쪽에서 무슨 말이든 하기를 기다린 것 같다. 난 그 얘기에 대해 아무 언급도 할 수 없었다. 왜냐하면 난 울고 있었으니까.

「그건 그렇고, 이제 어떻게 할 겁니까?」 볼라뇨 씨가 말했다.

「정말 너무 잘됐다!」 내가 그 소식을 전하자 콘치가 소리를 질렀다. 「볼라뇨 씨가 자기를 설득할 줄 알았다니까! 우리 언제 출발할 거야?」

「우리 둘 다 가진 않을 거야.」 콘치가 가면 미라예스 씨와의 인터뷰가 더 쉬워질지 모른다는 생각을 하면서도 나는 그렇게 말했다. 「나 혼자 갈 거야.」

「말도 안 되는 소리 하지 마. 내일 아침 내 차로 출발하면 순식간에 디종에 도착할 거야.」

「이미 결정했어.」 나는 단호하게 주장했다. 디종까지 콘치의 폭스바겐을 타고 가는 것은 르클레르 부대가 마그레브에서 차드까지 행군한 것보다 더 위험하다는 생각이 들었다. 「난 기차로 갈 거야.」

그렇게 토요일 오후 기차역에서 콘치와 작별을 하고(「미라예스 선생님한테 내 인사도 전해 줘.」 그녀가 말했다. 「콘치, 다들 미라예스라고 부른대.」 내가 바로잡아 주었다. 「그냥 미라예스라고 부르도록 해.」) 디종행 기차를 탔다. 마치 스톡턴으로 가는 기차를 타는 것 같았다. 침대 열차였다. 야간 열차로, 식당 칸에 갔더니 가죽 의자는 푹신푹신했고, 어둠 속을 달려서 그런지 차창들은 칙칙했다. 아주 늦게까지 술을 마시고 담배를 피우면서 미라예스 씨를 생각했던 걸로 기억한다. 아침 5시에 초췌하고 지친 모습으로 졸린 상태에서 디종 역에 내렸다. 사람도 없이 꺼질 듯한 전구 불빛들만 보이는 플랫폼을 걸어 나와 택시를 타고 빅토르 위고 호텔에 내렸다. 플레르 거리에 있는 친숙한 분위기의 호텔로, 시내에서 멀지 않았다. 방으로 올라가 수도꼭지에서 물을 받아 한 잔을 들이켜고는 샤워를 하고 침대에 누웠다. 잠을 이룰 수가 없었다. 미라예스를 생각했다. 곧 보게 될 사람이었다. 그리고 산체스 마사스를 생각했다. 결코 볼 수 없는 사람이었다. 내가 추측하는 그 두 사람의 유일한 만남을 생각했다. 60년 전 어느 날 아침, 거의 1천 킬로미터쯤 떨어진 산악 지역에서 이루어진 세차게 내리는 빗속에서의 만남을. 미라예스가 리스테르 휘하의 병사로서 산체스 마사스를 구해 주었는지, 그의 눈을 쳐다보면서 무슨 생각을 했는지, 왜 그를 살려 주었는지 곧 알게 되리라 생각했다. 그것들을 알게 되면, 마침내 핵심적인 비밀을 이해하게 되리라 생각했다. 그런 모든 것들을 생각하고 있었다. 그러는 가운데 아침을 알리는 첫 소음들이 들려왔고(복도의 발소리, 새소리, 급가속하는 차 소리), 창의 덧문을 밀고 들어오는 새벽을 느끼기 시작했다.

일어나 창문과 덧문을 열었다. 어정쩡한 아침 햇살이 오렌지 나무가 있는 정원을 비추고 있었다. 그 너머엔 양쪽으로 경사진 지붕을 한 집들 사이로 조용한 거리가 보였다. 새들이 지저귀는 소리가 유일하게 그 마을의 적막을 깨고 있었다. 옷을 입고 호텔 식당에서 아침을 먹었다. 그러고는 넹페아스 복지 시설에 가기에는 너무 이르다는 생각이 들어서, 산책이나 하기로 했다. 디종은 처음이었다. 불과 네 시간 전만 해도 나는 택시를 타고 양쪽으로 선사 시대의 동물 사체 같은 건물이 늘어선 거리들을 달리면서, 고풍스러우면서도 휘황찬란한 광고가 번쩍이는 건물 정면들을 졸린 상태에서 바라보았었다. 그러면서 그 도시가 중세의 위압적인 도시를 닮았다는 생각을 했다. 밤에는 유령들이 돌아다니는데, 바로 그때야말로 도시가 진정한 자신의 얼굴을, 해골로 남은 썩은 옛 권력의 모습을 보여 준다는 생각을 했다. 하지만 막상 플레르 거리로 나서서 로즈 거리와 데스보주 거리를 거쳐 다르시 광장에 도착해 보니 — 이미 그 시간에 개선문 주변에는 차들이 붐비고 있었는데 — 프랑스의 지방에서 흔히 보이는 그런 우울한 도시 같았다. 심농[53] 작품 속의 우울한 남편들이 슬픈 죄를 범하는 도시, 즐거움도 미래도 없는, 스톡턴 같은 도시 말이다. 약간 선선한 기운이 있고 하늘도 흐렸지만, 나는 그랑지에 광장에 있는 어느 바의 테라스에 자리를 잡고 앉아 코카콜라를 한 잔 마셨다. 테라스 오른쪽에 있는 포장된 거리에는 난전이 펼쳐져 있었고, 그 너머로 노트르담 성당이 솟아 있었다. 콜라 값을 지불한 다음 호기심을 품고 난전을 여기저기 기웃거리며 돌아다녔다. 그리고 길을 하나 건너 성당으로 들어갔다. 얼핏 보니 텅 비어 있는 듯했다. 하지만 내 발소리가 고딕 양식의 천장에 울리는 소리를 듣다가 나는 측면의 한 제단에서 막 촛불을 켜는 한 여인을 발견했다. 그녀는 기도서대에 펼쳐진 노트에 뭔가를 적고 있었다. 내가 그 제단으로 다가가자 그 여인은 쓰던 것을 멈추고는 나가기 위해서 돌아섰다. 우리는 성당 홀의 가운데에서 서로 지나쳤다. 키가 크고, 젊고, 창백한 얼굴에 외모가 돋보였다. 난 제단에 이르자 그 노트에 적힌 마지막 구절을 읽어 보지 않을 수 없었다. 〈주님, 저와 우리 가족을 도와주세요. 앞이 너무 캄캄합니다.〉

나는 교회를 나서 택시를 잡아탔고, 운전사에게 퐁텐느레

---

[53] Georges Simenon(1903~1989). 벨기에 출신의 프랑스어권 작가. 대중 소설, 특히 인물의 심리 분석이 뛰어난 추리 소설을 많이 썼다.

디종에 있는 냉페아스 복지 시설 주소를 보여 주었다. 20분 뒤 택시는 레데 대로와 콩보트 거리 모퉁이에 있는 네모난 건물 앞에 섰다. 연한 녹색의 건물 전면에는 작은 발코니들이 연못과 자갈이 깔린 오솔길이 있는 정원을 향해 튀어나와 있었다. 안내대로 가서 미라예스를 찾았다. 분위기나 복장이 영락없이 수녀 같은 젊은 아가씨가 호기심인지 놀라움인지 모를 표정으로 나를 쳐다보았다. 그러고는 친척이냐고 물었다. 나는 아니라고 말했다.

「그럼 친구세요?」

「대충 그렇죠.」 난 그렇게 대답했다.

「22호실입니다.」 한쪽 복도를 가리키면서 덧붙였다. 「하지만 조금 전에 저쪽으로 가시는 걸 봤어요. 아마 텔레비전실이 아니면 정원에 계실 겁니다.」

복도 끝에는 큰 방이 있었고, 그 방의 널찍한 창들은 정원을 향해 열려 있었다. 정원에는 분수와 비스듬히 기댈 수 있는 의자들이 있었다. 노인 여러 명이 의자에 기대어 다리를 격자무늬의 담요로 감싼 채 수직으로 내려오는 정오의 햇살을 쬐고 있었다. 그 방에는 다른 두 명의 노인이 있었는데 — 여자 한 명과 남자 한 명 — 인조 가죽으로 만든 안락의자에 앉은 채 텔레비전을 보는 중이었다. 내가 방에 들어설 때 그 둘 중 아무도 돌아보지 않았다. 난 그 남자에게 시선을 집중하지 않을 수 없었다. 흉터 하나가 관자놀이에서 시작되어 광대뼈와 볼과 턱뼈를 지나 목을 타고 내려가 회색 면직 셔츠 가운데로 북실북실하게 솟아난 털 사이로 이어져 있었다.

순간적으로 난 그 사람이 미라예스라는 것을 알았다. 난 거의 몸이 굳어졌고, 어떤 말로 그에게 말을 걸어야 할지 다급하게 고민했다. 적당한 말을 찾지 못했다. 마치 몽유병 환자처럼, 심장이 목구멍에서 쿵쾅거리는 것을 느끼면서 그 남자 옆에 있는 안락의자에 앉았다. 미라예스는 돌아보지 않았다. 하지만 아주 미세하게나마 그의 어깨가 움직인 것을 통해 그가 나의 존재를 감지했다는 것을 알아챌 수 있었다. 나는 기다리기로 작정하고 편한 자세를 취하고서 텔레비전을 쳐다보았다. 햇빛 때문에 잘 보이지 않는 화면 속에서는 머리를 아주 가지런히 빗은 진행자가 상냥한 표정으로 — 하지만 경멸하는 듯한 인상을 주는 입술 가장자리의 모양으로 보아 그가 상냥하지 않은 사람이라는 것을 알 수 있었다 — 참가자들에게 주의 사항을 말해 주고 있었다.

「아까부터 기다리고 있었습니다.」 잠시 후 눈을 화면에서 떼지 않은 채, 미라예스 씨가 거의 한숨을 쉬듯 중얼거렸다. 「좀 늦으셨군요.」

그 사람의 옆모습은 바위 같았다. 머리칼은 회색이었고 숱이 적었다. 턱수염은 강렬한 방화선(放火線) 같은 흉터 주위로 아주 작고 희뿌연 잡목 숲처럼 자라고 있었다. 코는 뭉툭했고, 턱은 고집스러워 보였다. 노년의 배는 툭 튀어나와 셔츠 단추가 터질 듯했다. 그리고 흰 지팡이가 받치고 있는 건장한 두 손은 검은 반점들로 얼룩져 있었다.

「늦었다고요?」 내가 말했다.

「거의 점심때가 다 됐으니까요.」

나는 아무 말 하지 않았다. 텔레비전 화면을 쳐다보았다. 여러 가전제품들이 화면에 나오고 있었다. 진행자가 쉬지 않고 쏟아 내는 판에 박힌 목소리와 복도에서 들려오는 청소하는 소리뿐, 그 방은 침묵에 싸여 있었다. 미라예스로부터 서너 번째 안락의자에 앉아 있던 여자는 계속 꼼짝하지 않고 있었는데, 턱을 괴고 있는 연약한 손에는 푸른 핏줄들이 드러났다. 난 잠시 그녀가 잠들어 있다고 생각했다.

「하비에르 씨, 말씀하세요.」 미라예스 씨가 말했다. 마치 오랜 시간 동안 대화를 나누다가 잠시 쉬기 위해서 대화를 멈추고 있었던 것처럼 말이다. 「텔레비전을 좋아하시나 보죠?」

「네.」 나는 대답했다. 그리고 그의 콧구멍 밖으로 나온 허연 코털에 시선이 멈추었다. 「하지만 별로 안 봅니다.」

「오히려 난 별로 좋아하지 않지만 많이 봅니다. 퀴즈 대회, 리포트, 영화, 쇼, 뉴스, 온갖 걸 다 보죠. 아시죠? 벌써 5년째 여기서 살고 있습니다. 세상과 완전히 단절된 것이나 다름없지요. 신문은 재미없고, 얼마 전부터 라디오도 듣지 않아요. 그러니까 텔레비전 덕분에 세상 돌아가는 것을 아는 거지요. 예를 들어서, 저 프로 말입니다.」 그는 지팡이 끝 부분을 들지도 않은 채 텔레비전을 가리켰다. 「원 세상에, 저렇게 황당한 것은 처음 봅니다. 참가자가 저 가전제품들 하나하나가 얼마인지 알아맞히는 겁니다. 알아맞히면 그걸 갖는 거지요. 저 보세요, 얼마나 좋아하는지, 저 웃는 모습 좀 보세요.」 그는 잠시 말을 멈추었다. 물론 자기의 관찰이 얼마나 정확한지 나 스스로 평가해 보라는 뜻이었다. 「요즘 사람들은 우리 세대 사람들보다 훨씬 행복하지요. 나이 들 만큼 든 사람은 다 압니다. 그래서 늙은이가 미래에 일어날 끔찍한 일들에 대해 걱정하는 것은 자기가 그때까지 살지 못하는 것에 대해 스스로를 위안하기 위해서 그런다고 생각해요. 그리고 소위 지식인이라는 사람이 텔레비전의 해악에 대해 말하는 것을 들을 때마다 참 아둔한 사람이라는 생각이 들지요.」
미라예스는 몸을 약간 똑바로 하더니 거대한 몸을, 나이가 들어 쪼그라든 검투사의 몸을 나를 향해 돌렸다. 그리고 초록색 눈으로 나를 자세히 들여다보았다. 그의 두 눈은 이상하게도 같지가 않았다. 오른쪽 눈은 표정이 없고 흉터로 반쯤 감겨 있는 반면, 왼쪽 눈은 아주 커다랗고 예리하여 마치 빈정대는 표정 같았다. 그제야 처음 내가 미라예스의 얼굴이라고 여겼던 딱딱한 표정은 단지 흉터로 엉망이 된 반쪽에만 해당된다는 것을 알았다. 다른 쪽은 생기가 돌았고 활기차 보였다. 순간적으로 두 사람이 한 몸에 동거하는 것처럼 보였다. 미라예스가 너무 가까이 있어 약간 주눅이 든 가운데, 살라미나에서 돌아온 노병들도 큰 사고를 당한 늙은 트럭 운전사 같은 그런 분위기였을까 하는 의구심이 들었다.

미라예스 씨가 물었다.

「담배 피우세요?」

나는 상의 주머니에서 담배를 꺼내려는 자세를 취했다. 하지만 채 꺼내기도 전에 그가 만류했다.

「여기선 안 됩니다.」 안락의자의 팔걸이와 지팡이에 의지하며 나의 도움을 거절하면서(「저리 비키세요, 저리요. 필요하면 도움을 청하리다.」) 어렵사리 일어섰다. 내게 지시하듯 말했다.「자, 한 바퀴 산책이나 합시다.」

우리가 정원으로 막 나가려는데 복도 쪽에서 40대쯤으로 보이는 키가 큰 수녀가 나타났다. 가무잡잡한 얼굴에 미소를 띠고 있었고, 흰 블라우스에 회색 치마를 입고 있었다.「도미니크 수녀님한테 미라예스 씨께 손님이 찾아오셨다는 얘길 들었습니다.」 나에게 창백하고 비쩍 마른 손을 내밀었다.「저는 프랑수아즈 수녀입니다.」

나는 악수를 했다. 미라예스 씨는 문을 열다 말고, 마치 나쁜 일을 하다 들킨 것처럼 눈에 띄게 불편한 태도로 소개를 했다. 프랑수아즈 수녀는 그 복지 시설의 원장이라고 말했다. 그리고 내 이름을 거론했다.

「신문사에 근무하고 계십니다.」 그러고는 덧붙였다.「저를 인터뷰하러 오셨습니다.」

「정말요?」 그 수녀가 더 크게 웃는 표정을 지었다.「뭐에 대해서요?」

「아무것도 아닙니다.」 미라예스 씨는 그렇게 말하면서, 눈짓으로 빨리 정원으로 나가자고 재촉했다. 나는 그를 따랐다.「어떤 살인에 관해서요. 60년 전 일입니다.」

「잘됐네요.」 프랑수와즈 수녀는 웃었다.「이제 자신의 죄들을 고백할 때가 되어 가는 거지요.」

「쓸데없는 소리 그만하쇼, 수녀님.」 미라예스는 자리를 떴다.「이제 아시겠죠?」 해먹에 누워 있는 노인들을 지나, 마침내 수련이 양탄자처럼 덮여 있는 연못가를 걸으면서 투덜

거리듯 말했다. 「평생토록 신부님과 수녀님들을 경멸했는데, 지금은 제가 여기에서 삽니다. 수녀님들에게 둘러싸여서요. 담배도 못 피우게 하는데 말이죠. 당신은 가톨릭 신자인가요?」

회양목이 양쪽으로 심겨 있고 자갈이 깔린 오솔길을 따라 우리는 내려가고 있었다. 나는 그날 아침 노트르담 성당에서 촛불을 켜고 자신의 간절한 소망을 적던 그 여인을, 창백한 얼굴에 외모가 돋보이던 그 여인을 생각했다. 하지만 내가 미라예스 씨의 그 질문에 답하기도 전에 그가 대답했다.

「이런 바보 같은 질문을! 이미 신자는 아무도 없지요. 수녀님들 빼고요. 아시다시피 나도 신자는 아닙니다. 나는 상상력이 부족하거든요. 내가 죽으면, 누가 내 무덤 위에서 춤을 춰주면 좋겠어요. 그게 더 기분 좋을 것 같습니다. 안 그래요? 물론 프랑수아즈 수녀님은 별로 좋아하지 않을 거예요. 아마 미사를 해주고 조용히 치르겠지요. 프랑수아즈 수녀님이 마음에 듭니까?」

미라예스 씨가 그녀를 좋아하는지 아닌지 몰랐기 때문에, 나는 아직 잘 모르겠다고 대답했다.

「선생의 의견을 물은 것이 아닙니다.」 미라예스 씨가 말했다. 「마음에 드는지 아닌지 물은 겁니다. 비밀을 지켜 주신다면 제가 진실을 말씀드리지요. 전 아주 좋아합니다. 예쁘지요, 마음씨 좋지요, 똑똑하지요. 그리고 젊잖아요. 한 여자한테 더 이상 뭘 바랄 수 있겠습니까? 수녀만 아니었어도 벌써 수년 전에 건드렸을 겁니다. 하지만 수녀인지라…… 그림의 떡이지요!」

우리는 지하 주차장 입구를 가로지른 뒤 오솔길을 벗어나 작은 둑을 올라가기 시작했다. 미라예스 씨는 지팡이의 도움을 받으며 놀랄 만큼 민첩하게 올랐다. 나는 그를 뒤따랐는데, 그가 언제든지 떨어질 수 있을 것 같아 겁이 났다. 둑 건너편에는 잔디가 조금 심긴 공간이 있었고, 거기에 나무 벤치가 하나 놓여 있었다. 그 벤치는 차량 통행이 드문 콩보트 거리와, 더 멀리 짝을 지어 길게 늘어선 집들을 향해 놓여 있었다. 우리는 그 벤치에 앉았다.

미라예스 씨는 지팡이를 벤치에 기대어 놓고는 말했다. 「자, 그 담배 좀 주세요.」

담배를 건넸다. 불을 붙여 주고, 나도 한 대에 불을 붙였다. 미라예스 씨는 환희에 차서 연기를 깊이 들이마시며 담배를 피웠다.

「이곳에서는 담배 피우는 것이 금지되어 있습니까?」 내가 물었다.

「천만에요! 그냥 아무도 안 피우는 거지요. 나는 혈전병이 생기고 나서 의사가 못 피우게 했어요. 대체 무슨 상관이 있다는 건지. 하지만 가끔 난 부엌으로 가서 요리사 담배를 하나 슬쩍 꼬불쳐서 내 방이나 이곳에서 피웁니다. 전망이 어떻습니까?」 난 곧바로 그를 심문하고 싶지 않았고, 게다가 그 사람이 자기 일에 관해 말하는 것을 듣고 싶었기 때문에, 잠시 동안 우리는 그 복지 시설에서의 생활과 에스트레야 데 마르나 볼라뇨 씨에 관해서 이야기를 나누었다. 그가 아직 정신이 아주 맑고 기억력이 완벽하다는 것을 난 확인했다. 그리고 그의 이야기를 대충 들으면서 만약 내 아버지가 살아 계시다면 미라예스 씨와 나이가 똑같을 거라는 데 생각이 미쳤다. 그 사실이 내겐 신기하게 여겨졌다. 더 신기한 것은 바로 그 순간 그곳에서 아버지를 생각했다는 사실이었다. 비록 아버지께서 돌아가신 지가 이미 6년도 더 지났지만, 아직 아버지는 돌아가신 것이 아니라고 생각했다. 왜냐하면 아직도 누군가 그분을 기억하는 사람이 있기 때문이다. 아니면 내가 아버지를 기억하는 것이 아니라, 아버지께서 완전히 죽지 않으려고 나의 기억에 매달려 있는 건지도 모른다.

「이런 얘길 하자고 여기 오신 것은 아니지 않습니까?」 어느 순간 미라예스 씨가 이야기를 중단했다. 우리가 꽁초를 버리고 나서 조금 뒤였다. 「쿨엘에 대해 얘기하러 왔잖습니까.」

나는 어디서부터 시작해야 할지 몰랐다. 그래서 이렇게 물었다.

「그럼 정말 쿨엘에 계셨나요?」

「그럼요, 쿨엘에 있었지요. 말도 안 되는 소린 그만하세요. 만약 내가 거기 없었다면, 당신이 여기 왔겠습니까? 거기 있었고말고요. 일주일, 어쩌면 2주일, 아니면 그보다 더. 1939년 1월 말경이었지요. 내 기억이 확실합니다. 왜냐하면 바로 그달 31일에 난 국경을 넘었거든요. 그 날짜는 잊히지 않아요. 하지만 우리가 왜 거기에 그렇게 오랫동안 있었는지 모르겠어요. 우리는 에브로 제5군단의 잔여 부대원들이었습니다. 대부분이 내전을 온전히 다 치른 베테랑들이었지요.

그해 여름부터 쉬지 않고 전투를 치러 왔는데, 전선이 무너지자 정신없이 국경을 향해 퇴각할 수밖에 없었어요. 불순분자들과 파시스트들이 우리 뒤를 바싹 쫓아오고 있었고요. 그런데 프랑스를 눈앞에 두고 갑자기 정지하라는 명령이 내려왔습니다. 물론 우리는 고마웠지요. 몸이 천근만근이었으니까요. 하지만 무슨 일로 그 며칠 동안 휴식 기간을 갖는지 모르고 있었지요. 여러 가지 소문이 돌았습니다. 리스테르가 헤로나를 방어할 준비를 한다는 말도 있고, 잘은 모르지만 어딘가를 통해 반격을 준비한다고 말하는 사람도 있었습니다. 말도 안 되는 소리였지요. 우린 무기도, 실탄도, 군수물자도, 뭣 하나도 없었거든요. 사실, 우린 군대도 아니었어요. 단지 남루한 차림으로 몇 개월 동안 굶주린 채 숲 속에 흩어진 한 무리에 지나지 않았지요. 하긴 그래요, 적어도 우린 휴식은 취했지요. 쿨엘을 잘 아시죠?」

「조금요.」

「헤로나에서 그리 멀지 않아요. 바뇰레스 지역에 있지요. 일부는 그곳에서 며칠간 머물렀고, 일부는 그 주변 다른 마을들에 머물렀습니다. 그리고 나머지 우리는 쿨엘로 보내졌지요.」

「뭣하러요?」

「나도 모르겠어요. 사실 아무도 몰랐을 겁니다. 감이 안 잡히세요? 그 당시 상황은 정말 믿기 어려울 정도의 무질서 상태였지요. 각자 알아서 제 목숨을 챙기는 겁니다. 명령은 난무하는데 따르는 놈은 하나도 없었지요. 기회만 되면 탈주했습니다.」

「미라예스 씨는 왜 도망치지 않았습니까?」

「탈주요?」 미라예스 씨는 마치 자기 두뇌가 그 질문을 처리할 준비가 되어 있지 않은 듯 나를 바라보았다. 「글쎄요. 모르겠네요. 그런 생각이 떠오르지 않았나 봅니다. 그런 순간에 생각한다는 것은 쉽지 않지요. 이해가 되세요? 게다가, 어디로 간단 말입니까? 부모님들은 다 돌아가셨고, 형도 나처럼 전선에 있었는데……. 봐요.」 그는 지팡이를 들었다. 마치 자신을 궁지에서 벗어나게 해주려고 뜻하지 않은 사람이 온 것처럼. 「저기 보세요.」

우리 앞에, 콩보트 거리와 복지 시설의 정원 사이에 쳐진 울타리 건너편으로 한 무리의 유치원 아이들을 두 여선생이 인솔하며 지나가고 있었다. 나는 미라예스의 이야기에 끼어든 것을 후회했다. 왜냐하면 그 질문이(그 질문에 답할 수 없어서인지, 아니면 단순히 아이들이 지나가서인지 몰라도) 그 사람을 자신의 기억들로부터 분리하는 것처럼 보였기 때문이다.

「시계같이 정확하다니까요.」 미라예스 씨가 말했다. 「선생은 자녀가 있습니까?」

「아니요.」

「아이들을 좋아하지 않나요?」

「좋아합니다.」 나는 그렇게 대답하면서 콘치를 생각했다. 「하지만 없습니다.」

「나도 아이들을 좋아합니다.」 미라예스 씨가 지팡이를 아이들을 향해 흔들면서 말했다.「저 개구쟁이 좀 봐요. 모자 쓴 아이 말이에요.」우리는 잠시 아무 말 없이 아이들을 바라보았다. 무슨 말이 필요했겠는가. 하지만 난 바보 같은 말을 지껄였다.

「아이들은 항상 행복해 보이죠.」

「제대로 보지 못하는군요.」미라예스 씨가 내 말을 수정했다.「절대 그렇게 보이는 게 아닙니다. 그냥 늘 행복하지요. 우리도 마찬가집니다. 문제는 우리도, 저 아이들도 그걸 깨닫지 못하는 거지요.」

「무슨 말씀인지요?」

미라예스 씨는 처음으로 웃음을 지었다.

「우린 살아 있지 않습니까, 안 그래요?」지팡이에 의지하면서 자리에서 일어났다.「자, 식사 시간이 됐군요.」

다시 건물로 돌아가면서 내가 말했다.

「제게 쿨엘에 대해 말씀하시던 중이셨지요.」

「담배 한 대 더 주시겠소?」

마치 뇌물을 주듯, 그에게 담뱃갑째로 내밀었다. 그는 바지 주머니에 집어넣으면서 물었다.

「내가 무슨 얘길 하다가 중단했지요?」

「거기 계셨을 당시 상황이 아주 혼란스러웠다고요.」

「그럼요.」쉽사리 이야기의 실마리를 잡았다.「그 광경을 상상해 보세요. 우린 보병 대대에서 남은 자들이었습니다. 바스크 출신 대위가 지휘하고 있었는데, 아주 점잖은 사람이었어요. 이름은 기억이 나지 않습니다만. 대대장은 바르셀로나에서 빠져나올 때 폭격을 맞아 죽었지요. 하지만 문관도, 헌병대도, SIM 요원도 있었어요. 골고루 다 있었지요. 무슨 볼일로 거기 있는지 우린 아무도 몰랐습니다. 국경을 넘으라는 명령을 기다리기 위해 거기 있었다고 봅니다. 그게 우리가 할 수 있는 유일한 것이었지요.」

「포로들을 감시하지는 않으셨나요?」

회의적인 듯 인상을 찌푸렸다.

「대충.」

「대충이라니요?」

「아, 물론 포로들을 감시했지요.」 마지못해 인정했다. 「내가 말하려는 것은 그 일을 맡았던 것은 헌병대였는데, 가끔 포로들이 산책하거나 다른 일로 밖으로 나오게 되면 우리한테 그들 곁에 있으라고 지시하곤 했다는 겁니다. 그걸 감시라고 한다면, 우리도 포로들을 감시했다고 할 수 있지요.」

「그 포로들이 어떤 사람들이었는지 알고 있었나요?」

「거물들이라는 건 알고 있었습니다. 주교들, 군인들, 제5열의 팔랑헤 당원들. 그런 사람들이었지요.」

우리는 자갈이 덮인 오솔길을 되돌아갔다. 몇 분 전만 해도 햇볕을 쬐고 있던 노인들은 자신들이 있던 해먹에서 벗어나 건물 입구와 여전히 텔레비전이 켜져 있는 방에서 무리 지어 이야기를 나누고 있었다.

「아직 이르군. 저 사람들이 들어가게 둡시다.」 미라예스 씨가 내 팔을 잡으면서 말했다. 그리고 연못가에서 자기 옆에 나를 앉혔다. 「당신은 산체스 마사스에 대해 말하고 싶었지요? 그렇죠?」 나는 동의했다. 「사람들 말로는 좋은 작가라고 하던데, 댁은 어떻게 생각합니까?」

「그는 괜찮은 군소 작가였습니다.」

「그게 무슨 말인가요?」

「좋은 작가였지만, 위대한 작가는 아니었다는 거지요.」

「그러니까, 엄청나게 못돼 처먹은 인간도 좋은 작가일 수 있다는 얘기네. 참 별일이 다 있군! 안 그렇소?」

「산체스 마사스가 쿨엘에 있다는 사실을 알고 계셨나요?」

「그럼요! 어떻게 그걸 모르겠습니까? 제일 큰 거물이었는데. 우린 모두 그 사람을 알고 있었지요. 산체스 마사스에 대해 그 이전에 들었고, 그자에 대해서 충분히 알고 있었어요. 그자와 그런 부류에 속하는 너덧 인간들의 잘못으로 세상이 그렇게 되었다는 것을 말이죠. 확실하진 않지만, 산체스 마사스가 쿨엘에 도착하기 며칠 전부터 이미 우린 거기서 머물고 있었던 것 같아요.」

「그랬을 수 있지요. 산체스 마사스는 총살당하기 단지 닷새 전에 도착했으니까요. 아까 제게 말씀하시길 1월 31일에 국경을 넘었다고 하셨죠. 총살 집행은 30일이었습니다.」

미라예스 씨에게 그날 여전히 쿨엘에 있었는지, 그리고 그날 일어난 일을 기억하는지 막 물으려는 참이었다. 미라예스 씨는 지팡이 끝으로 보도블록 이음매에 끼어 있는 흙을 긁어내고 있다가 말을 이었다.

「그 전날 밤에 개인 장비를 챙기라는 명령이 떨어졌습니다. 다음 날 출발할 거라 했어요. 다음 날 아침 일단의 포로들이 수도원을 나서는 것을 보았습니다. 몇 명의 헌병들이 호송을 하고 있었지요.」

「그 포로들을 총살할 거라는 걸 알고 있었나요?」

「아뇨. 우린 그들에게 일을 시키려는 거라고 믿고 있었어요. 아니면 포로 교환을 하든지. 포로 교환에 대해 얘기가 많았었거든요. 사실 그 얼굴 표정이 그들을 포로 교환을 위해 데려가는 것 같지는 않았습니다.」

「산체스 마사스의 얼굴을 알고 계셨나요? 그 포로들 중에서 그 사람을 보셨습니까?」

「아니요. 모르겠습니다. ……아닌 것 같습니다.」

「그 사람 얼굴을 몰랐다는 겁니까? 아니면 그 사람을 보지 못했다는 건가요?」

「그 사람 얼굴을 보지 못했다는 거죠. 그 사람 얼굴이야 알고 있었지. 그 사람을 어떻게 모를 수 있겠소! 우리 모두 다 알고 있었지요.」

미라예스 씨는 산체스 마사스 같은 사람이 그런 곳에서 알려지지 않은 채 지낸다는 것은 불가능한 일이라고 했다. 그래서 다른 동료들과 마찬가지로 자신도 여러 차례 그 사람이 다른 포로들과 함께 산책하러 정원에 나왔을 때 관심을 가지고 보았다고 했다. 어렴풋하게 그 사람의 근시 안경과 특유의 날카롭고 높은 코, 가죽점퍼를 기억했다. 바로 그 점퍼를 입고 얼마 후 그는 프랑코가 주재하는 회의에 나타나 의기양양하게 믿지지 않는 자신의 기구한 경험담을 발표하게 되었던 것이다. ……미라예스 씨는 말을 중단했다. 마치 기억해 내려고 애쓰느라 잠시 탈진한 것 같았다. 건물 내부로부터 식사하는 소리가 희미하게 들려왔다. 슬쩍 쳐다보니 텔레비전 화면이 꺼져 있는 것이 보였다. 이제 미라예스와 나만 정원에 남아 있었다.

「그다음에는요?」

미라예스 씨는 지팡이로 보도블록 이음매를 파던 것을 멈추더니 티 없이 맑은 정오의 공기를 들이마셨다.

「더 이상 아무것도 기억이 없소.」 그는 길게 숨을 내뱉었다. 「사실은 기억이 뚜렷하지는 않습니다. 모든 것이 아주 혼란스러웠어요. 내 기억에 우린 총소리를 듣고서 막 달려갔습니다. 그때 누군가 포로들이 도망간다고 소리쳤지요. 그래서 우린 숲을 수색하기 시작했습니다. 도망친 포로들을 찾아내기 위해서요. 그 수색이 얼마나 걸렸는지는 모르겠지만, 간간이 총소리가 들렸어요. 누군가를 잡은 것이었지요. 어쨌든 탈출한 자가 한 명 이상일 수도 있겠지요.」

「탈출한 자는 둘이었습니다.」

「내가 그럴 수 있다고 했지 않습니까. 그 전부터 비가 내리기 시작한 데다가 거기는 숲이 아주 우거졌지요. 적어도 내 기억에는 그렇습니다. 결국 우리는 수색하는 데 지치자 (아니면, 누군가 우리에게 명령을 내렸기 때문에) 수도원으로 돌아왔습니다. 그리고 짐을 챙겨 그날 아침에 바로 떠났지요.」

「그러니까 미라예스 씨 말씀에 따르면, 총살 집행이 아니었네요.」

「이봐요, 젊은 양반, 내가 하지도 않은 일을 말하라고 하지 마시오. 나는 사실을 있는 그대로, 내가 경험한 그대로 전하는 것뿐이니까. 해석은 댁이 알아서 하는 거고. 그러니까 당신은 신문 기자 아니오? 안 그렇습니까? 게다가 이건 인정하겠지요. 그 당시 누군가 총살당해 마땅한 자가 있었다면 그건 바로 산체스 마사스였다는 것 말입니다. 그자와 그 일당 몇 명만 제때 처치했더라면 어쩌면 우린 그 전쟁을 하지 않았을지도 모릅니다. 안 그렇습니까?」

「총살당해 마땅한 사람은 아무도 없다고 전 생각합니다.」

미라예스 씨는 천천히 몸을 돌리더니 서로 다른 두 눈으로 나를 쳐다보았다. 빈정대는 듯하면서도 당혹스러워하는 자신의 태도에 대한 반응을 마치 내 눈에서 찾는 것 같았다. 나의 다정한 미소에 갑작스럽게 굳어진 그의 얼굴이 부드러워졌다. 잠시 나는 그 미소가 큰 웃음으로 터져 버릴까 봐 걱정되었다.

「설마 평화주의자는 아니겠지요!」 그렇게 말하면서 한 손을 내 쇄골에 올렸다. 「저런, 저긴 벌써 시작했구먼.」 나를 의지하면서 몸을 일으키더니 지팡이로 건물 입구를 가리켰다. 「그건 그렇고, 프랑수아즈 수녀님이 뭐라고 하실지 봅시다.」

나는 그의 농담을 무시했다. 왜냐하면 이제 시간이 없다고 생각했기 때문이다. 나는 서둘러 말했다.

「마지막 질문을 하나 드리고 싶은데요.」

「딱 하나만요.」 그가 큰 소리로 수녀님을 향해 말했다. 「수녀님, 이 기자가 마지막으로 하나만 더 질문한대요.」

「좋아요.」프랑수아즈 수녀가 말했다.「하지만 대답을 너무 길게 하시면 점심은 없어요, 미라예스 씨.」그러고는 나를 향해 미소를 지으면서 덧붙였다.「오후에 또 오시지그래요?」

「그래요, 젊은 양반.」미라예스 씨가 반색을 하면서 맞장구를 쳤다.「오후에 또 와서 계속 얘기합시다.」

내가 오후 5시에 다시 오는 것으로 우린 약속을 했다. 오후 낮잠과 재활 운동이 끝나는 시간이었다. 나는 프랑수아즈 수녀님과 함께 식당까지 미라예스 씨와 동행했다.「담배 잊지 마요.」미라예스 씨가 내 귀에다 대고 소곤거렸다. 작별 인사를 하는 것 같았다. 그리고 식당으로 들어가 이미 식사를 시작한 백발노인들 사이에 끼어 식탁에 앉더니, 남들 보란 듯이 공모의 윙크를 내게 보냈다.

「저분께 뭘 드렸나요?」출구를 향해 걸어가면서 프랑수아즈 수녀님이 물었다.

미라예스 씨의 셔츠 주머니를 툭 튀어나오게 한 금지된 담뱃갑을 언급하고 있다고 생각한 나머지 나는 얼굴이 붉어졌다.

「드리다니요?」

「아주 기분이 좋아 보이시던데요.」

「아.」나는 마음이 놓여 웃음을 지었다.「우린 전쟁에 대해서 얘기하고 있었어요.」

「어떤 전쟁요?」

「스페인 내전 말입니다.」

「미라예스 씨가 스페인 내전에 참전했는지도 모르고 있

었어요.」

 미라예스 씨는 하나의 전쟁이 아니라 수많은 전쟁에 참전했다는 말이 막 나오려고 했다. 하지만 난 말할 수 없었다. 왜냐하면 그 순간 무르주크의 오아시스를 향해 리비아의 사막을 걷고 있는 미라예스가 내 눈에 들어왔기 때문이다. 남루한 차림에 먼지를 뒤집어쓴 젊은 무명용사가 자기 나라가 아닌 어느 나라의 삼색기를 들고 가고 있다. 그 나라는 곧 모든 나라이고, 자유를 신봉하는 나라이며, 이제 오로지 그와 네 명의 아랍인과 한 명의 흑인이 그 깃발을 들고 앞으로 앞으로 끊임없이 앞으로 나아가고 있기 때문에 존재하는 나라이다.

「미라예스 씨를 보러 오는 사람이 있습니까?」 프랑수아즈 수녀님에게 물었다.

「아니요. 처음엔 그분의 사위가 오곤 했지요. 죽은 딸의 남편 말입니다. 그러다 발길을 끊었지요. 서로 좋지 않게 끝난 것 같아요. 미라예스 씨는 좀 쉽지 않은 성격이죠. 그래도 한 가지 확실하게 말씀드릴 수 있는 것은 가슴은 참 따듯한 사람이란 겁니다.」

 몇 개월 전 미라예스 씨가 뇌경색으로 왼쪽이 마비되었던 일에 대해 말하는 것을 들으면서, 프랑수아즈 수녀님이 마치 유력한 손님에게 말 안 듣는 고아를 맡기려고 하는 어느 고아원 원장님처럼 느껴졌다. 또 미라예스 씨가 다루기 힘든 고아가 아니라고 해도, 고아인 것만은 확실하다는 생각을 했다. 그러자 나는 미라예스 씨가 죽게 되면, 완전히 죽지 않기 위해서 누구의 기억에 매달리게 될지 궁금해졌다.

「그렇게 한쪽을 영영 못 쓰게 되는 줄 알았지요.」프랑수아즈 수녀님이 계속 이야기를 이어 나갔다. 「그런데 아주 잘 회복했어요. 체력이 황소 같아요. 금연하고, 소금을 치지 말고 식사를 하라고 하는데 잘 안 되네요. 하지만 곧 적응하겠지요.」안내대에 도착하자 그녀는 내게 손을 내밀었다. 「자, 오후에 또 봐요. 오시는 거죠?」

복지 시설을 나서기 전에 나는 시계를 보았다. 12시가 약간 넘었다. 다섯 시간이 비어 있었다. 뭔가 마실 수 있는 테라스가 있는 바를 찾아 레데 대로를 따라 걸었다. 하지만 찾지 못한 나머지 — 그 동네는 똑같은 집들에다 넓은 길들로 짜여 있는 교외 지역이었다 — 지나가는 택시를 잡아타고는 시내로 가자고 했다. 택시는 반원형의 광장에 나를 내려 주었다. 그 광장은 보르고뉴 공작 저택을 품듯이 펼쳐져 있었다. 그 저택 맞은편에 있는 한 테라스에 앉아 맥주를 두 병 마셨다. 해방 광장이라고 적힌 표지판이 눈에 들어왔다. 어쩔 수 없이 나는, 1944년 8월 24일 밤, 포르트드장티이를 통해 연합군 일선 부대들과 함께 자신의 탱크를 타고 파리에 입성하는 미라예스를 떠올렸다. 그 탱크 이름은 과달라하라나 사라고사, 아니면 벨치테였을 것이다. 내 옆에서는 아주 젊은 부부가 발그스레한 아기가 웃고 우는 데에 따라서 호들갑을 떨었고, 사람들이 바쁘고 무관심하게 그 앞을 지나가고 있었다. 난 이런 생각을 했다. 〈반쯤 애꾸눈에다 인생 막바지에 숨어서 담배를 피우는 그 노인, 지금 이 순간 여기서 몇 킬로미터 떨어진 곳에서 소금 없이 음식을 먹고 있는 그 노인을 아는 사람은 아무도 없다. 하지만 그 노인에게 빚지지 않은 사람도 아무도 없다.〉 난 생각했다. 〈그 노인이 죽으면 아무도 그를 기억하지 않을 것이다.〉 나는 다시 자유 프랑스의 깃발을 들고 무르주크의 오아시스를 향해 끝없이 펼쳐진 리비아의 뜨거운 사막을 걸어가고 있는 미라예스를 떠올렸다. 그 순간 사람들은 자기 일을 보기 위해서 프랑스의 이 광장과 유럽의 모든 광장들을 걸어가고 있었던 것이다. 자신의 운명과 그들이 이미 포기한 문명의 운명이 미라예스가 앞으로, 계속 앞으로 걸어가는 것에 달려 있음을 모르고서 말이다. 그 순간 나는 산체스 마사스와 호세 안토니오를 떠올렸다. 그리고 어쩌면 그들이 틀리지 않았고, 결국 문명을 구한 것은 항상 소수의 전사들이었다는 생각이 들었다. 난 생각했다. 〈호세 안토니오도, 산체스 마사스도 상상하지 못했다. 자신들이나 자신들과 같은 그 어느 누구도 바로 그 마지막 소수의 전사 집단이 될 수 없다는 것을. 반대로 우연히 혹은 재수가 없어 그곳에 있었던 네 명의 아랍인과 한 명의 흑인, 그리고 카탈루냐 출신인 한 명의 선반공이 그 마지막 소수의 전사들이 되리라는 것을 상상하지 못했던 것이다. 그리고 누군가 선반공에게 당신이 그 암흑의 시기에 모든 사람을 구원하고 있다고 말했더라면 그 사람은 우스워 죽었을 거라는 것을, 어쩌면 바로 그런 이유 때문에 — 문명이 자기 손에 달려 있다는 것을 상상도 하지 못하고 있었기에 — 그 문명을 구한 마지막 대가로 조국이 아닌 다른 나라의 쓸쓸한 도시에 있는 빈민 복지 시설의 방 하나에서 잊힌 채 살게 될 거라는 것도 모른 채, 그리고 그 복지 시설에서는 아무도, 어쩌면 웃는 표정에 비쩍 마른 한 수녀, 그가 전쟁에 참전했다는 사실조차 모르던 그 수녀를 제외하고는 아무도 자신을 그리워하지 않을 거라는 것도 모른 채 그는 문명과 우리를 구하고 있었다는 사실을 호세 안토니오도, 산체스 마사스도 상상하지 못했던 것이다.〉

그날 아침을 먹었던 곳에서 아주 가까운 그랑지에 광장에 있는 카페 센트랄에서 점심을 먹었다. 그러고 나서 포스트 거리에 있는 어느 테라스에서 커피와 위스키를 마시고 담배 한 보루를 산 뒤 넹페아스 복지 시설로 다시 갔다. 미라예스 씨가 자기 방에 오라고 한 5시가 되기 전이었다. 놀랍게도 그의 방은 내가 생각했던 그런 지저분한 수용 시설의 방이 아니라 깨끗하고, 잘 정돈되고, 볕이 잘 드는 작은 아파트였다. 부엌, 화장실, 침실, 벽에 아무런 장식이 없는 작은 거실, 소파 두 개, 식탁 하나, 오후의 태양이 비치는 발코니의 큰 창이 한눈에 들어왔다. 인사를 대신해 담배 한 보루를 건넸다.

「너무 심한걸.」 셀로판지를 뜯고 담배 두 갑을 꺼내면서 그는 말했다. 「대체 이렇게 큰 것을 어디다 숨기란 말이오?」 그러고는 나머지를 내게 돌려주었다. 「네스카페 한잔 하겠소? 물론 카페인이 없는 거요. 난 진짜 커피는 못 마시게 되어 있다오.」

난 별로 생각이 없었지만 받아들였다. 미라예스 씨는 커피를 준비하면서 아파트가 어때 보이냐고 물었다. 난 아주 좋아 보인다고 했다. 그는 여러 가지 복지 시설의 서비스(의료, 오락, 문화, 위생)와 매일 해야 하는 재활 운동에 대해서 얘기해 주었다. 네스카페 준비가 끝나자 나는 그 잔들을 거실로 옮기려고 잡았는데, 그는 가만 놔두라는 몸짓을 했다. 아래에 붙은 수납장을 열고서, 곡예사 같은 유연함으로 몸을 반쯤은 집어넣더니 의기양양하게 병을 하나 꺼냈다.

「이걸 조금 넣지 않으면 이 커피는 이 맛도 저 맛도 아니지.」 각 잔에다 조금씩 따르면서 말했다.

미라예스 씨는 그 병을 제자리에 두었고, 우린 각자 자기 잔을 들고서 거실에 있는 소파에 앉았다. 나는 네스카페를 한 모금 마셨다. 그가 첨가한 것은 코냑이었다.

「자, 말해 봐요.」 미라예스 씨는 흥미롭다는 듯, 거의 신이 난 듯 말하면서 편안하게 소파에 앉아 네스카페를 저었다. 「심문을 계속할까요? 내가 아는 것은 이미 다 얘기했습니다만.」

갑자기 계속 질문을 한다는 것이 부끄럽게 느껴졌다. 그리고 미라예스 씨에게 할 질문이 하나도 없다 해도 거기 있으면서 대화도 나누고 네스카페도 같이 마시고 싶다고 말하고 싶어졌다. 한순간 미라예스에 대해 알아야 할 것은 이미 다 알아냈다는 생각이 들었다. 그리고 이유는 모르겠지만, 나는 볼라뇨와 그 밤을 떠올렸다. 미라예스가 캠핑카 차양 아래서 루스와 파소 도블레 춤을 추는 모습을 볼라뇨가 지켜보면서 자기의 캠핑장 시절은 이제 끝났음을 깨달았던 그 밤을 기억했다. 볼라뇨를 생각하고, 내 책 『살라미나의 병사들』을 생각하고, 콘치를 생각하고, 산체스 마사스를 살려 준 사나이를 찾아다니면서 보낸 그 수많은 나날을 동시에 떠올렸다. 숲 속에서 있었던 그 시선의 의미와 그 고함 소리의 의미를 찾으며, 60년 전 임시 감옥의 정원에서 파소 도블레 곡에 맞춰 춤추던 그 사나이를 찾으며 보낸 그 많은 나날을 생각했다. 미라예스와 루스가 카스텔데펠스의 서민적인 캠핑장에 마련한 임시 거처의 처마 아래서 춘 것처럼, 다른 파소 도블레, 아니 어쩌면 같은 파소 도블레 곡에 맞춰 춤을 추었던 그 사나이를 찾으면서 보낸 세월을 동시에 생각했던 것이다. 나는 질문을 하지 않았다. 그리고 마치 알려지지 않은 사실을 폭로하듯 말했다.

「산체스 마사스가 그 총살 집행에서 살아남았습니다.」 미라예스 씨는 고개를 끄덕이면서 차분하게 코냑을 탄 네스카페를 음미하였다. 나는 덧붙였다. 「어떤 사람 덕분에 살아남았지요. 리스테르 부대의 병사였습니다.」

그 사건을 이야기해 주었다. 내 말이 끝나자 그는 빈 잔을 탁자 위에 놓은 다음 소파에서 일어나지는 않은 채 몸을 약간 기울이더니 발코니 쪽 큰 창문을 열고 밖을 내다보았다.

「아주 소설 같은 얘기로군요.」 감정이 배제된 목소리로 말하면서, 오전에 반쯤 남은 상태로 건네준 담뱃갑에서 담배를 하나 꺼냈다.

나는 미겔 아기레를 떠올리고는 말했다.

「그럴 수도 있지요. 하지만 모든 전쟁은 소설 같은 얘기 투성이입니다. 안 그렇습니까?」

「전쟁을 몸소 겪지 않은 사람만 그렇게 보겠지.」 연기를 한 모금 내뿜었다. 그리고 뭔가를 뱉었는데, 아마 담배 가루 같았다. 「전쟁을 단지 이야기로 전하는 사람들만 그렇게 보겠지요. 전쟁터로 가서 싸워 보지는 않고 전쟁을 이야기로만 전하는 사람들한테는 말입니다. 파리에 입성했던 그 미국 작가 이름이 뭐더라?」

「헤밍웨이죠.」

「헤밍웨이, 그래요. 철딱서니 없는 놈!」

미라예스 씨는 아무 말 없이 멍하니 있었다. 담배 연기가 발코니에 머문 빛 속에서 천천히 꼬불꼬불 올라가는 것을 바라보고 있었다. 발코니를 통해 간헐적으로 차량이 지나가는 소리가 들려왔다.

「리스테르 휘하의 그 병사 이야기 말입니다.」 다시 나를 향하면서 이야기를 시작했다. 그의 얼굴 오른쪽 반이 울룩불룩 거친 모습을 드러냈다. 왼쪽 반의 표정은 애매했다. 무관심한 표정과 실망스러운, 거의 짜증스러운 표정이 함께하고 있었다. 「누가 그 이야기를 했습니까?」

나는 그것에 대해 설명을 했다. 미라예스는 머리를 끄덕이며 동의를 표했고, 입을 동그랗게 하고는 약간 조롱하는 듯한 모습이었다. 그날 오후 나를 맞이할 때의 그 쾌활한 모습은 분명 사라져 버렸다. 나는 무슨 말을 해야 할지 몰랐다. 무슨 말이든 해야 한다는 것은 알고 있었다. 미라예스가 먼저 말을 이었다.

「한 가지만 말해 봐요. 당신한테는 산체스 마사스와 그의 총살 집행이 별 상관없는 일 아니오? 안 그래요?」

「무슨 말씀인지 모르겠는데요.」 나는 진지하게 말했다.

그는 이상하다는 듯 내 눈을 쳐다보았다.

「작가들은 한심한 작자들이라니까!」 그는 껄껄 웃었다. 「그러니까 당신이 찾아다닌 것은 영웅이었던 거지요. 그 영웅은 바로 나고. 안 그래요? 기가 막히네! 그런데 당신은 평화주의자라고 우리가 결론짓지 않았나요? 그거 알아요? 평화로운 시절에는 영웅이 없다는 거. 어쩌면, 항상 거의 반나체로 돌아다니던 그 키가 작은 인도 사람[54] 빼고는 말이오. 그 인도인조차도 영웅은 아니었소. 단지 사람들이 그를 죽였을 때 그 사람은 영웅이 된 거지요. 영웅들은 죽거나 살해될 때 영웅이 되는 겁니다. 그리고 진정한 영웅들은 전쟁에서 태어나 전쟁에서 죽지요. 살아 있는 영웅은 없소이다, 젊은 양반. 모두 다 죽었어요. 모두 죽었어요, 죽었어, 죽었다고.」 미라예스의 목소리가 갈라졌다. 잠시 말을 중단하고는 침을 삼키면서 담배를 껐다. 「이거 한잔 더 하겠소?」

빈 잔들을 들고 그는 부엌으로 갔다. 거실에까지 그가 코 푸는 소리가 들렸다. 다시 왔을 때 눈에 습기가 반짝였다. 하지만 마음은 가라앉은 듯 보였다. 나는 뭔가에 대해 죄송하다고 했던 것 같다. 왜냐하면 미라예스가 내게 네스카페를 건네준 뒤 다시 소파에 깊숙이 앉고 나서 성급하게, 거의 짜증을 내며 내 말을 가로막은 기억이 나기 때문이다.

---

[54] 간디를 말함.

「죄송할 것 없어요, 젊은 양반. 잘못한 게 하나도 없으니까. 게다가 그 나이쯤 되면 남자들은 죄송하다는 말을 하지 않는다는 것도 이미 배웠잖소. 할 건 하고, 말할 건 하고, 그러고 나서 감내하는 겁니다. 당신이 알지 못하는 것 한 가지만 말하리다. 전쟁에 관한 거요.」 네스카페를 한 모금 마셨다. 나도 한 모금 마셨다. 그가 코냑을 또 넣었다는 것을 알았다. 「내가 1936년에 전선을 향해 나설 때 다른 청년들도 함께 갔었소. 나처럼 테라사 지역 출신들이었지요. 아주 젊었지요. 거의 애들이었어요, 나처럼 말이죠. 어떤 녀석은 얼굴을 본 적이 있거나, 이야기를 건넨 적이 있었지요. 대부분은 몰랐어요. 가르시아 세게스 형제들(이름은 주안과 렐라), 미겔 카르도스, 가비 발드리치, 피포 카날, 엘고르도 오데나, 산티 부르가다, 조르디 구다욜. 그들과 함께 전쟁을 했어요. 두 개의 전쟁을 함께요. 스페인 내전과 다른 전쟁을 말입니다. 비록 두 전쟁이 다 똑같은 것이었지만. 그런데 그들 중에 살아남은 사람이 아무도 없어요. 모두 죽었어요. 마지막으로 죽은 사람은 렐라 가르시아 세게스지요. 처음에 나는 그의 형인 주안과 더 친했어요. 나하고 동갑이었거든. 하지만 시간이 지나면서 렐라는 가장 절친한 친구가 되었습니다. 더 친한 친구는 없었어요. 우린 너무 잘 통해서 같이 있으면 말을 할 필요도 없었어요. 렐라는 1943년 여름 트리폴리 근처의 어느 마을에서 죽었어요. 영국 탱크에 깔렸지요. 아시겠소? 전쟁이 끝난 이후로 그 친구들을 생각하지 않은 날이 단 하루도 없었어요. 정말 어린 친구들이었는데…… 전부 죽었습니다. 죽었어요. 죽었어. 모두 다. 어느 누구 하나 이 세상의 좋은 것을 맛보지도 못했지요. 어느 누구도 자기만의 여자를 가져 보지 못했어요. 아이를 낳고, 그 아이가 서너 살쯤 되던 어느 일요일 아침, 햇살이 가득한 침실에 자기 아내와 누워 있는 침대로 와 그 사이를 비집고 들어오는 그 황홀함을 그 누구도 맛보지 못했단 말입니다……」 어느 순간 미라예스는 울기 시작했다. 그의 얼굴과 목소리는 변하지 않았다. 하지만 눈물은 하염없이 흉터 자국을 타고 재빠르게 흘러내렸고, 턱수염이 덥수룩한 볼에서는 천천히 흘러내리고 있었다. 「나는 가끔 그 친구들 꿈을 꿉니다. 그때마다 죄책감을 느끼지요. 모두들 그때 모습 그대로 농담을 하면서 내게 인사를 건네요. 그때처럼 여전히 젊지요. 그들에겐 시간이 흐르지 않으니까요. 내게 왜 자기들하고 같이 있지 않느냐고 물어요. 마치 내가 그들을 배신한 듯이요. 내가 정말 있을 곳은 거기였으니까요. 아니면 내가 그들 중 누군가의 자리를 대신 차지한 듯 말이죠. 아니면 사실은 내가 이미 60년 전에 스페인이나 아프리카, 혹은 프랑스의 어느 참호에서 죽었고, 내세를 꿈꾸고 있는 것 같기도 해요. 아내와 아이들을 두었고, 복지 시설의 이 방에서 당신과 함께 이야기를 하면서 끝나는 내세를 말이죠.」 미라예스는 더 빨리 이야기를 했다. 닦지도 않은 눈물은 목을 타고 흘러 플란넬 셔츠를 적시고 있었다. 「아무도 그들을 기억하지 않습니다. 아세요? 아무도 기억하지 않는다고요. 그들이 왜 죽었는지, 왜 아내와 아이와 햇살 가득한 방을 가지지 못했는지, 그 이유조차 기억하는 사람이 없습니다. 아무도, 그리고 내 친구들이 싸워 준 그 은혜를 입은 사람들은 더더욱 기억을 하지 않습니다. 이 엿 같은 나라는 아주 하찮은 마을의 아주 하찮은 거리 그 어디에도 그 친구들 중 누군가의 이름을 붙이지 않았고, 앞으로도 붙이지 않을 겁니다. 무슨 말인지 아시겠어요? 이해하시겠지요. 그렇지요? 아! 하지만 저는 기억하고 있습니다. 유감스럽게도 저는 기억하고 있습니다. 모두를 기억합니다. 렐라와 주안을, 가비를, 오데나를, 피포를, 브루가다를, 구다욜을 기억하고 있습니다. 왜 그런지 모르지만, 기억하고 있습니다. 그들을 생각하지 않는 날은 하루도 없습니다.」

 미라예스는 말을 멈추었다. 손수건을 꺼내서 눈물을 닦고, 코를 풀었다. 전혀 부끄럼 없이 하고 있었다. 마치 남 앞에서 우는 것이 자기는 창피하지 않다는 듯, 옛날 호메로스의 전사들이 그랬던 것처럼, 그리고 살라미나의 어느 병사가 그랬을 것처럼. 그러고 나서는 식어 버린 네스카페를 단번에 다 마셔 버렸다. 우린 아무 말 없이 담배만 피웠다. 발코니의 햇빛은 갈수록 힘을 잃었다. 차들이 지나가는 소리도 거의 들리지 않았다. 나는 기분이 괜찮았다. 약간 취기가 돌았고, 행복감 같은 것을 느꼈다. 난 생각했다. 〈그는 이미 패배가 예정된 전쟁에서 죽은 모든 병사들을 기억한다. 마치 내가 나의 아버지를 기억하듯, 페를로시오가 자기 아버지를 기억하듯, 미겔 아기레가 자기 아버지를 기억하듯, 자우메 피게라스가 자기 아버지를 기억하듯, 볼라뇨가 자기의 라틴 아메리카 친구들을 기억하듯. 그들을 아직 기억하는 이유는 비록 그들이 죽은 지 60년이 지났지만, 그들은 아직 죽지 않았기 때문이다. 바로 미라예스가 그들을 기억하고 있으니까. 아니 어쩌면 그가 그들을 기억하는 것이 아니라, 그들이 그에게 매달려 있는 건지도 모른다. 완전히 죽지 않기 위해서.〉 나는 또 생각했다. 〈하지만 미라예스가 죽으면, 그의 친구들도 역시 완전히 죽게 될 것이다. 그들이 완전히 죽지 않도록 그들을 기억해 줄 사람이 아무도 없게 되니까.〉

우리는 꽤 오랫동안 다른 일들에 대해 이야기하면서 네스카페도 마시고, 담배도 피우고, 침묵을 지키기도 하였다. 우리가 바로 그날 아침에야 서로를 처음 알게 된 게 아닌 듯이 말이다. 어느 순간엔가 미라예스는 슬쩍 시계를 보더니 난데없이 이렇게 말했다.

「내 얘기가 따분하죠?」

「아뇨, 따분하지 않은데요. 하지만 제 기차 출발 시간이 8시 반입니다.」 내가 대답했다.

「가셔야만 하나요?」

「그래야 할 것 같네요.」

미라예스 씨는 소파에서 일어나 지팡이를 잡았다.

「제가 별 도움이 되지 못했군요. 그렇죠? 당신 책을 쓰실 수 있겠어요?」

「모르겠습니다.」 난 진지하게 대답했다. 이어서 말했다. 「쓸 수 있으면 좋겠습니다.」 그리고 덧붙였다. 「만약 쓴다면, 친구 분들 이야기를 꼭 하겠습니다.」

마치 내 말을 못 들은 듯, 미라예스 씨가 말했다.

「배웅해 드리죠.」 탁자 위에 놓인 담배 보루를 가리켰다. 「저거 잊지 마세요.」

함께 아파트를 나서려다가 미라예스 씨가 멈추었다.

「한 가지만 말해 줘요.」 그가 한 손으로 문손잡이를 잡은 채 말했다. 문은 반쯤 열려 있었다. 「왜 산체스 마사스를 살려 준 병사를 만나려고 한 겁니까?」

난 주저하지 않고 대답했다.

「그날 아침 숲에서 총살 집행이 있은 뒤, 산체스 마사스를 알아보고 그의 눈을 쳐다보았을 때 무슨 생각을 했는지 물어보고 싶어서요. 그 사람의 눈에서 무엇을 보았는지 물어보고 싶어서요. 왜 그를 살려 주었는지, 왜 그를 찾았다고 알리지 않는지, 왜 그를 죽이지 않았는지 물어보고 싶어서요.」

「왜 그 사람을 죽였어야 하는 거요?」

「전쟁 중에는 사람들이 서로 죽이니까요.」 내가 말했다. 「왜냐하면 산체스 마사스의 잘못으로, 그리고 그 사람과 한통속인 네댓 사람들의 잘못으로 그런 일이 일어났고, 게다가 그 병사는 다시는 돌아오지 않을 망명 길을 떠나고 있었으니까요. 누군가 총살을 당해 마땅한 자가 있었다면 그건 바로 산체스 마사스였으니까요.」

미라예스는 그게 바로 자신이 했던 말이었다는 것을 알아챘다. 약간 미소 띤 표정으로 동의를 나타냈다. 그리고 문을 마저 다 열더니, 지팡이로 내 다리 뒤쪽을 툭 치면서 말했다.

「자, 가면서 얘기합시다. 기차를 놓칠 순 없지요.」

우리는 엘리베이터를 타고 1층으로 내려갔다. 안내대에서 택시를 불렀다.

「프랑수아즈 수녀님께 작별 인사를 대신 전해 주세요.」 함께 출구로 걸어가면서 내가 말했다.

「다시 오지 않을 겁니까?」

「싫어하시면 다시 오지 않겠습니다.」

「내가 싫어한다고 누가 그래요?」

「그럼 다시 오겠다고 약속드리죠.」

건물 밖은 이미 햇빛이 녹이 슨 듯 붉게 변해 있었다. 석양이었다. 우리는 정원 입구에서 택시를 기다렸다. 앞에 있는 신호등은 색깔이 계속 바뀌는데도 오가는 사람이 없었다. 왜냐하면 레데 대로와 콩보트 거리의 교차로에는 차량도 드물었고, 보도에도 사람이 없었기 때문이다. 오른쪽에 아파트 건물이 있는데, 그리 높지도 않고 커다란 유리창에다 넹페아스 복지관의 정원을 볼 수 있는 발코니가 딸려 있었다. 살기 좋은 곳이라는 생각이 들었다. 어디든 다 살기 좋은 곳이라는 생각도 들었다. 난 리스테르의 그 병사를 생각했다. 그리고 나도 모르게 말이 나왔다.

「그가 무슨 생각을 했을까요?」

「그 병사 말이오?」 나는 그를 향해 고개를 돌렸다. 자신의 온 체중을 지팡이에 의지한 채 미라예스는 신호등 불빛을 쳐다보고 있었다. 붉은색이었다. 붉은색에서 초록색으로 바뀌자 미라예스는 무표정하게 나를 쳐다보았다. 그리고 말했다. 「아무것도.」

「아무것도요?」

「아무것도.」

택시가 계속 오지 않았다. 8시 15분 전이었다. 더구나 호텔에 들러 계산도 하고 짐도 챙겨야 했다.

「다시 올 땐 뭘 좀 갖다 주시오.」

「담배 외에 다른 것도요?」

「다른 것도.」

「음악 좋아하시나요?」

「좋아했었죠. 요즘은 잘 듣지 않아요. 음악을 들을 때마다 별로 기분이 좋지 않거든요. 갑자기 지난 일들이 생각나니까. 그리고 무엇보다 내가 겪어 보지 않은 것들이 생각나서요.」

「볼라뇨 씨가 그러던데, 파소 도블레를 잘 추신다면서요.」

「그 얘기를 했어요?」 미라예스 씨가 웃었다. 「그 칠레 친구 정말 웃기네!」

「어느 날 밤 선생님께서 여자 친구와 함께 캠핑카 옆에서 〈스페인을 향한 탄식〉에 맞춰 춤추는 것을 그 사람이 봤답니다.」

「프랑수아즈 수녀님만 괜찮다고 하면 난 지금도 출 수 있을 것 같소.」 미라예스가 흉터 진 눈으로 윙크하면서 말했다. 「정말 아름다운 파소 도블레 곡이지요. 어떻게 생각하세요? 아, 저기 택시가 오네요.」

택시는 바로 길모퉁이에 있는 우리 곁에 섰다.

「자, 조만간 또 오시길 바랍니다.」 미라예스 씨가 말했다.

「또 오겠습니다.」

「한 가지 부탁해도 될까요?」

「뭐든지 말씀하세요.」

신호등 불빛을 쳐다보면서 그가 말했다.

「누군가와 포옹해 본 지가 아주 오래됐소.」

나는 미라예스 씨의 지팡이가 보도에 떨어지는 소리를 들었다. 그의 우람한 팔이 나를 쥐어짜는 느낌이 들었고, 나의 팔은 겨우 그의 몸을 감쌀 수 있었다. 내가 아주 작고 연약하다는 느낌이 들었다. 약 냄새, 여러 해 동안 갇혀 있는 사람의 냄새, 삶은 채소 냄새, 무엇보다도 노인의 냄새가 났다. 난 그것이 영웅들의 불행한 냄새라는 것을 알았다.

우리는 포옹을 풀었고, 미라예스 씨는 지팡이를 주워 들었다. 그리고 나를 택시 쪽으로 밀었다. 나는 택시를 타고서 기사에게 빅토르 위고 호텔 주소를 말했다. 난 잠시만 기다려 달라고 말하고는, 창문을 내렸다.

「한 가지 말씀드리지 않은 것이 있어요.」 난 미라예스 씨에게 말했다. 「산체스 마사스는 자기를 살려 준 그 병사를 알고 있었습니다. 언젠가 그 병사가 쿨옐의 정원에서 파소 도블레를 추는 것을 보았지요. 혼자서요. 그 파소 도블레 곡은 〈스페인을 향한 탄식〉이었어요.」 미라예스 씨는 보도에서 내려와 택시에 기대서서 커다란 한 손으로 내려진 유리창을 잡았다. 나는 그가 무슨 대답을 할지 확신하고 있었다. 내게 진실을 부정할 수 없을 거라고 믿고 있었으니까. 거의 애원하듯 나는 물었다. 「선생님이셨죠, 아닌가요?」

순간적으로 망설이다가 미라예스 씨는 크게, 애정이 가득 담긴 미소를 지었다. 삭아 버린 두 줄의 치아가 거의 다 드러났다. 그는 이렇게 대답했다.

「아니요.」

그는 창문에서 손을 떼면서 운전사에게 출발하라고 말했다. 그리고 불쑥 무언가 말했는데, 나는 무슨 말인지 알아듣지 못했다(어쩌면 어떤 사람의 이름일 수도 있는데, 확신하진 못하겠다). 왜냐하면 이미 택시가 출발하기 시작했고, 내가 머리를 창밖으로 내밀고서 뭐라 말씀하셨냐고 물었지만 이미 내 말을 알아듣고 내게 대답을 해주기에는 너무 늦었다. 나는 그가 마지막 인사를 하듯 지팡이를 쳐드는 것을 보았고, 택시 뒤창을 통해 복지 시설을 향해 되돌아가는 것을 보았다. 천천히, 초라한 모습으로, 반쯤은 구부정하지만 행복한 모습으로, 회색 셔츠에 낡은 바지를 입고 펠트 샌들을 신고서, 연한 초록빛 건물 정면을 배경으로 조금씩 조금씩 작아지고 있었다. 꼿꼿이 세운 머리, 다부져 보이는 옆모습, 거구이나 이제 흐트러진 몸통을 일렁거리며, 불안한 걸음을 지팡이에 의지하면서 가고 있었다. 그리고 미라예스 씨가 정원의 문을 열었을 때 나는 일종의 그리움을 미리 느꼈다. 마치 미라예스 씨를 보는 것이 아니라 이미 그를 회상하고 있는 것 같았다. 어쩌면 그 순간 나는 다시는 그를 볼 수 없을 거라고, 그를 영원히 그렇게 기억하게 되리라고 생각했기 때문이다.

나는 호텔에서 최대한 빨리 짐을 챙겨 계산을 하고, 정확하게 기차 시간에 맞추어 정거장에 도착했다. 올 때 탔던 기차와 아주 비슷한 침대 열차였다. 어쩌면 같은 기차였는지도 모른다. 기차가 출발하는 것을 느끼면서 내 침대칸에 자리를 잡았다. 초록 카페트가 깔린 복도를 따라서 식당 칸으로 갔다. 아주 깔끔하게 준비된 식탁과 호박색 가죽으로 된 푹신한 의자가 두 줄로 놓여 있었다. 한 자리만 남아 있었다. 배가 고프진 않았기에 자리에 앉아 위스키를 시켰다. 위스키를 음미하면서 담배를 피웠다. 차창 밖으로 어둠이 내리는 가운데 디종이 흩어져 가고 있었다. 곧이어 점점 짙어지는 어둠 속에서 분간하기 힘들 정도로 빠르게 경작지들이 줄지어 지나갔다. 이제 식당이 창문에 비쳐 두 개가 되었다. 나도 둘이 되었다. 뚱뚱하고 늙고, 약간은 슬퍼 보였다. 하지만 난 날아갈 듯한 기분이었다. 너무나 행복했다. 헤로나에 도착하자마자 콘치와 볼라뇨 씨에게 전화를 해서 미라예스 씨가 어떻게 지내는지, 그리고 디종이, 진정 스톡턴이라 불러야 할 그 도시가 어떠했는지 얘기해 주겠다고 생각했다. 나는 스톡턴에 한 번, 두 번, 세 번 가야겠다고 계획을 세웠다. 스톡턴에 가서 레데 대로에 있는 복지 시설의 맞은편 아파트에 자리를 잡고, 아침저녁으로 눈에 잘 띄지 않는 벤치나 미라예스의 아파트에서 그와 담배를 피우면서 이야기를 나누리라고. 그리고 시간이 더 가면, 어쩌면 이야기를 나누는 대신 아무 말 없이, 단지 시간이 흐르는 것을 느끼면서 함께 있을 생각이었다. 왜냐하면 그때쯤 되면 우린 말이 필요 없는 친구가 되어 서로 함께 있는 것만으로도 편안해질 테니까. 밤에는 내 아파트의 발코니에 앉아 담배 한 보루와 포도주 한 병을 준비하고 레데 대로 건너편에 있는 미라예스 씨 아파트의 불이 꺼질 때까지 있으리라. 그리고 건너편 아주 가까이에서 미라예스 씨가 잠을 자거나, 아니면 자기 침대에 드러누워 죽은 자기 친구들을 생각하면서 잠을 이루지 못하는 동안 난 잠시 더 어둠 속에 머무르며 담배를 피우고 술을 마시리라. 나는 콘치가 나와 함께 디종에 가겠다고 했을 때 허락하지 않은 것을 후회했다. 잠시 동안 나는 콘치와 미라예스 씨와 함께 있는 즐거움을 상상해 보았다. 볼라뇨 씨도 함께 있으면 좋으리라. 우리 셋이서 스톡턴에 가듯이 디종에 가자고 볼라뇨 씨를 설득할 수 있을 테고, 그러면 볼라뇨 씨는 자기 부인과 아이와 함께 갈 것이다. 우리 여섯 명이 차를 하나 빌려서 주변 마을들로 소풍을 다니고, 우린 현실에서는 거의 불가능한 별난 가족을 이루는 것이다. 그러면 미라예스 씨는(어쩌면 나도) 완전히 고아 상태에서 벗어나고, 콘치는(물론 나도) 아이를 하나 갖고 싶은 생각이 간절할 터이다. 그리고 또 나는 상상했다. 아주 멀지 않은 어느 날 저녁, 프랑수아즈 수녀님이 헤로나 집에 있는 나에게 전화를 하고, 그러면 나는 쿠아르트의 자기 집에 있는 콘치에게 전화를 하고, 또 블라네스의 자기 집에 있는 볼라뇨에게도 전화를 해서, 우리 셋은 다음 날 디종을 향해 떠나는 거다. 비록 우리가 도착하는 곳은 스톡턴, 이론의 여지 없이 스톡턴이 될 테지만. 우린 미라예스의 아파트를 비우고, 그의 옷을 버리고, 그의 가구를 팔거나 그냥 주고, 어떤 것들은 남겨 두리라. 미라예스 씨가 보관하고 있는 것들이 거의 없어 몇 가지 안 되겠지만 어쩌면 자기 부인과 딸 사이에서 아주 행복하게 웃고 있는 사진이라든가, 군복을 입은 청년들 사이에서 군복 차림으로 찍은 사진 같은 것, 혹시라도 오랫동안 아무도 듣지 않은 옛날 파소 도블레 곡이 실린 오래되고 많이 긁힌 낡은 비닐 레코드판 같은 게 있다면 남겨 두리라. 그리고 장례식을 올리고, 매장을 한다. 매장할 때는 긁힌 비닐 레코드판에서 나오는 아주 슬픈 파소 도블레 곡이 경쾌하게 흐르겠지. 그러면 나는 프랑수아즈 수녀님의 손을 잡고 막 만들어진 미라예스의 무덤 옆에서 춤을 추자고 하리라. 은밀하게, 아무도 우리를 보지 못하게. 예쁘고 총명한 수녀님이 — 미라예스 씨가 항상 파소 도블레를 함께 추고 싶어 했고, 그 엉덩이를 감히 만지지 못했던 — 지방 신문 기자와 함께 우울한 도시의 이름 없는 묘지에서, 카탈루냐 출신의 늙은 공산주의자의 무덤 옆에서 춤을 추고 있다는 사실을 디종, 프랑스, 스페인, 전 유럽의 그 어느 누구도 모르게 은밀하게 춤추자고 하리라. 오로지 의심 많고 모성애 넘치는 점쟁이 여자와, 유럽에서 떠돌아다니는 한 칠레 남자만이 그것을 알리라. 그 칠레 남자는 자기가 피우는 담배 연기가 눈을 가리는 가운데, 약간 떨어져서 아주 진지하게, 우리가 미라예스의 무덤가에서 파소 도블레를 추는 모습을 바라보리라. 수십 년 전 미라예스와 루스가 에스트레야 데마르의 야영장에서 캠핑카의 차양 아래 파소 도블레를 추던 장면을 보았던 때와 마찬가지로. 우리가 춤추는 것을 바라보면서 그는 그때의 그 곡과 지금 이 곡이 어쩌면 똑같은 곡은 아닌지 자문하리라. 그렇게 자문하면서도 답은 기대하지 않을 것이다. 답이 없다는 것이 유일한 대답이란 것을 미리 알고 있을 테니까. 유일한 대답은 바로 일종의 은밀하고 헤아릴 수 없는 즐거움이다. 그것은 잔인함과 맞닿아 있고, 이성을 거부하지만 그렇다고 본능도 아닌 그 무엇이다. 마치 피가 맹목적으로 완고하게 핏줄을 따라 움직이듯, 지구가 움직일 수 없는 궤도를 따라 돌듯, 모든 존재들이 자신의 견고한 존재 조건에서 지내듯, 그것은 뭔가 말로 표현할 수 없는 것이다. 마치 시냇물이 돌을 회피하듯 말을 회피하는 그 무엇이다. 왜냐하면 말은 스스로에 대해서 언급하기 위해 만들어진 것이다. 말로 표현할 수 있는 것을 말하기 위해서 만들어진 것이다. 다시 말해서, 다른 것은 다 말로 표현해도, 우리를 지배하는 것이나 우리를 살아가게 하는 것, 살아가는 것과 관계있는 것, 또는 우리는 무엇이고, 그 수녀와 그 신문 기자인 나는, 미라예스의 무덤 곁에서 춤추고 있는 나는 누구인지 말로 표현하지 못한다. 마치 그 어처구니없는 춤에다 인생이라도 거는 듯, 어둠의 시기에 자신과 그 가족을 위해 도움을 요청하는 사람처럼 춤추고 있는 나와 그 수녀는 누구인지 말로 표현하지 못한다. 그리고 거기, 식당 칸의 호박색 안락의자에 앉아 기차가 덜컹거리는 소리와 머릿속에서 쉬지 않고 맴도는 낱말들의 소용돌이에 몸을 맡긴 채, 나는 거의 다 빈 위스키 잔을 앞에 두고 있었다. 내 옆에서는 한 패거리가 저녁 식사를 하면서 시끄럽게 떠들고 있었다. 내 옆의 창문에 비치는 슬픈 표정을 한 남자의 낯선 이미지, 도저히 내가 아닌 것 같은 나의 모습을 보는 순간 나는 거기서 갑자기 내 책을 보았다. 내가 수년 전부터 쫓아왔던 그 책을 보았다. 온전하게 처음부터 마지막까지, 첫 줄부터 끝줄까지 다 쓰인 책을 보았다. 거기서 나는 알았다. 비록 이 엿 같은 나라는 아주 하찮은 마을의 아주 하찮은 거리 그 어디에도 미라예스의 이름을 붙이지 않을지라도, 내가 그의 이야기를 전하는 한 미라예스는 어떤 식으로든 계속 살아 있게 될 것이고, 내가 그들의 이야기를 계속하는 한 가르시아 세게스 형제 — 주안과 렐라 —, 미겔 카르도스, 가비 발드리치, 피포 카날, 고르도 오데나, 산티 브루가다, 조르디 구다욜 역시, 비록 그들이 오랜 세월 동안 죽고, 죽고, 죽고, 죽어 있었지만, 계속 살아 있게 되리라는 것을 알았다. 누구에게도 맡기지 않고 나는 미라예스와 그들 모두에 대해서 이야기할 것이다. 물론 피게라스 형제와 안젤라츠에 대해서도, 마리아 페레와 나의 아버지, 그리고 볼라뇨의 젊은 라틴 아메리카 친구들에 대해서도 이야기하리라. 하지만 무엇보다도 산체스 마사스와, 마지막 순간 문명을 구원한 그 소수의 병사들에 대해서 말하리라. 그 소수의 병사들에 산체스 마사스는 끼일 자격이 없지만 미라예스는 자격이 있다. 또한 생각하기도 힘든 그 순간들에 대해, 전 문명이 한 사람에게 달려 있던 그 순간들에 대해, 그 사람에 대해, 그리고 문명이 그 사람에게 지고 있는 부채에 대해 이야기하리라. 나는 내 책 전체를 그대로 다 보았다. 하나도 빠짐없이 완벽한 나의 실제 이야기를 보았다. 그리고 난 알았다. 이제 단지 그것을 쓰기만 하면 된다는 것을, 깨끗이 옮겨 적기만 하면 된다는 것을 알았다. 왜냐하면 내 머릿속에 처음부터(1994년 여름이었다. 이미 6년도 더 지난 그때, 나는 처음으로 라파엘 산체스 마사스의 총살 집행에 관한 이야기를 들었다) 끝까지 다 들어 있기 때문이다. 책의 끝 부분에는, 실패했지만 행복한 어느 늙은 신문 기자가 야간 열차의 식당 칸에서 담배를 피우면서 위스키를 마시고 있다. 기차는 프랑스 들판을 지나가고, 주위에는 기분 좋게 저녁을 먹는 사람들과 검은 나비 넥타이를 한 종업원이 함께 있는 가운데, 인생이 다 끝나 버린 한 남자를 생각하고 있다. 그 남자는 용기와 선에 대한 직관을 가지고 있었기에 한 번도 실수를 하지 않았다. 어쩌면 실수해서는 정말 안 되는 단 한 번의 순간에 실수를 하지 않았다. 깨끗하고, 용기 있고, 순수하기 그지없는 그 사람을 생각한다. 그 사람이 죽었을 때 그를 부활시킬 가상의 책을 생각한다. 그리고 그때 신문 기자는 밤이 핥고 있는 창문에 비친 늙고 슬퍼 보이는 자신의 모습을 바라본다. 마침내 창에 비친 그의 모습은 서서히 사라지고 창문에는 끝없이 펼쳐진 뜨거운 사막과 한 병사가 홀로 나타난다. 그 병사는 자기 나라가 아닌 어느 나라의 국기를 들고 있다. 그 나라는 곧 모든 나라이고, 오로지 그 병사가 그 폐기된 국기를 들고 있기 때문에 존재하는 나라인 것이다. 끝없이 펼쳐진 불타는 모래 바다에서 남루한 차림에 먼지를 뒤집어쓴 어린 무명용사는, 한없이 작은 그 병사는 창문에 비친 검은 태양 아래서 앞으로 나아가고 있다. 어디로 가고 있는지, 누구와 함께 가고 있는지, 왜 가는지 잘 알지도 못하지만 그에게는 그리 중요하지 않다. 그저 앞으로, 앞으로, 끊임없이 앞으로 나아가기만 한다면.

역자 해설
역사상 수많았던 무명용사들을 위한 진혼곡

스페인 내전과 작품의 정치 사회적 배경

이 작품에 대한 이해를 돕기 위해서는 우선 작품의 배경이 되는 시대적 상황을, 특히 복잡했던 20세기 스페인 정치사를 간략하게나마 소개하는 것이 좋을 듯하다.

1931년 4월 14일 선거에서 군주제를 주장하는 정당이 주요 지방 선거에서 패하자 국왕 알폰소 13세는 퇴위하였고, 공화정이 선포되었다. 스페인의 정치적 스펙트럼을 보자면 많은 노조와 정당들이 이데올로기적으로 양극화되어 있었다. 1933년 총선이 치러졌고 우파 정부가 탄생했지만, 2년이 채 지나지 않아 붕괴했다. 1936년 2월 선거에서는 국민 전선Frente Nacional과 인민 전선Frente Popular이라는 두 개의 광범위한 연합 세력이 대결했다.

국민 전선은 보수, 파시스트, 가톨릭, 군주주의 정당들의 지지를 받았다. 그중에 스페인 팔랑헤가 있었는데, 파시스트 경향의 군소 정당으로 1933년 창당되었고, 이듬해 〈국가 조합주의 실천 위원회JONS〉와 합쳤다. JONS는 1931년에 조직되어 활동해 온 프롤레타리아 파시스트 운동 세력이었다.

자유, 좌파 정당들의 연합으로 이루어진 인민 전선은 아주 근소한 차로 선거에서 승리하여 정부를 구성했다. 그 연합에 참여한 정당들을 보면 자유주의자, 사회민주주의 공화주의자에서부터 바스크나 카탈루냐 자치주의자를 포함해 사회주의자, 트로츠키주의자, 소비에트 동맹 공산주의자Soviet-allied Communists까지 포함되어 있었다. 인민 전선은 노동자 총연맹UGT의 적극적인 지지도 받고 있었다.

스페인의 무정부주의는 노동조합을 기반으로 한 대규모 세력이었는데, 산업과 농업 분야에서 노동자들의 권익을 위해 투쟁했다. 전국 노동자 총연맹CNT, Confederación Nacional de Trabajo은 안달루시아, 아라곤, 카탈루냐에서 특히 세력이 강했다. 이들은 기성 정치에 반대하여 인민 전선의 어떤 정당도 지지하지 않았지만, 공화정을 수호하기 위하여 가장 먼저 의용군을 조직한 집단이었다.

1936년 7월 18일 내전이 일어났다. 국민 전선 정당들로부터 지지를 받은 군 장교 집단이 인민 전선 정부를 무너뜨리기 위해 쿠데타를 기도한 것이다. 쿠데타 세력은 남부와 서부에서는 쉽사리 저항을 무력화하며 그 지역을 장악하는 데 성공했지만, 마드리드와 바르셀로나에서는 급조된 의용군들과 인민 전선 정부를 배신하지 않은 군인들에 의해 격퇴되었다.

무솔리니와 히틀러는 프랑코가 이끄는 국민 전선 측에 무기와 인력을 지원했지만, 영국과 프랑스는 불개입 원칙에 합의했다. 공화 정부는 비축된 금을 모스크바로 보내 절실하게 필요했던 무기를 구입했다. 그 과정에서 러시아 공산당은 스페인 공산주의자들에게 과도한 영향력을 행사했고, 그로 인해서 반프랑코 세력 내에 지독한 갈등을 야기했다.

1937년 초에 이르러 국민 전선 세력은 포르투갈과의 국경 지역을 거의 대부분 장악했고 스페인 북부와 바스크 지방도 장악했다. 1938년에는 인민 전선 세력이 장악하고 있던 지역을 둘로 분리시켰다. 그해 7월 인민 전선은 에브로 강을 가로질러 대대적인 공세를 감행했다. 엄청난 희생을 각오한 이 공세의 초기 단계에서는 국민 전선 부대가 곤경에 빠졌지만, 끝에 가서는 오히려 인민 전선 부대가 탈진 상태가 되어 버렸다. 1939년 1월 바르셀로나는 프랑코 군대에 장악되고 말았다. 50만 명에 이르는 피난민들이 프랑스 국경을 넘었다. 마침내 국민 전선은 2월 10일, 국경을 폐쇄했다. 3월 27일 마드리드가 함락되었을 때는 수만 명의 공화주의 군인과 시민들이 알리칸테의 지중해 해변으로 몰려갔지만, 그들을 구하러 다가오던 배들이 침몰될 것이 두려워 되돌아가는 광경을 눈앞에서 바라볼 수밖에 없었다. 그리하여 3월 말, 인민 전선 부대는 해체되었다. 프랑코는 무조건적인 항복만을 받아들였고, 1939년 4월 1일 내전 종식을 선언했다.

작품 내용과 형식

『살라미나의 병사들』에는 크게 세 가지의 이야기가 섞여 있다.

하나는 라파엘 산체스 마사스라고 하는 실존 인물에 대한 이야기다. 그는 스페인 팔랑헤의 창립 핵심 인물이자 시인이고 소설가였다. 그는 내전이 발발하자 도피 생활을 하다가 공화파 정부군의 포로로 잡힌다. 1939년, 내전 막바지에 공화파 정부군이 프랑코 반란군에 밀려 프랑스 국경 쪽으로 퇴각하면서 포로들 중 주요 인사들을 집단 총살하는데, 산체스 마사스는 거기에 끼여 있었다. 쿨엘 근처 숲 속에서 집단 총살이 집행되는 순간 그는 필사적으로 도망쳐 근처의 도랑에 숨게 된다. 잠시 후 도망자들을 수색하던 정부군 병사가 진흙탕에 범벅이 된 산체스 마사스를 발견하지만, 한참을 바라보다가 살려 둔 채 그냥 돌아가 버린다. 보수 반란군의 승리로 전쟁이 끝난 후 산체스 마사스는 프랑코 아래서 고위 공직을 수행하지만, 결국에는 공직을 떠나 자신이 좋아하는 문학과 취미 생활을 하면서 여생을 마친다.

두 번째 이야기는 일인칭 화자 하비에르 세르카스에 대한 이야기다. 신문 기자인 화자는 우연히 산체스 마사스의 아들 페를로시오로부터 산체스 마사스의 총살 사건에 관해 들은 뒤, 내전과 그 사건에 관심을 가지게 된다. 특히 산체스 마사스를 발견하고도 살려 준 그 이름 모를 병사에게 이끌린다. 〈왜, 무슨 생각에서 적의 핵심 인물이자 자신과 스페인을 전쟁의 소용돌이로 몰아넣은 전범을 용서해 주었을까?〉 그것이 몹시 궁금해진다. 마침내 화자는 그 병사가 누구였는지 조사하기 시작한다. 그 조사 과정이 이 소설을 이어 가는 주된 얼개가 된다.

세 번째 이야기는 화자가 조사 과정에서 알게 된 안토니오 미라예스라는 무명용사의 이야기다. 그는 내전이 발발하자 정부군에 입대한다. 전쟁 기간 동안 여러 부대에 소속되어 전국의 전선을 돌아다니면서 내전을 온전히 다 치르고, 마지막에는 반란군에 밀려 프랑스 국경 쪽으로 퇴각하는 리스테르 부대에 소속되어 국경 근처 마을인 쿨옐에서 잠시 머무르게 된다. 그때 바로 산체스 마사스를 포함한 우익 포로인사들에 대한 집단 총살이 집행되었고, 미라예스도 도망자 수색에 나선다. 그 후 국경을 넘어 프랑스 지역의 난민 수용소에 있다가, 프랑스 용병에 자원하여 북아프리카로 간다. 거기서 제2차 세계 대전을 맞이하게 되고, 프랑스가 독일에 패배한 줄도 모르고 소수의 다른 동료 용병들과 함께 프랑스 국기를 든 채 목숨을 걸고 사막을 수천 킬로미터 가로질러 이탈리아와 독일 점령지들을 공격한다. 마침내 몽고메리 장군의 휘하로 들어가 노르망디 상륙 작전에 참여하고, 파리로 개선한다. 그 후 결혼을 했으나 아내와 사별하고, 하나 남은 딸도 먼저 세상을 떠난다. 노년에는 프랑스 정부의 연금을 받으면서 디종의 어느 노인 복지 시설에서 쓸쓸하게 말년을 보내게 된다.

앞서 언급했듯이 산체스 마사스 총살 집행 사건과 미라예스에 대한 조사 과정이 전체 작품 내용을 구성하기 때문에, 이 작품은 탐정 소설의 형식을 띠고 있고 책을 읽는 내내 긴

장감과 궁금증을 줄곧 유지하게 만든다. 뿐만 아니라 조사 과정에서 산체스 마사스와 관련하여 등장하는 많은 문인과 정치인, 군인들은 스페인 근대사에서 중요한 인물들이기 때문에, 그 모든 인물들에 대한 배경 지식이 있는 독자들에겐 더욱 현실감과 흥미를 불러일으키는 것이다.

동시에 이 작품은 그 창작 동기에서부터 사건을 조사하는 과정, 소설 내용을 구성하는 과정 등 모든 창작 과정이 서술되고, 그 자체가 바로 이 소설 작품이 되기 때문에 자기 반영적 소설인 메타픽션이라고 할 수 있다. 화자는 자신이 사용하는 단어 하나에 대해서도 그 의미의 적절성과 한계에 대해 의식하고 있음을 가끔 드러낸다.

하지만 이 작품이 드러내는 사건들과 전체 현실은 그리 뚜렷하게 다가오지 않는다. 실화라고는 하지만 마지막까지 핵심 사건의 진실은 밝혀지지 않는다. 따라서 독자는 이 작품에서 제공하는 정보를 가지고 스스로 진실 찾기 퍼즐 놀이를 해 볼 수 있다. 산체스 마사스의 드러나지 않은 내면의 삶과 그를 살려 준 무명용사의 심정에 대해서 다양한 해석을 시도할 수 있다. 인물과 사건들은 유동적 현상으로 다가오면서 열린 해석을 가능하게 한다. 이러한 서술 방식을 통해 독자로 하여금 진실과 역사의 문제, 현실과 이야기의 경계, 실화와 픽션의 경계에 대해서 다시 생각해 볼 수 있는 기회를 제공한다.

이 작품에서 찾을 수 있는 또 다른 포스트 모던한 요소는 바로 대중음악과 영화다. 이 대중문화를 소설의 구성과 주제 전달에 활용한다. 지배 계층에 속한다고 할 수 있는 산체스 마사스의 정체성은 시와 소설 등 고급문화와 긴밀하게 관련되어 구성되는 반면, 이름 없는 대중이라 할 수 있는 미라예스는 대중음악인 파소 도블레와 대중 영화를 통해서 형상화된다. 그 음악과 영화는 미라예스의 정체를 밝히는 단서가 될 뿐 아니라, 조국으로부터 배신당하고, 희망을 상실한 채 외롭고 쓸쓸하게 살아가는 미라예스의 인생을 암시하는 역할도 하고 있다.

공식적 역사 인식에 대한 문제 제기

산체스 마사스에 대한 조사는, 그가 실존한 역사적 인물이었기에 많은 부분 사실에 근거하고 있다. 산체스 마사스 본인의 신문 기고문, 문학 작품, 연설문, 영상 기록물, 학위 논문 등을 활용한다. 사료들을 통해서 드러나지 않는 부분은 가족, 친구, 동료 등 주변 사람들의 증언과 기록을 통해 보완하면서 그의 내면까지 읽어 내려고 노력한다. 그래서 화자는 이 작품에 대해 이렇게 말한다. 〈소설이 아닙니다. 실제 사건과 인물들로 이루어진 하나의 역사입니다. 실화지요.〉

하지만 화자는 역사적 진실을 재구성하는 것이 얼마나 어려운 일인가를 작품 전체를 통해서 암시한다. 동일한 사건에 대한 여러 사람의 다양한 이야기와 견해를 제시하기도 한다. 또 산체스 마사스가 썼다고 추측되는 노트처럼 결정적 증거가 될 수 있는 사료조차 이해 당사자들이 조작했을 여지가 있다고 언급한다. 이렇게 치밀한 조사 과정 전부를 드러냄으로써 하나의 역사적 진실을 밝히는 것이 얼마나 어렵고 복잡한 일인가를 작품 전체를 통해서 보여 주고 있다.

그렇다고 역사적 진실을 확인하는 것은 어렵다는 얘기를 전하는 것이 이 작품의 주된 의도는 아닐 것이다. 하나의 사건이 역사적 사실로 바뀌어 가는 과정에는 다양한 요소들이 개입된다는 것이 이 작품의 주된 메시지는 아닐 것이다. 그렇다면 진정 화자가, 작가의 실명을 사용하는 화자가 드러내려는 것은 무엇일까? 집단 총살 집행 사건이라는 〈실화〉를 자세히 규명한다는 명분 아래, 팔랑헤의 창당 멤버이자 그 당에 이데올로기를 제공한 산체스 마사스를 해부하면서, 무명용사였던 미라예스를 찾아 나눈 대화를 통해 무슨 메시지를 전달하고 싶은 것인가?

실제로 이 작품은 사건의 조사 과정과 작품의 구성 과정을 낱낱이 드러냄으로써 작품에 객관성을 부여하는 것처럼 보인다. 하지만 중간 중간 드러나는 화자의 어조는 작가의 의도를 명확히 드러내고 있다. 특히 내전의 책임을 따지는 부분과 산체스 마사스가 가졌던 이데올로기의 실체를 드러내는 부분, 프랑코 체제의 비윤리성, 그리고 과거 내란 유발의 책임을 밝히는 부분 등에서 작가의 의도를 쉽게 읽어 낼 수 있다. 결국 이 작품은 민주화 이행기를 거치면서 스페인 내전의 책임과 잘잘못을 덮어 두려는 공식적 역사 인식에 대해 전면적으로 문제를 제기한다고 볼 수 있다.

화자는 팔랑헤주의자들의 위선과 기만을 거의 노골적으로 폭로하고 비판한다. 그는 팔랑헤당의 이념은 〈뭔가 변화를 주되 실제로는 아무것도 바뀌지 않도록 하기 위해 고안된 수단에 불과한 것〉이고, 혼돈의 시대에 자기 집단의 안정과 특권을 지키려는 다급한 방편에 불과했다고 평가한다. 그 당의 이데올로기를 제공한 산체스 마사스에 대해서는 〈자기 집단의 안정과 특권, 계급적 지위를 문명과 동일시하고, 팔랑헤 당원들을 슈펭글러가 말한 소수의 전사들과 동일시했다〉고 하면서 〈많은 자신의 동지들처럼, 부르주아적 행복을 꿈꾸는 자기 집단을 포위해 오는 실질적인 위협을 느끼지 않았더라면, 그는 결코 천한 정치판에 발을 들여놓지도 않았을 테고, 문명을 구해 내는 책임을 진 한 줌의 용사들이 승리할 때까지 투쟁하도록 부추기는 격정적인 문장을 쓰는 일에 몰두하지도 않았을 것〉이라고 판단한다. 또한 대부분의 오래된 팔랑헤 당원들이 자신들의 정치적인 프로젝트와 새로운 프랑코 정권의 정치적 프로젝트 사이에 뚜렷이 존재하는 균열과 모순을 비판하는 대신 애써 모른 체하면서 〈권력의 잔칫상에서 남은 최소한의 부스러기까지 열심히 주워 모으는 것〉을 선택했고, 산체스 마사스도 예외는 아니라고 비판한다.

결국 화자는 산체스 마사스가 전쟁을 유발했고, 합법적인 공화 체제를 없애 버린 주된 책임자 중 하나라고 단정한다. 또한 산체스 마사스는 자신이 꿈꾸던 대로 〈시인과 르네상스적인 용병 대장이 지배하는 가공할 체제를 세우는 대신, 단지 어릿광대와 야비한 자들과 사이비 신자들로 이루어진 정권을 세웠다〉고 하면서 프랑코 정권에 대한 폄하로 이어진다. 프랑코 체제에 대한 비판도 노골적이다. 내전 후 〈기발한 잡탕으로 이루어진 프랑코의 선언은 결국 위선과 허풍에 찬 보수적인 사기극〉이라고 폄하한다.

 1975년 프랑코의 사망으로 마침내 1인 독재 체제가 끝나고 1982년 사회당 정권이 들어설 때까지의 기간을 스페인 역사에서 〈(민주화) 이행기Transición〉라고 한다. 이 시기에 좌, 우파 정치 지도자들은 내전과 독재 기간 중에 자행된 모든 폭력 행위에 대해 책임을 거론하지 말자는 이른바 〈망각 협정〉에 합의함으로써 스페인은 커다란 사회적 동요 없이 평화적으로 민주화를 달성한 바 있다. 그러나 〈망각 협정〉은 프랑코의 불법적인 군사 반란으로 초래된 내전에서 공화국을 위해 싸우다 희생되었거나, 이후에 들어선 독재 정권에 의해 갖은 고초를 당한 공화파 지지자들의 시각에서 보자면 용납할 수 없는 조치였다. 이 작품은 그 〈민주화 이행기〉에 대한 화자의 비판적 시각을 드러내기도 한다. 작품 초반에 화자가 쓴 기사를 읽고 어느 독자가 〈수정주의〉라고 기사를 비판했지만, 사실 작품 전체를 통해서 볼 때 화자는 〈망각 협정〉을 단호히 비판한다고 할 수 있다.

 우선 그 독자의 편지는 공화파의 입장을 잘 드러내 주고 있다. 〈전쟁에서 이긴 사람들에겐 끝이 잘된 것이다. (……) 하지만 전쟁에서 진 우리들에겐 끝이 잘못된 것이다. 아무도 우리가 자유를 위해서 투쟁한 것에 대해 감사하는 시늉조차 하지 않았다. 모든 마을마다 전쟁에서 죽은 사람들을 추모하는 기념물들이 있다. 그런데 당신은 그중에서 양측의 전몰자 이름이 다 새겨진 기념물들을 몇 개나 보았는가? (……) 염

병할 놈의 이행기!〉

내전에서 승리한 자들의 논리가 일방적으로 지배해 온 스페인 사회에 대한 비판이다. 동시에 내전과 독재의 희생자들에 대한 책임을 감추려는 민주화 이행기의 〈망각 협정〉에 대한 비판이다. 이러한 비판은 산체스 마사스와 프랑코 체제에 대한 적나라한 해부를 통해서도 드러나지만, 퇴역한 무명용사인 안토니오 미라예스에 대한 이야기를 통해서 더 명확해진다.

무명용사를 위한 진혼곡

이 탐정물 형식의 소설에서 사건의 진실을 밝혀 줄 핵심 인물인 미라예스의 경우 역사적으로 알려진 인물이 아니다. 따라서 그에 대한 역사적 자료는 없다. 그 인물의 실존에 대한 증거는 실제로 유명한 칠레 소설가였던 로베르토 볼라뇨의 증언을 통해, 그리고 화자가 직접 미라예스를 찾아가 나눈 대화를 통해 드러난다. 하지만 역시 미라예스가 끝까지 자신이 산체스 마사스를 살려 준 병사인지 아닌지를 명확히 밝히지 않아 독자들에게 다양한 해석의 여지를 남긴다.

하지만 그가 산체스 마사스를 살려 준 장본인인지 아닌지가 이 작품에서 중요한 것은 아니다. 오히려 중요한 것은, 적이면서 동시에 전쟁을 일으킨 주요 장본인인 줄 알면서도 그를 살려 준 무명용사의 인간애나 동포애가 가지는 의미다. 또한 그와 같은 무명용사들이 조국을 위해, 민주주의를 위해 바친 노력과 희생을 모두가 망각하고 있다는 것이다. 오히려 공식 역사는 〈망각 협정〉을 통해 그들의 존재를 지우려 한다는 것이다. 화자와의 대화에서 미라예스는 다음과 같이 말한다.

그 개똥 같은 나라를 위해 내 청춘을 바쳤으니 감사하다고 어느 누구 하나 말한 놈이 없었습니다. 아무도. 단 한마디도. 시늉조차도. 편지 한 통도 없었어. 아무것도 없었다고. (중략) (제 친구들은) 전부 죽었습니다. 죽었어요. 죽었어. 모두 다. 어느 누구 하나 이 세상의 좋은 것을 맛보지도 못했지요. 어느 누구도 자기만의 여자를 가져보지 못했어요. 아이를 낳고, 그 아이가 서너 살쯤 되던 어느 일요일 아침, 햇살이 가득한 침실에 자기 아내와 누워 있는 침대로 와 그 사이를 비집고 들어오는 그 황홀함을 그 누구도 맛보지 못했습니다. (중략) 그리고 내 친구들이 싸워준 그 은혜를 입은 사람들은 더더욱 기억을 하지 않습니다. 이 엿 같은 나라는 아주 하찮은 마을의 아주 하찮은 거리 그 어디에도 그 친구들 중 누군가의 이름을 붙이지 않았고, 앞으로도 붙이지 않을 겁니다.

이처럼 화자는 미라예스라는 인물을 통해서 그들에 대한 망각을 기억으로 바꾸어 보려고 한다. 수많은 무명용사들에게 빚지지 않은 사람은 한 사람도 없지만 아무도 그들을 기억하지 않는 현실을 비판하고자 한 것이다. 나아가 제2차 세계 대전 기간 동안 나치가 유럽을 장악한 것도 모른 채, 자유 프랑스의 국기를 들고 뜨거운 리비아 사막을 가로질러 독일과 이탈리아의 요새를 공격하던 네 명의 아랍인과 한 명의 흑인, 그리고 카탈루냐 출신인 한 명의 선반공이야말로, 바로 산체스 마사스가 언급했던 〈문명을 구해 낸 소수의 전사들〉이 아니었을까 하는 생각에 이르게 된다.

화자의 영웅에 대한 해석은 칠레 작가 볼라뇨와의 대화에서 간접적으로 강하게 암시된다. 아옌데 대통령처럼 〈영웅은 사람을 죽이는 자가 아니라 죽이지 않는 자, 죽이도록 내버려 두지 않는 자라는 것을 깨달은 사람〉이다. 타인을 구하기 위해 불 속으로 뛰어드는 젊은 청년같이 〈영웅의 행동에는 거의 언제나 뭔가 맹목적이고, 비이성적이고, 본능적인 것〉이 있다고 볼라뇨는 말한다. 그런 시각에서 보면 미라예스와 그의 친구들은 영웅이었음이 작품의 전개 과정을 통해 서서히 드러난다. 반대로 스스로 영웅이라고 느꼈던 산체스 마사스와 프랑코 총통은 실제로는 자기 집단의 기득권을 지키려는 수구적 부르주아에 지나지 않았다는 것을 드러내고 있다.

따라서 이 작품은 올바르게 평가받지 못한 진정한 영웅인 무명용사들을 계속 살아 있게 하려는 것이다. 동시에 스페인뿐만 아니라 모든 국가들이, 오늘날 살아 있는 모든 사람들이 〈살라미나의 병사들〉처럼 역사상 수많았던 무명용사에게 진 부채에 대해서 상기시키고자 한다. 그것이 바로 이 작품의 가장 큰 목적일 것이다. 따라서 이 작품은 진정한 영웅을 기리는 노래이자, 잊힌 무명용사를 위한 진혼곡이라고도 할 수 있는 것이다.

하비에르 세르카스 연보

1962년 출생 시골 의사의 아들로 태어남.

1966년 4세 가족이 헤로나로 이사. 거기에서 마리스타 수도회가 운영하는 학교를 다님.

1976년 14세 호르헤 루이스 보르헤스의 작품을 읽고 문학의 길을 가기로 결심.

1985년 23세 바르셀로나 자치 대학 인문학부 졸업. 그 후 박사 학위 취득.

1986~1987년 24~25세 2년간 어반에 있는 일리노이 대학에 재직하면서 첫 소설 집필.

1987년 25세 첫 번째 단편 작품집 『동인 *El móvil*』 출간.

1989년 27세 헤로나 대학의 스페인 문학 교수로 부임함. 현재까지 재직 중임.

1989년 27세 『임차인 *El inquilino*』 출간.

1994년 32세 유명한 시나리오 작가이자 소설가인 곤살로 수아레스에 대한 비평서 『곤살로 수아레스의 문학 작품』 출간.

1997년 35세 『고래의 배*El vientre de la ballena*』 출간.

1998년 36세 신문 사설 모음집 『호시절*Una buena temporada*』 출간.

2000년 38세 신문 기사 모음집 『실화*Relatos reales*』 출간.

2001년 39세 『살라미나의 병사들』 출간 후 살람보상, 칼라모상을 수상하며 유명 작가로 변신.

2003년 41세 단편집 『동인』 중에서 마지막 작품인 중편 「동인」만 재출간.

2005년 43세 소설 『광속*La velocidad de la luz*』 출간. 베트남 전쟁을 소재로 한 소설로, 『살라미나의 병사들』에서는 적의 목숨을 살려주는 휴머니즘이 있었지만, 이 작품에서는 그런 희망적인 메시지는 보이지 않는다. 대신 인간의 내면에 깊이 잠재해 있는 악에 대해서 이야기한다.

2006년 44세 신문 기사, 사설, 단편 모음집인 『아가메논의 진실*La verdad de Agamenón*』 출간. 개인적인 여행과 열정, 추억과 관련된 이야기를 담은 〈자전적 이야기〉, 역사와 문학에 관련된 최근 텍스트를 모은 〈논쟁적 편지〉, 유머스러운 이야기 모음인 〈새로운 실화들〉, 자신이 좋아하는 작가들에 관한 수필들인 〈현대인〉, 이렇게 네 부분으로 구성되어 있다.

2009년 47세 『어느 순간에 대한 해부*Anatomía de un instante*』 출간. 1981년 2월 23일, 퇴역 육군 중령인 안토니오 테헤로가 스페인 국회에서 일으킨 쿠데타 기도를 해부한다. 수필에 가까운 소설이라고 할 수 있다. 2009년 산트조르디 도서전에서 스페인어 논픽션 부분 베스트셀러가 되었다.

2010년 48세 『어느 순간에 대한 해부』로 스페인 문화부에서 주는 프레미오 나시오날 데 나라티바상 수상.

2011년 49세 『살라미나의 병사들』로 프레미오스 칼라모상 수상.

2012년 50세 소설『국경의 법*Las leyes de la frontera*』출간.

2014년 52세 소설『사칭자*The imposter*』출간.

2017년 55세 스페인 내전을 다룬 소설『그림자 군주*El monarca de las sombras*』출간.

열린책들 세계문학 127 살라미나의 병사들

옮긴이 김창민 1959년 경북 영주에서 태어나 서울대학교 불어불문학과를 졸업한 후 동 대학교 서어서문학과를 졸업했다. 멕시코 구아다라하라 대학교에서 석사 학위를, 스페인 국립 마드리드 대학교에서 중남미 문학으로 박사 학위를 받았다. 현재 서울대학교에서 서어서문학과 교수로 재직 중이며, 라틴아메리카연구소 소장이다. 지은 책으로 『라틴 아메리카의 문학과 사회』가 있으며, 옮긴 책으로 『저주 받은 사랑』, 『선과 악을 다루는 35가지 방법』(공역), 서역서로 Mitos coreanos(황패강의 『한국의 신화』), Retorno al cielo(천상병의 『귀천』) 외 다수가 있다.

지은이 하비에르 세르카스 **옮긴이** 김창민 **발행인** 홍예빈·홍유진
발행처 주식회사 열린책들 **주소** 경기도 파주시 문발로 253 파주출판도시
전화 031-955-4000 **팩스** 031-955-4004 **홈페이지** www.openbooks.co.kr
Copyright (C) 주식회사 열린책들, 2010, *Printed in Korea.*
ISBN 978-89-329-1127-4 04870 **ISBN** 978-89-329-1499-2 (세트)
발행일 2010년 6월 30일 세계문학판 1쇄 2023년 4월 20일 세계문학판 3쇄

이 도서의 국립중앙도서관 출판예정도서목록(CIP)은 서지정보유통지원시스템 홈페이지(http://seoji.nl.go.kr)와 국가자료공동목록시스템(http://www.nl.go.kr/kolisnet)에서 이용하실 수 있습니다.(CIP제어번호: CIP2010002102)

열린책들 세계문학
Open Books World Literature

001 **죄와 벌** 표도르 도스또예프스끼 장편소설 | 홍대화 옮김 | 전2권 | 각 408, 512면

003 **최초의 인간** 알베르 카뮈 장편소설 | 김화영 옮김 | 392면

004 **소설** 제임스 미치너 장편소설 | 윤희기 옮김 | 전2권 | 각 280, 368면

006 **개를 데리고 다니는 부인** 안똔 체호프 소설선집 | 오종우 옮김 | 368면

007 **우주 만화** 이탈로 칼비노 단편집 | 김운찬 옮김 | 416면

008 **댈러웨이 부인** 버지니아 울프 장편소설 | 최애리 옮김 | 296면

009 **어머니** 막심 고리끼 장편소설 | 최윤락 옮김 | 544면

010 **변신** 프란츠 카프카 중단편집 | 홍성광 옮김 | 464면

011 **전도서에 바치는 장미** 로저 젤라즈니 중단편집 | 김상훈 옮김 | 432면

012 **대위의 딸** 알렉산드르 뿌쉬낀 장편소설 | 석영중 옮김 | 240면

013 **바다의 침묵** 베르코르 소설선집 | 이상해 옮김 | 256면

014 **원수들, 사랑 이야기** 아이작 싱어 장편소설 | 김진준 옮김 | 320면

015 **백치** 표도르 도스또예프스끼 장편소설 | 김근식 옮김 | 전2권 | 각 504, 528면

017 **1984년** 조지 오웰 장편소설 | 박경서 옮김 | 392면

019 **이상한 나라의 앨리스** 루이스 캐럴 환상동화 | 머빈 피크 그림 | 최용준 옮김 | 336면

020 **베네치아에서의 죽음** 토마스 만 중단편집 | 홍성광 옮김 | 432면

021 **그리스인 조르바** 니코스 카잔차키스 장편소설 | 이윤기 옮김 | 488면

022 **벚꽃 동산** 안똔 체호프 희곡선집 | 오종우 옮김 | 336면

023 **연애 소설 읽는 노인** 루이스 세풀베다 장편소설 | 정창 옮김 | 192면

024 **젊은 사자들** 어윈 쇼 장편소설 | 정영문 옮김 | 전2권 | 각 416, 408면

026 **젊은 베르테르의 슬픔** 요한 볼프강 폰 괴테 장편소설 | 김인순 옮김 | 240면

027 **시라노** 에드몽 로스탕 희곡 | 이상해 옮김 | 256면

028 **전망 좋은 방** E. M. 포스터 장편소설 | 고정아 옮김 | 352면

029 **까라마조프 씨네 형제들** 표도르 도스또예프스끼 장편소설 | 이대우 옮김 | 전3권 | 각 496, 496, 460면

032 **프랑스 중위의 여자** 존 파울즈 장편소설 | 김석희 옮김 | 전2권 | 각 344면

034 **소립자** 미셸 우엘벡 장편소설 | 이세욱 옮김 | 448면

035 **영혼의 자서전** 니코스 카잔차키스 자서전 | 안정효 옮김 | 전2권 | 각 352, 408면

037 **우리들** 예브게니 자먀찐 장편소설 | 석영중 옮김 | 320면

038 **뉴욕 3부작** 폴 오스터 장편소설 | 황보석 옮김 | 480면

039 **닥터 지바고** 보리스 파스테르나크 장편소설 | 홍대화 옮김 | 전2권 | 각 480, 592면

041 **고리오 영감** 오노레 드 발자크 장편소설 | 임희근 옮김 | 456면

042 **뿌리** 알렉스 헤일리 장편소설 | 안정효 옮김 | 전2권 | 각 400, 448면

044 **백년보다 긴 하루** 친기즈 아이뜨마또프 장편소설 | 황보석 옮김 | 560면

045 **최후의 세계** 크리스토프 란스마이어 장편소설 | 장희권 옮김 | 264면

046 **추운 나라에서 돌아온 스파이** 존 르카레 장편소설 | 김석희 옮김 | 368면

047 **산도칸 – 몸프라쳄의 호랑이** 에밀리오 살가리 장편소설 | 유향란 옮김 | 428면

048 **기적의 시대** 보리슬라프 페키치 장편소설 | 이윤기 옮김 | 560면

049 **그리고 죽음** 짐 크레이스 장편소설 | 김석희 옮김 | 224면

050 **세설** 다니자키 준이치로 장편소설 | 송태욱 옮김 | 전2권 | 각 480면

052 **세상이 끝날 때까지 아직 10억 년** 스뜨루가츠끼 형제 장편소설 | 석영중 옮김 | 224면

053 **동물 농장** 조지 오웰 장편소설 | 박경서 옮김 | 208면

054 **캉디드 혹은 낙관주의** 볼테르 장편소설 | 이봉지 옮김 | 232면

055 **도적 떼** 프리드리히 폰 실러 희곡 | 김인순 옮김 | 264면

056 **플로베르의 앵무새** 줄리언 반스 장편소설 | 신재실 옮김 | 320면

057 **악령** 표도르 도스또예프스끼 장편소설 | 박혜경 옮김 | 전3권 | 각 328, 408, 528면

060 **의심스러운 싸움** 존 스타인벡 장편소설 | 윤희기 옮김 | 340면

061 **몽유병자들** 헤르만 브로흐 장편소설 | 김경연 옮김 | 전2권 | 각 568, 544면

063 **몰타의 매** 대실 해밋 장편소설 | 고정아 옮김 | 304면

064 **마야꼬프스끼 선집** 블라지미르 마야꼬프스끼 선집 | 석영중 옮김 | 384면

065 **드라큘라** 브램 스토커 장편소설 | 이세욱 옮김 | 전2권 | 각 340, 344면

067 **서부 전선 이상 없다** 에리히 마리아 레마르크 장편소설 | 홍성광 옮김 | 336면

068 **적과 흑** 스탕달 장편소설 | 임미경 옮김 | 전2권 | 각 432, 368면

070 **지상에서 영원으로** 제임스 존스 장편소설 | 이종인 옮김 | 전3권 | 각 396, 380, 496면

073 **파우스트** 요한 볼프강 폰 괴테 희곡 | 김인순 옮김 | 568면

074 **쾌걸 조로** 존스턴 매컬리 장편소설 | 김훈 옮김 | 316면

075 **거장과 마르가리따** 미하일 불가꼬프 장편소설 | 홍대화 옮김 | 전2권 | 각 364, 328면

077 **순수의 시대** 이디스 워튼 장편소설 | 고정아 옮김 | 448면

078 **검의 대가** 아르투로 페레스 레베르테 장편소설 | 김수진 옮김 | 384면

079 **예브게니 오네긴** 알렉산드르 뿌쉬낀 운문소설 | 석영중 옮김 | 328면

080 **장미의 이름** 움베르토 에코 장편소설 | 이윤기 옮김 | 전2권 | 각 440, 448면

082 **향수** 파트리크 쥐스킨트 장편소설 | 강명순 옮김 | 384면

083 **여자를 안다는 것** 아모스 오즈 장편소설 | 최창모 옮김 | 280면

084 **나는 고양이로소이다** 나쓰메 소세키 장편소설 | 김난주 옮김 | 544면

085 **웃는 남자** 빅토르 위고 장편소설 | 이형식 옮김 | 전2권 | 각 472, 496면

087 **아웃 오브 아프리카** 카렌 블릭센 장편소설 | 민승남 옮김 | 480면

088 **무엇을 할 것인가** 니꼴라이 체르니셰프스끼 장편소설 | 서정록 옮김 | 전2권 | 각 360, 404면

090 **도나 플로르와 그녀의 두 남편** 조르지 아마두 장편소설 | 오숙은 옮김 | 전2권 | 각 408, 308면

092 **미사고의 숲** 로버트 홀드스톡 장편소설 | 김상훈 옮김 | 424면

093 **신곡** 단테 알리기에리 장편서사시 | 김운찬 옮김 | 전3권 | 각 292, 296, 328면

096 **교수** 샬럿 브론테 장편소설 | 배미영 옮김 | 368면

097 **노름꾼** 표도르 도스또예프스끼 장편소설 | 이재필 옮김 | 320면

098 **하워즈 엔드** E. M. 포스터 장편소설 | 고정아 옮김 | 512면

099 **최후의 유혹** 니코스 카잔차키스 장편소설 | 안정효 옮김 | 전2권 | 각 408면

101 **키리냐가** 마이크 레스닉 장편소설 | 최용준 옮김 | 464면

102 **바스커빌가의 개** 아서 코넌 도일 장편소설 | 조영학 옮김 | 264면

103 **버마 시절** 조지 오웰 장편소설 | 박경서 옮김 | 408면

104 **10 1/2장으로 쓴 세계 역사** 줄리언 반스 장편소설 | 신재실 옮김 | 464면

105 **죽음의 집의 기록** 표도르 도스또예프스끼 장편소설 | 이덕형 옮김 | 528면

106 **소유** 앤토니어 수전 바이어트 장편소설 | 윤희기 옮김 | 전2권 | 각 440, 488면

108 **미성년** 표도르 도스또예프스끼 장편소설 | 이상룡 옮김 | 전2권 | 각 512, 544면

110 **성 앙투안느의 유혹** 귀스타브 플로베르 희곡소설 | 김용은 옮김 | 584면

111 **밤으로의 긴 여로** 유진 오닐 희곡 | 강유나 옮김 | 240면

112 **마법사** 존 파울즈 장편소설 | 정영문 옮김 | 전2권 | 각 512, 552면

114 **스쩨빤치꼬보 마을 사람들** 표도르 도스또예프스끼 장편소설 | 변현태 옮김 | 416면

115 **플랑드르 거장의 그림** 아르투로 페레스 레베르테 장편소설 | 정창 옮김 | 512면

116 **분신** 표도르 도스또예프스끼 장편소설 | 석영중 옮김 | 288면

117 **가난한 사람들** 표도르 도스또예프스끼 장편소설 | 석영중 옮김 | 256면

118 **인형의 집** 헨릭 입센 희곡 | 김창화 옮김 | 272면

119 **영원한 남편** 표도르 도스또예프스끼 장편소설 | 정명자 외 옮김 | 448면

120 **알코올** 기욤 아폴리네르 시집 | 황현산 옮김 | 352면

121 **지하로부터의 수기** 표도르 도스또예프스끼 장편소설 | 계동준 옮김 | 256면

122 **어느 작가의 오후** 페터 한트케 중편소설 | 홍성광 옮김 | 160면

123 **아저씨의 꿈** 표도르 도스또예프스끼 장편소설 | 박종소 옮김 | 312면

124 **네또츠까 네즈바노바** 표도르 도스또예프스끼 장편소설 | 박재만 옮김 | 316면

125 **곤두박질** 마이클 프레인 장편소설 | 최용준 옮김 | 528면

126 **백야 외** 표도르 도스또예프스끼 소설선집 | 석영중 외 옮김 | 408면

127 **살라미나의 병사들** 하비에르 세르카스 장편소설 | 김창민 옮김 | 304면

128 **뻬쩨르부르그 연대기 외** 표도르 도스또예프스끼 소설선집 | 이항재 옮김 | 296면

129 **상처받은 사람들** 표도르 도스또예프스끼 장편소설 | 윤우섭 옮김 | 전2권 | 각 296, 392면

131 **악어 외** 표도르 도스또예프스끼 소설선집 | 박혜경 외 옮김 | 312면

132 **허클베리 핀의 모험** 마크 트웨인 장편소설 | 윤교찬 옮김 | 416면

133 **부활** 레프 똘스또이 장편소설 | 이대우 옮김 | 전2권 | 각 308, 416면

135 **보물섬** 로버트 루이스 스티븐슨 장편소설 | 머빈 피크 그림 | 최용준 옮김 | 360면

136 **천일야화** 앙투안 갈랑 엮음 | 임호경 옮김 | 전6권 | 각 336, 328, 372, 392, 344, 320면

142 **아버지와 아들** 이반 뚜르게네프 장편소설 | 이상원 옮김 | 328면

143 **오만과 편견** 제인 오스틴 장편소설 | 원유경 옮김 | 480면

144 **천로 역정** 존 버니언 우화소설 | 이동일 옮김 | 432면

145 **대주교에게 죽음이 오다** 윌라 캐더 장편소설 | 윤명옥 옮김 | 352면

146 **권력과 영광** 그레이엄 그린 장편소설 | 김연수 옮김 | 384면

147 **80일간의 세계 일주** 쥘 베른 장편소설 | 고정아 옮김 | 352면

148 **바람과 함께 사라지다** 마거릿 미첼 장편소설 | 안정효 옮김 | 전3권 | 각 616, 640, 640면

151 **기탄잘리** 라빈드라나트 타고르 시집 | 장경렬 옮김 | 224면

152 **도리언 그레이의 초상** 오스카 와일드 장편소설 | 윤희기 옮김 | 384면

153 **레우코와의 대화** 체사레 파베세 희곡소설 | 김운찬 옮김 | 280면

154 **햄릿** 윌리엄 셰익스피어 희곡 | 박우수 옮김 | 256면

155 **맥베스** 윌리엄 셰익스피어 희곡 | 권오숙 옮김 | 176면

156 **아들과 연인** 데이비드 허버트 로런스 장편소설 | 최희섭 옮김 | 전2권 | 464, 432면

158 **그리고 아무 말도 하지 않았다** 하인리히 뵐 장편소설 | 홍성광 옮김 | 272면

159 **미덕의 불운** 싸드 장편소설 | 이형식 옮김 | 248면

160 **프랑켄슈타인** 메리 W. 셸리 장편소설 | 오숙은 옮김 | 320면

161 **위대한 개츠비** 프랜시스 스콧 피츠제럴드 장편소설 | 한애경 옮김 | 280면

162 **아Q정전** 루쉰 중단편집 | 김태성 옮김 | 320면

163 **로빈슨 크루소** 대니얼 디포 장편소설 | 류경희 옮김 | 456면

164 **타임머신** 허버트 조지 웰스 소설선집 | 김석희 옮김 | 304면

165 **제인 에어** 샬럿 브론테 장편소설 | 이미선 옮김 | 전2권 | 각 392, 384면

167 **풀잎** 월트 휘트먼 시집 | 허현숙 옮김 | 280면

168 **표류자들의 집** 기예르모 로살레스 장편소설 | 최유정 옮김 | 216면

169 **배빗** 싱클레어 루이스 장편소설 | 이종인 옮김 | 520면

170 **이토록 긴 편지** 마리아마 바 장편소설 | 백선희 옮김 | 192면

171 **느릅나무 아래 욕망** 유진 오닐 희곡 | 손동호 옮김 | 168면

172 **이방인** 알베르 카뮈 장편소설 | 김예령 옮김 | 208면

173 **미라마르** 나기브 마푸즈 장편소설 | 허진 옮김 | 288면

174 **지킬 박사와 하이드 씨** 로버트 루이스 스티븐슨 소설선집 | 조영학 옮김 | 320면

175 **루진** 이반 뚜르게네프 장편소설 | 이항재 옮김 | 264면

176 **피그말리온** 조지 버나드 쇼 희곡 | 김소임 옮김 | 256면

177 **목로주점** 에밀 졸라 장편소설 | 유기환 옮김 | 전2권 | 각 336면

179 **엠마** 제인 오스틴 장편소설 | 이미애 옮김 | 전2권 | 각 336, 360면

181 **비숍 살인 사건** S. S. 밴 다인 장편소설 | 최인자 옮김 | 464면

182 **우신예찬** 에라스무스 풍자문 | 김남우 옮김 | 296면

183 **하자르 사전** 밀로라드 파비치 장편소설 | 신현철 옮김 | 488면

184 **테스** 토머스 하디 장편소설 | 김문숙 옮김 | 전2권 | 각 392, 336면

186 **투명 인간** 허버트 조지 웰스 장편소설 | 김석희 옮김 | 288면

187 **93년** 빅토르 위고 장편소설 | 이형식 옮김 | 전2권 | 각 288, 360면

189 **젊은 예술가의 초상** 제임스 조이스 장편소설 | 성은애 옮김 | 384면

190 **소네트집** 윌리엄 셰익스피어 연작시집 | 박우수 옮김 | 200면

191 **메뚜기의 날** 너새니얼 웨스트 장편소설 | 김진준 옮김 | 280면

192 **나사의 회전** 헨리 제임스 중편소설 | 이승은 옮김 | 256면

193 **오셀로** 윌리엄 셰익스피어 희곡 | 권오숙 옮김 | 216면

194 **소송** 프란츠 카프카 장편소설 | 김재혁 옮김 | 376면

195 **나의 안토니아** 윌라 캐더 장편소설 | 전경자 옮김 | 368면

196 **자성록** 마르쿠스 아우렐리우스 명상록 | 박민수 옮김 | 240면

197 **오레스테이아** 아이스킬로스 비극 | 두행숙 옮김 | 336면

198 **노인과 바다** 어니스트 헤밍웨이 소설선집 | 이종인 옮김 | 320면

199 **무기여 잘 있거라** 어니스트 헤밍웨이 장편소설 | 이종인 옮김 | 464면

200 **서푼짜리 오페라** 베르톨트 브레히트 희곡선집 | 이은희 옮김 | 320면

201 **리어 왕** 윌리엄 셰익스피어 희곡 | 박우수 옮김 | 224면

202 **주홍 글자** 너새니얼 호손 장편소설 | 곽영미 옮김 | 360면

203 **모히칸족의 최후** 제임스 페니모어 쿠퍼 장편소설 | 이나경 옮김 | 512면

204 **곤충 극장** 카렐 차페크 희곡선집 | 김선형 옮김 | 360면

205 **누구를 위하여 종은 울리나** 어니스트 헤밍웨이 장편소설 | 이종인 옮김 | 전2권 | 각 416, 400면

207 **타르튀프** 몰리에르 희곡선집 | 신은영 옮김 | 416면

208 **유토피아** 토머스 모어 소설 | 전경자 옮김 | 288면

209 **인간과 초인** 조지 버나드 쇼 희곡 | 이후지 옮김 | 320면

210 **페드르와 이폴리트** 장 라신 희곡 | 신정아 옮김 | 200면

211 **말테의 수기** 라이너 마리아 릴케 장편소설 | 안문영 옮김 | 320면

212 **등대로** 버지니아 울프 장편소설 | 최애리 옮김 | 328면

213 **개의 심장** 미하일 불가꼬프 중편소설집 | 정연호 옮김 | 352면

214 **모비 딕** 허먼 멜빌 장편소설 | 강수정 옮김 | 전2권 | 각 464, 488면

216 **더블린 사람들** 제임스 조이스 단편소설집 | 이강훈 옮김 | 336면

217 **마의 산** 토마스 만 장편소설 | 윤순식 옮김 | 전3권 | 각 496, 488, 512면

220 **비극의 탄생** 프리드리히 니체 | 김남우 옮김 | 320면

221 **위대한 유산** 찰스 디킨스 장편소설 | 류경희 옮김 | 전2권 | 각 432, 448면

223 **사람은 무엇으로 사는가** 레프 똘스또이 소설선집 | 윤새라 옮김 | 464면

224 **자살 클럽** 로버트 루이스 스티븐슨 소설선집 | 임종기 옮김 | 272면

225 **채털리 부인의 연인** 데이비드 허버트 로런스 장편소설 | 이미선 옮김 | 전2권 | 각 336, 328면

227 **데미안** 헤르만 헤세 장편소설 | 김인순 옮김 | 264면

228 **두이노의 비가** 라이너 마리아 릴케 시선집 | 손재준 옮김 | 504면

229 **페스트** 알베르 카뮈 장편소설 | 최윤주 옮김 | 432면

230 **여인의 초상** 헨리 제임스 장편소설 | 정상준 옮김 | 전2권 | 각 520, 544면

232 **성** 프란츠 카프카 장편소설 | 이재황 옮김 | 560면

233 **차라투스트라는 이렇게 말했다** 프리드리히 니체 산문시 | 김인순 옮김 | 464면

234 **노래의 책** 하인리히 하이네 시집 | 이재영 옮김 | 384면

235 **변신 이야기** 오비디우스 서사시 | 이종인 옮김 | 632면

236 **안나 까레니나** 레프 똘스또이 장편소설 | 이명현 옮김 | 전2권 | 각 800, 736면

238 **이반 일리치의 죽음·광인의 수기** 레프 똘스또이 중단편집 | 석영중·정지원 옮김 | 232면

239 **수레바퀴 아래서** 헤르만 헤세 장편소설 | 강명순 옮김 | 272면

240 **피터 팬** J. M. 배리 장편소설 | 최용준 옮김 | 272면

241 **정글 북** 러디어드 키플링 중단편집 | 오숙은 옮김 | 272면

242 **한여름 밤의 꿈** 윌리엄 셰익스피어 희곡 | 박우수 옮김 | 160면

243 **좁은 문** 앙드레 지드 장편소설 | 김화영 옮김 | 264면

244 **모리스** E. M. 포스터 장편소설 | 고정아 옮김 | 408면

245 **브라운 신부의 순진** 길버트 키스 체스터턴 단편집 | 이상원 옮김 | 336면

246 **각성** 케이트 쇼팽 장편소설 | 한애경 옮김 | 272면

247 **뷔히너 전집** 게오르크 뷔히너 지음 | 박종대 옮김 | 400면

248 **디미트리오스의 가면** 에릭 앰블러 장편소설 | 최용준 옮김 | 424면

249 **베르가모의 페스트 외** 옌스 페테르 야콥센 중단편 전집 | 박종대 옮김 | 208면

250 **폭풍우** 윌리엄 셰익스피어 희곡 | 박우수 옮김 | 176면

251 **어셴든, 영국 정보부 요원** 서머싯 몸 연작 소설집 | 이민아 옮김 | 416면

252 **기나긴 이별** 레이먼드 챈들러 장편소설 | 김진준 옮김 | 600면

253 **인도로 가는 길** E. M. 포스터 장편소설 | 민승남 옮김 | 552면

254 **올랜도** 버지니아 울프 장편소설 | 이미애 옮김 | 376면

255 **시지프 신화** 알베르 카뮈 지음 | 박언주 옮김 | 264면

256 **조지 오웰 산문선** 조지 오웰 지음 | 허진 옮김 | 424면

257 **로미오와 줄리엣** 윌리엄 셰익스피어 희곡 | 도해자 옮김 | 200면

258 **수용소군도** 알렉산드르 솔제니찐 기록문학 | 김학수 옮김 | 전6권 | 각 460면 내외

264 **스웨덴 기사** 레오 페루츠 장편소설 | 강명순 옮김 | 336면

266 **유리 열쇠** 대실 해밋 장편소설 | 홍성영 옮김 | 328면

266 **로드 짐** 조지프 콘래드 장편소설 | 최용준 옮김 | 608면

267 **푸코의 진자** 움베르토 에코 장편소설 | 이윤기 옮김 | 전3권 | 각 392, 384, 416면

270 **공포로의 여행** 에릭 앰블러 장편소설 | 최용준 옮김 | 376면

271 **심판의 날의 거장** 레오 페루츠 장편소설 | 신동화 옮김 | 264면

272 **에드거 앨런 포 단편선** 에드거 앨런 포 지음 | 김석희 옮김 | 392면

273 **수전노 외** 몰리에르 희곡선집 | 신정아 옮김 | 424면

274 **모파상 단편선** 기 드 모파상 지음 | 임미경 옮김 | 400면

275 **평범한 인생** 카렐 차페크 장편소설 | 송순섭 옮김 | 280면

276 **마음** 나쓰메 소세키 장편소설 | 양윤옥 옮김 | 344면

277 **인간 실격·사양** 다자이 오사무 소설집 | 김난주 옮김 | 336면

278 **작은 아씨들** 루이자 메이 올컷 장편소설 | 허진 옮김 | 전2권 | 각 408, 464면

280 **고함과 분노** 윌리엄 포크너 장편소설 | 윤교찬 옮김 | 520면

281 **신화의 시대** 토머스 불핀치 신화집 | 박중서 옮김 | 664면
282 **셜록 홈스의 모험** 아서 코넌 도일 단편집 | 오숙은 옮김 | 456면
283 **자기만의 방** 버지니아 울프 지음 | 공경희 옮김 | 216면
284 **지상의 양식·새 양식** 앙드레 지드 지음 | 최애영 옮김 | 360면